狮子山下的河流

来自金乡企业家们的样本

天　涯　虞锦贵　著

浙江工商大学出版社
ZHEJIANG GONGSHANG UNIVERSITY PRESS

·杭州·

图书在版编目(CIP)数据

狮子山下的河流：来自金乡企业家们的样本 / 天涯，
虞锦贵著. — 杭州：浙江工商大学出版社，2020.6
ISBN 978-7-5178-3824-1

Ⅰ．①狮… Ⅱ．①天… ②虞… Ⅲ．①报告文学－中
国－当代 Ⅳ．①I 25

中国版本图书馆 CIP 数据核字 (2020) 第 072931 号

狮子山下的河流——来自金乡企业家们的样本
SHIZISHAN XIA DE HELIU——LAIZI JINXIANG QIYEJIAMEN DE YANGBEN
天　涯　虞锦贵 著

责任编辑	唐　红
封面设计	王　辉　张俊妙
摄　　影	朱　莉
责任印制	包建辉
出版发行	浙江工商大学出版社
	（杭州市教工路 198 号　邮政编码 310012）
	（E-mail：zjgsupress@163.com）
	（网址：http://www.zjgsupress.com）
	电话：0571-88904980，88831806（传真）
排　　版	杭州彩地电脑图文有限公司
印　　刷	浙江海虹彩色印务有限公司
开　　本	710 mm×1000 mm　1/16
印　　张	18.5
字　　数	218 千
版印次	2020 年 6 月第 1 版　2020 年 6 月第 1 次印刷
书　　号	ISBN 978-7-5178-3824-1
定　　价	68.00 元

卷首语

以改革为中心，与时代同步伐

在人生的大舞台上，每个人都在特定的时间和空间里，演绎着各自的角色。这角色，既是社会的，又是个体的。

回首一个国家所走过的路，可以发现，无论是谁，其个人的命运与时代的进程都是无法割裂的，没有人可以成为旁观者。我们亲历、参与、记录，并将属于自己的那一部分印记，留给岁月和后人。

在过去的时光里，最值得书写的无疑是改革开放给这个国家和民族带来的翻天覆地的变化。

那是风起云涌的四十多年，那也是风雨阳光的四十多年。改革的春风给每一个中国人展示自己才能的机会、实现梦想的舞台和拼搏的天地。

一个从未有过的历史机遇摆在了世人面前，有的人审时度势，紧紧抓住了，从此改变的可能是一个家族的命运；有的人在大潮中沉浮，品尝了成功的喜悦，又咽下了失败的苦涩；有的人站在岸边，眼睁睁看着机会来临，却没有勇气去尝试改变。更多的人，从衣食住行的细节里，深切感受到生活的变化。

不同的选择，不同的结果。

当喧嚣散去，拼搏者的身影早已远在天际，身后留下一串串深深浅浅的脚印，成就一道道独特的风景。

现在，让我们把坐标定位于浙江温州，聚焦于那块改革开放的热土。"温州人会做生意""温州人很精明""温州人会吃苦""温州人连头发丝都是空心的"，这是世人贴在温州人身上的种种标签。在不知不觉中，温州人活成了传奇。在这支传奇的队伍里，有一群特殊的成功者，他们就是来自苍南县金乡镇的企业家们。一个面积只有52.49平方千米（数据来自百度，2017年）的古镇，竟然能形成一个可供研究与参考的企业家样本群体，听起来都觉得神奇，可事实就是如此。或许，这一切跟金乡有着深厚的历史文化底蕴有关。

在中国特色社会主义新时代，不忘初心，牢记使命，这里破土、萌生、成长了一批勇于探索的开拓者，他们是普通的、默默无闻的，又是那样的倔强，用自己的聪明才智和勤劳双手，描绘了一幅幅绚烂多彩的人生画卷。

一方水土养一方人，位于浙江省苍南县江南垟平原地区的金乡镇，濒临东海湾，位于东经120度36分，北纬27度26分，距离苍南县城有23千米。此地系明朝时期的军事卫城，文化底蕴深厚，至今已有630多年历史。

遥望远古时期，这里是一片汪洋。沧海桑田，岁月变迁，终于有一天，有山脉浮出水面，称作瀛岭（今狮子山）。这不是杜撰，在明洪武十七年（1384），民众在修筑城墙时，无意中发现一块碑碣上有"大地原从海上来"之谶语，可见大自然的神奇力量。

到了明洪武二十年（1387），为抗御倭寇的侵袭，朝廷在这里置卫筑城，称金乡卫。作为浙南海防要地，其下辖蒲门、壮士、沙园三个所，管辖海岸线长达200多千米。民族英雄戚继光曾几度在此扎营练兵，抗击倭寇。金乡人民在抗倭斗争史上留下了辉煌的篇章，也形成了独特的文化和民俗特征。

古代人很讲究地理风水，金乡也不例外。最初的设计者以八卦乾坤布局，再加上狮子山、球山似龙盘虎踞。城墙巍峨，护城河静静地环绕全城。"一亭二阁三牌坊，四门五所六庵堂，七井八巷九顶桥，十字街口大仓桥"，这首清代民谣形象、生动地描绘了金乡卫的城池风貌。

600多年后的今天，我在金乡的古城墙上看到一段关于"望京门"的文字介绍："始建于明洪武二十年（1387）。其名寓意'效忠朝廷'。为头城门，俗称北门。城门拱形朝西，下部粗条石砌筑，上部细砖拱砌。城门内置瓮城，占地3600平方米。头城门转90度向南开设的瓮城门（二城门已毁）与城内北大街相通。望京门外建有吊桥（今毁）。"

伸手抚摸那城墙遗迹，感受沉淀的风霜雨雪。有绿色的藤蔓从石缝里蔓延而出，连成一片，让坚硬的石条重新恢复了生机。

漫步古镇，看着这四大街、八条巷组成的方正格式，棋盘式的路网，谁能想到都过去几百年了，其依然在沿用。大街最宽处约10米，分成东、南、西、北四条，是当年为车马客货通行和进行商品贸易而设置的重要街道。巷宽3—5米，是满足居家生活、骑马、乘车轿出行需要的次要街道，一般不允许外来客货、交通、游商进入。小巷遍布整个古城，延伸到城内每个角落，最窄处仅1米，仅供步行或防火防盗隔断使用。

这里还保存有50多处明清时期的民居院落，多数都把院门直接开在主、次街道或巷道上，许多民居将临街的门厅都改成了商业铺面，形成前店后宅或前店后坊的形式，将居住、加工和买卖经营结合在一起。通过对古城整体格局的内在特征的解析，我们认识了中国建筑深邃的历史文化。城中有城隍庙、书院、文昌阁、魁星阁等文系建筑，还有城墙、街巷、民居、商铺、衙署、寺观等各类设施，就连当地的民俗风情也很好地传承下来。

那条绕城而行的护城河，现在被整治得非常漂亮。过去，这城内城外的河流，临军对垒，便如一道坚固的屏障，既是瞭望军事的防御设施，又是城市的防洪系统。现在功能虽变，但存在的意义相同。

河流是人类生生不息的血脉，在有自来水和洗衣机之前，农村河岸最热闹的场景是洗衣和游泳。洗衣，既是家务劳动，也是社交活动，还是一种行为艺术。女人和孩子是主角，岸上、水里，欢声笑语，热闹非凡。现在这样的情景不会重演了，而去北门埠头游一次泳，到狮子山上摔一回泥巴、翻一回跟斗，也成为很多游子心中的乡愁。

于是，一个又一个在外的金乡游子回到这里，想寻找昔日的记忆。可惜，街还是那条街，但街又不是那条街。有人问，既知消失，何必来寻呢？这就是矛盾，矛盾于心成乡愁。去了旧事添了新愁。但上天偏用这物的逝去与情的割舍，搅动你心底深处自以为已经忘掉了的秘密。

几百年来，金乡镇以农业为基础，是"工农商学兵"皆有的城镇。城内农民的基本良田均在城外四周，但由于人多地少，所以城内居民除了务农，还有不少从事其他行业。

在手工业、轻工业方面，清代嘉庆年间，殷氏南立公挈眷迁居金乡后创制的殷大同蜡烛、菸丝品牌，曾闻名于浙闽一带；陈荣斌、陈陶奄等在1917年先后创办陈太和、同春酱园，打造了名闻遐迩的七星、甘露等酱油品牌；抗日战争时期，金乡还有振星酱园；1953年，同春酱园划出部分资本与太和、振星、益利、联春等酱园合并，建成金乡酿造厂；颇负盛名的鞋靴头盔制作，为江南垟之祖传独家手艺；此外，陈翔铨先生于1936年创办的丰顺碾米厂等均为当时推动金乡经济发展的基础工业。

在商业方面，潘氏家族、袁义成、胡广和、余广和、沈太丰等从事南北货等买卖，生意兴隆，财源不断，富甲天下，在江南垟以至温州地区赫赫有名。袁义成在富甲一方时建造一批"布施坟"的善举，至今传为美谈。

1949年4月，中国人民解放军首次进驻金乡。新中国成立后，金乡的生产力得到恢复与发展，但由于人均耕地仅有1分多，又限于当时的形势，虽经努力，始终摆脱不了贫困与落后。1978年对金乡16—40岁的人的调查显示，待业人员达3757人，占总劳力的一半。

党的十一届三中全会制定的路线、方针、政策，给金乡人民注入了新的活力。改革开放后，家庭工厂如雨后春笋般生机勃勃。金乡人大胆探索，善于实践，在全国率先实行浮动利率和挂户经营方式，成为"温州模式"的重要发源地之一。到1986年底，全镇有2931户（占总户数的70%）办起了家庭工厂。挂户的企业有75家。其中狮山村的立新五金日用品厂，挂户达242家，1986年产值达351万元。南门金星的文具用品厂创办最早，在经营管理上积累了许多新的经验。金乡科技服务公司等都是当时颇负盛名的挂户企业。现在比较有名的金乡企业主，绝大多数是当时家庭工业的主人，他们也是在那时积累了"第一桶金"。

改革开放给金乡的国民经济和社会进步注入了强大的生机和活力。金乡的经济展现出勃勃生机，前进步伐加快。家庭工业要获得发展，需要到全国各地组织原料、推销商品、收集反馈信息。于是社会上出现了专业的供销员，为各行各业采购原料，向千家万户推销产品，搞活流通，传播信息。他们为市场的开拓与发展，为金乡"小商品、大市场"的形成，立下了汗马功劳。

后来，许多家庭工厂又采用了信函推销的方式。1986年，每天经过金乡邮局寄出的业务信，多达11万封。据估算，从1981年至1987年，业务信总量达1亿6000万封。为了更好地为发展商品经济服务，镇政府及时引导组织成立了农村集镇中第一家"科技信息协会"。

通过改革开放和人民的艰苦创业、不懈奋斗，金乡的个体和私营经济发展很快。随着商品经济的迅猛发展，市场竞争日益激烈，迫使一些专业大户寻求新的开拓，以应付这场挑战。最早是叶文贵创办了"金乡延压薄膜厂"，1985年又新建了包装材料厂。之后缪存良、缪心宽在取得挂户经营的"第一桶金"后，也开始创办金乡涤纶塑料厂（温州市新丰复合材料有限公司的前身）。再后来杜成德、张祥富、林尔川等创办了不干胶系列产品的龙头企业"丰华实业公司"。这些都是随着金乡商品经济的发展，起步较早的股份制私企。

金乡人从"四小商品"起步，逐步扩大规模，形成了复合材料、包装印刷、塑料薄膜、商标标识等四大支柱产业和笔记本、台挂历、文具盒等三大全国性生产基地，经济总量实现了跳跃式增长，年均增幅为20%。其中，陈加枢创办的"金乡徽章厂"制作了亚运会、世界杯足球赛等纪念章，驻港澳部队服饰徽章，美、英、俄等50多个国家及联合国维和部队服饰徽章，其产品制作工艺精良；浙江省丰华实业公司的不干胶系列产品，几乎主宰了全国各地的市场；"丝网印刷"成为全国独一无二的印刷技术，金乡镇成为全国"丝网印刷"生产基地。

这就是金乡，一块充满无限活力的神奇土地。今天，我们向读者奉献一曲时代的创业歌，它不用抽象的说教，没有矫揉造作，而是通过人物的生动事迹，展现出每个人的成长之路，丰富我们的精神世界，净化我们的心灵。

这些创业者、开拓者、奉献者，有的受命于危难之时，驰骋于改革开放之年；有的是历尽艰辛、百折不挠的强者；有的是迎难而上、重振家业的能手；有的是鞠躬尽瘁、为民造福的仁人；有的是治厂有方、开拓进取的智者……他们是各行各业涌现出来的优秀人才，他们开创的显赫业绩，为历史增添了光彩。

金乡人是纯朴的，金乡的企业家是低调的。你可能会在路边的小饭店里，或巷子里的快餐店中，看到身价几千万乃至上亿的企业家点一两个菜或打一份20元的快餐，吃得津津有味。他们唯有在做慈善时，才会不小心暴露自己雄厚的实力，捐款捐物。

沿着时光逆行，追寻创业者的足迹。自从"创二代"们从父辈手中接过接力棒，沉甸甸的担子就压在了肩头。只能前进，不能退缩。在金乡人的字典里，没有"轻易放弃"这几个字。因为他们看到了父辈们走过的那条曲折、坎坷的路；看到了那些向贫困冲击的人们高擎火炬，那熊熊的火焰映红了金乡人繁衍生息的山山水水。他们明白，守护这一片土地，创造新的辉煌，这是时代赋予他们的使命。

他们，又是如何做到的呢？

走进气派的金乡企业家协会大楼，在余乃煜秘书长中式风格的办公室里，我提问，我聆听，我在寻找一个答案……

坐下来，喝一杯茶。

你喜欢绿茶，喜欢看那青翠的茶叶在透明的玻璃杯里沉浮，犹如人生的境遇，需要一壶开水来升腾。我要红茶，陈年的熟普洱，带着时光的积淀，抿一口，拉长悠远的神思。

抬起头，打量坐在对面的这个男人，他脸上带着亲切的笑容，眼睛不大，却非常有神。他已 60 多岁，但整个精神状态与那个年纪的人一点都不像，走路带着风，特有劲。他对人很真诚，哪怕是初次见面，你都不会对他产生那种生疏感。

一个协会有没有活力，活动多不多，能不能做出成绩，跟秘书长的能力有很大关系，因为他是直接的操办者。这位余秘书长一看就是做事干练，很有魄力之人。

我请余秘书长先介绍一下金乡企业家协会的相关情况。他点点头，语速很快地说了起来："1989 年 7 月，金乡商会成立。1998 年 10 月 21 日，金乡镇企业家协会诞生。到了 2011 年，金乡商会和金乡镇企业家协会合并办公。2016 年，六届一次企业家会员代表大会上正式统称其为金乡商企协会。设有一个理事会、一个秘书处，下设一个办公室，秘书处是常设机构。我们是由 40 多家企业共同发起组建的公益性的社会团体单位。"

他告诉我，金乡商会、金乡镇企业家协会在县工商联和金乡镇委、镇政府的直接领导下，坚持"面向企业，为企业、企业家服务"的宗旨，以"尊重支持企业家、颂扬创业者"为目标，在推动金乡镇企业改革和管理，增强企业战斗力，提高经济效益，依法维护企业和企业家权益，培养和壮大镇优秀企业家队伍等方面取得了很大成绩。它较好地发挥了政府和企业间的桥梁和纽带作用，受到政府部门的重视和支持，赢得了广大企业和企业家的充分信赖。

他递给我一张打印纸，我看了一下，上面所介绍的内容更细致、更全面、更准确。以下是协会的服务内容。

发展目标：帮助企业上规模，创品牌，树信誉。

发展战略：持续创新，全方位服务，培训员工队伍素质。

协会精神：创新意识，团队观念，务实作风。

行为准则：敬业、敬人、诚信、律己。

余乃煜告诉我，自改革开放以来，温州民营企业的主导性组织形式经历了由家族企业、民营企业到股份合作企业的嬗变。家族企业以血缘关系为纽带。民营企业就其资本规模来说，没有超出血缘家庭所能承担的范围。与家族企业相比，股份合作企业可以筹集更多的资本，在较大的范围内对生产要素进行新的组合，从而促进企业规模的扩大和内部分工关系的发展；也有利于改善企业的经营管理，增强市场竞争能力。因此，股份合作企业组织形式受到了温州家族企业的青睐。特别是在1987年"温州试验区"建立以后，股份合作企业很快就成了温州地区占主导地位的私营企业组织形式。

在日常工作中，金乡商企协会尽心尽责地扮演好"娘家人"的角色：第一时间为会员企业贯彻落实与企业发展息息相关的方针、政策；当企业遇到内外纠纷等各种矛盾时，积极为企业提供帮助，充分发挥"娘家人"优势，成为企业之间的"润滑剂"。

从1998年开始，金乡镇企业家协会就创办了会刊《金乡企业报》，每个月出一期；每一季推出《金乡地税纳税人之家》杂志，作为展现会员企业风采和信息交流的平台。后又精心打造了金乡镇企业家协会网站、金乡商会微信公众号等，网络与传统纸媒相结合，为广大会员企业提供了宣传金乡独特的企业文化和学习最新的税企知识的重要窗口。

让余乃煜最骄傲的是金乡企业家们的慈善情怀。无论是在光彩事业中，还是在访贫问苦、村企结对、党务共建等活动中，到处闪现着企业们的身影。金乡商企协会还致力于以金乡话为代表的非物质文化遗产的保护和传承，积极组织会员企业参与"慈善一日捐"。2018年的"慈善一日捐"活动募集善款227.5万元。在金乡建城630周年之际，金乡商企协会的企业家集资3000多万元，分别用于金乡镇环城绿道工程等项目。而在金乡的大街小巷，经常可以看到一块块刻满了名字的石碑，石碑上记载的这些人都为金乡的造桥、修路捐过款。你若仔细看，或许还能找到很多熟悉的名字。

"我是2007年到金乡镇企业家协会担任秘书长的，来之前推了几次，因为压力太大，之前的秘书长黄银宝、金钦治老师做得非常好。有个标杆在前面，我就思考自己该怎么做。到协会后，我马上筹办协会成立十周年庆典，做了一本《十年风云》的书。花了将近一年时间，不过结果大家都很满意，也算是没白辛苦。"

余乃煜说，他到金乡镇企业家协会后，有两个心愿：一是希望金乡镇企业家协会有自己的办公大楼；二是希望修建一个老人活动场所。

经过多年的努力，余乃煜的第一个心愿实现了。现在的金乡商企协会大楼是由9位会员企业家投资4000多万元修建的，于2016年竣工落成。大楼建成后，9位企业家决定将副楼二至三层约850平方米的产权无偿捐赠给金乡商企协会，供其办公之用。

在这里，我一定要提一下这9位企业家的名字。他们分别是盈泰公司殷作钊、永丰公司陈逢友、永丰公司陈彩莲、申士公司陈宗坤、宏鑫公司陈洪香、笑华公司夏笑华、泰昌公司林正贤、佳丰公司朱余胜、企业家协会余乃煜。

这里面怎么会有余乃煜的名字？一问才知，为了能让协会有个永久的"家"，他这位秘书长从自己口袋里掏出了400万元参与投资修造了这幢大楼。那近850平方米的房产里，有他无私奉献的一部分。

我再一次被金乡企业家们的风采深深折服了。在当下，还有那么一群人，他们用实际的行动热爱家乡，用自己的聪明才智创造一个又一个事业的高峰。他们朴实、低调，心怀侠义，不以善小而不为，默默书写着个人与时代的精彩篇章。

漫步古镇崭新的绿道，看这一草一木、一树一花、一砖一石、一山一水，无不闪烁着爱的光芒。这是金乡人的胸怀，也是金乡企业家回报社会最直接、最纯朴的表达。

夕阳下，护城河缓缓地流淌着，从海到江到河，又从河到江到海，这是一条分与合、合与分的路。我们虽是这个世界的过客，但有些东西终究会留下来，与岁月共存，与日月同辉。

目 录

CONTENTS

第一篇

古镇重构创业史

在这座有着六百三十多年历史的古镇，岁月留下了不知多少痕迹。时过境迁，古镇发展日新月异，但当你双脚踩到这块土地上时，似乎仍能听到悠远的声音传来，绵绵不绝。这是一座充满硬度的古镇，那硬度，恰似第一代创业者挺直的脊梁。

志存高远铸基业

——访新丰集团董事长缪存良

责任感、使命感会赋予一个人勇气、智慧、胆略、力量，在它们的驱使下，人的品格和能力会得到升华，可以完成常人完成不了的任务，甚至可以创造奇迹。

——一位名人的话

站在新丰集团大门口，首先映入眼帘的是高高飘扬的五星红旗和集团公司的徽旗。走过洁净宽阔的停车坪，便来到现代化综合办公大楼。在这幢宏伟的现代化建筑里，凝聚着新丰人的无限自豪。

作为新丰集团董事长，缪存良首先给了我们一个颇不一般的深刻印象：他是一个追随时代潮流的企业家。陈设，每每会折射出一个人的爱好，以至性格。在缪存良的办公室里，没有组合式之类的新式家具。我们看到的是，桌上摆放了几十种刊物，还有不少报纸。

新丰集团董事长缪存良

"缪董事长，你喜欢看新闻？"

"哪里，我只是爱好，因为有不少客户，包括外商，喜欢谈论中国发展的新闻。彼此谈起话来，多了一个方面的共同话题，可以调节气氛，也有助于缩短彼此之间的距离。"

"那么多报刊，你工作又忙，有时间看吗？"

"每天深夜抽出两个小时。有些浏览一下，看报看题，看书看皮；有些细看，我还做些剪贴。这些对办企业很有益处。"他对时事政治的关注，是源于特有的职业敏感吧。

在他的案桌上，有一盆又壮又嫩的吊兰，下垂的枝叶长达二尺许。栽培得这样好，实属不易。足见，他是像园丁一样精心照料这盆吊兰的，他是一个耐心而细致的人。

他颇有文学素养。产品简介及公司概况都是自己编写的。他也喜欢古体诗词，其作品，辞藻优美，不乏诗意。

他喜爱书画。办公室的墙壁上悬挂的既有朋友赠的对联，也有自己的书法作品，这些美好的箴言，在他处境极其艰难时鼓舞和鞭策着他，是他力量和信念的源泉。

眼前的这个人，我曾多次接触，但每一次他给我的印象都不同，每一次我都能发现他身上的新特质。他有着艺术家的气质，头脑中装满了时代信息感，但在仪表和装束上却像个朴实的普通人。凡是执着地追求事业的人，身上都有与众不同的素质：一种锐意求新的创造力，一种善于冲破束缚的能力。正是凭着胆略和智慧，缪存良和他的新丰集团赢得了30年的宝贵时间。这30年，有人在徘徊，有人在等待观望，而他却张开羽翼自由地飞翔了。

"缪董事长，我们想请你介绍一下股份制企业改革成功的经验。"原以为，他是董事长兼党支部书记，他的改革不会出现多大阻力，路走得或许是较为平坦的。

哪知，刚才还谈笑风生的他收敛了笑容，变得沉默了。思索良久，他勉强地一笑，那是出于礼貌，其实笑得很苦涩。

"30年前，我说过一句话：'事业和生命成反比。'事业搞上去本来就很艰难，可是真的搞上去了，生命之光却暗淡下来。可能我说的调子太低，但在过去一段时间里，我一直是这样想的。"他的语调显得异常沉重。

这句具有哲理色彩而又有些令人费解的话，引起了我的关注。我很想知道，这些年他是怎样从艰难中走过来的。

他"受命于危难之时"，刚接管时企业亏损严重。他坚定地说："困难算什么，舒舒服服当厂长，那才叫没本事！"

话题从"文革"说起。

"老师，我能继续读书吗？"

"不能！像你家这种情况，你绝对不能升学读书！"

"那……"

由于他父亲的历史问题，他小学未毕业就被迫辍学，失去与同龄人一起学习的机会。自此，他到书店买来各种各样的课本，每天坚持自学。善良、耐劳、要强，成了缪存良向人生挑战的支点。在时光的荏苒里，他的理想越来越清晰。

我说："我们随便谈谈。"

他笑了笑，没有作答。

我又说："你想从什么地方谈起都可以，并非一定得系统，也并非一定得全面。"

他还是没有作答。缪存良性格内敛，平时少言寡语。是不善于说出来，还是故意不说出来呢？

此刻我弄明白了，也许可以将他说得最多的"这没有，没有"理解为"这没什么，没什么"的意思。可现在该怎么办？

接下来，我们基本上又这样干坐着待了20分钟。有时我问一句他回答一句，有时我问几句他也只回答一句，有时无论我问多少句他都不回答一句，只是笑笑。后来，他给了我一些有关公司情况的书面材料。他还说："因为没有什么值得写的，你还是多采访业绩突出的企业界'老大哥'吧。"

我真是一时没了办法。

万万没有想到，我竟遇到了一位非常不爱讲话的采访对象。为此，我真想放弃这次的写作任务。

傍晚，我找到了一位他多年的老朋友，他告诉了我缪存良人生所经历的一切……

那是 1971 年上半年，经人介绍，年仅 19 岁的缪存良告别家乡，来到瓯江北岸永嘉文具厂工作。

一个人的人格是他的脊梁，没有了人格，人也就永远站不起身来，更挺不起腰来。

缪存良在永嘉文具厂一待就是 5 年时间，生活的艰辛没有把他压垮，反而磨炼了他的骨气和意志。文具卡片加工是按件计酬，他手勤脚快，起早贪黑，工作踏踏实实、勤勤恳恳，边工作边学习，多次受到领导表扬。他的想法在逐渐成熟。他找到了自己能够做，也应该做的事情。他一直没有放弃学习，只要有时间，就拿起初中的课本和能借到的书阅读。不懂的地方，他向别人请教，认真吸收知识的甘泉。他明白，如果没有文化，自己想走远，太难。

这是一个新的起点，抑或是一个句号，没有人知道。缪存良年纪虽轻，但心气很高，他希望自己能成为一个有出息的人。

终于，历史揭开了新的一页。那是 1977 年的春天，缪存良回到了自己的家乡，来到福利厂工作。该厂其实就是金乡百货商店的一个生产车间。

是的，他在人生道路上几经跋涉转折，又回到了这里，在风雨泥泞中披荆斩棘，以开拓者的胆略，进取与拼搏，开垦着这片热土，播种着振兴中华的希望……

辩证法的奠基人之一赫拉克利特有句名言："一切皆流，万物皆变。"这句话很适用于当代，适应当今这个流动的、旋转的世界。与以往任何历史时期相比，当代世界在各方面都以空前的速度和更紧张的节奏疾进。

党的十一届三中全会以后，改革开放的浪潮席卷全国，春风化雨般给走进了死胡同的农村商品经济带来了新的生机。农村人的商品意识还没来得及真正觉醒，商品经济改革的根须已静悄悄地扎进了农村的土壤里。随着商品经济改革的萌芽、抽枝以至逐渐地枝繁叶茂，农村商品经济进一步发展，原有的经济体制不复存在。

这一切，让缪存良如虎添翼，他开始踏上理想之旅。

他自己设计挂历、活动卡、奖章、涤纶饭菜票，在金乡首家推行业务信函发往全国各地。他的产品很快占领了市场，赢得了信誉。然而，他不安于现状。为使金乡小商品扩大影响，他又建立了金乡科技信息协会，横向联系，拓宽路子；为使金乡小商品打入全国市场，他是那样的倾情倾心。

1984年，缪存良拿出辛苦攒下的所有积蓄，与朋友合伙在金乡镇办起了涤纶塑料厂。他们没有厂房，只好在金乡东门租来营房当加工场，生产涤纶绘图纸、塑料盒。创业艰苦，企业利润微薄，但缪存良咬咬牙，与大伙同舟共济，硬把企业支撑下来，终于使企业复苏，税利逐年上升。他没有把赚来的钱私分掉，而是扩大企业再生产，增加生产设备。根据投资需要，他把股东扩展到5个人，企业改称为苍南县新丰复合材料厂。

1989年，苍南县新丰复合材料厂刚开始投产，就遭遇经济不景气，连续数月共亏损了30万元。产品质量不稳定，市场局面难以打开，股东们意见不统一，企业陷入困境。

是撤资散伙，还是继续？

缪存良用他过人的胆识，毅然独自承担下全部风险。他承诺大家原先的股份转为借款，在规定的时间内将股本及利息退还给股东。

厚道淳朴的妻子听说缪存良接管这样一个烂摊子，忧心忡忡地问："这么困难，你管理得了吗？"

缪存良连眉都没皱一皱："困难算什么，舒舒服服当厂长，那才叫没本事！"

妻子沉默了。她听到有人在议论："新丰材料厂到年底不倒灶，才怪！"她想告诉丈夫，可觉察到丈夫那刚毅的神色和充满信心的眼神时，便不忍心去扫他的兴。十年的朝夕相处，夫妻恩爱，她熟谙丈夫的秉性——只要认准了路，无论有多大的风险，他是一定要走下去的！

缪存良明白，世间万物自诞生那天开始，便无时无刻不在接受大自然的考验，只有强者才能生存下来。一个人或一家企业也一样，要接受现实与市场的挑战和考验。

失败并不可怕，可怕的是从此一蹶不振。因为对一个强者来说，失败只会让他变得更强。缪存良无疑属于强者。

刚走马上任，工作千头万绪，缪存良摒弃一切干扰，一头扎进厂里，为扭转困境而冥思苦想、呕心沥血。

缪存良明晓这样一个道理：一个企业无论大小，只要大家拧成一股绳，天大的困难也能克服。在这内外交困之际，缪存良没有被困难吓倒，他下决心从头开始，积极寻找企业新的出路。

"即时贴"产品是当时市场的新兴装潢材料之一，缪存良感觉到这产品有市场，于是就紧紧抓住机会，开始打翻身仗。厂房不足，就地取材，建简陋的工棚；资金不足，向亲朋好友借贷；质量问题，亲自把关……缪存良每天超负荷运转，眼睛熬红了，人也瘦了。终于功夫不负有心人，三个月后新产品投产，开始推向市场。

缪存良认为凡是有利于发展生产力的都可以干，他是一个心地宽厚、可以把自己置之度外、十分独特又难能可贵的企业家。从这个平时少言寡语的人的一举一动、一言一行当中，你都可以感受到他的绝对真诚。

他开始南征北战，花了 20 多天时间赶到几个经济发达的省市做市场调查，又用十来天时间在南方大城市专门访问了一些大企业，开展"投亲靠友"行动，大胆进行探索，再次寻找新的产品。终于，他捕捉到一项适合自己开发的产品信息。他高兴得忘记了疲劳，日夜兼程赶回厂里，果断地做出决定：

——进行技术改革。投资新建一条生产流水线，尽快改变手工操作的生产落后状态，迅速提高经济效益。

——推行承包责任制。这是发展生产、搞活经济、企业腾飞的关键，先从一个大组、一个小组开始试点，然后总结推开；要根据实际情况采取多种形式的承包责任制。

——加强企业管理。理顺条线关系，明确职责；开展"双增双节"，从清仓查库入手……

——改善经营管理与创造企业环境。变封闭式为开放式，变生产型为经营型、服务型，加强与客户、用户的联系，增设业务网点，提高产品信誉。

——居安思危，努力开发新产品。不满足于目前的产品市场营销，尽快生产拳头产品，更新换代，增强市场竞争能力。

——立足上海、广州，面向全国。开拓新市场，建立新基地，解决厂小人少品种多的矛盾。不搞横向联合，就没有前途。

终于，一条年产值达 1500 万元的生产流水线顺利建成。接着，缪存良又开始实施产品"规划一代，生产一代，更新一代"的计划，使企业在激烈的市场竞争中牢固地站稳了脚跟。

很快，苍南县新丰复合材料厂由于产品不断更新，以质量取胜，讲究信誉，服务上门，产品销售渠道遍布全国。企业生产发展，带来了显著的经济效益。

1991年，企业产值超过千万元，比1990年翻番，名列全县第四位，一跃成为苍南县纳税大户。

缪存良干事业十分投入，他一门心思地钻了进去，就不再想其他的事情。他不抽烟，不喝酒，也从不涉足那些消磨斗志的娱乐场所。

朋友如是说："缪存良，内敛、沉稳、纯朴、低调，是个好人，自有好报。"

朋友又说："好，有眼光，有胆略，有气魄。"

"新丰复合材料厂形势大好。"不少过去讥讽他的人马上转了风向。

"新丰复合材料厂前途光明。"过去的"预言家"又在预言未来了。

苍南县新丰复合材料厂给人新的形象和新的话题，引发热议。

30多年来，新丰始终将"以信为本、以诚待人、以新拓展、以质取胜"作为企业的宗旨。

这些年来，他深深体会到质量是产品的生命，也是企业的生命，他要把产品做得既坚固又长久。这是缪存良的智慧。

缪存良认为，让每个员工视新丰为自己的家，靠自觉做事情，企业才有生命力。

他曾是一颗蒲公英的种子，四处飘荡。他那么希望能有一块肥沃的土地，供他生根、开花……由于阳光与雨露的恩赐，他终于如愿以偿。

一个一个的句号，缀成一首完美的诗，缀成一篇完整的文章。不打句号的文章，那也是有的，所谓言有尽而意无穷，佳句口留香。

从2000年开始，新丰为了长足发展，成立了广东佛山南海新丰复合材料有限公司。缪存良开始酝酿员工参股的理念，甘愿把自己的命运同员工维系在一起。

在历史的交汇处，常常有新的转折和希望。缪存良的开拓型性格，为公司的发展和人生又做了一次新的选择。

那年，40多岁的缪存良凭着个人的胆略和魄力，义无反顾地登上了中国第一家民营企业改制为股份制企业的风险舞台。

这不是缪存良一时的冲动，而是他深思熟虑的结果。他相信，唯有迈出这一步，新丰才有可能打造成百年企业。任何人都会关注自己的切身利益，个人一旦与企业捆绑在一起，与企业共进退，定能激发出无限的潜力。

民营企业改制成股份制企业，史无前例，没有任何成功的经验可以借鉴。缪存良和他的领导班子通过反复调查论证，制订股份制方案，实行利益分配。

公司成立董事会，明确领导班子、中层干部和员工三者的利益关系，生产数量、安全质量、营销责任为辅助考核指标，以此来调动员工的积极性。还建立了股份制企业的规章制度。

缪存良带头将民营企业改制为股份制企业，成为全国私有股份制企业第一人。

这是新丰集团在企业发展史上树立的新的里程碑，标志着新丰集团向规模化、集约化方向迈进了一大步。改制后的新丰发挥了民营企业转为股份制企业的效应，为后续发展创造了良好的条件。

那一年，全公司员工精神面貌大变，不仅劳动纪律好转，营销效益也明显提高，业务量大增，新丰上了新台阶。

在新的历史时期，改革开放的新形势、新变化、新环境，对股份制企业提出了新的要求。为促进新型观念的诞生和陈旧观念的淘汰，新丰集团要求全体员工提高效益观念，改善服务观念，增强竞争观念，树立创新观念；而新丰集团自身则必须加强全局观念，特别是提高员工对公司的向心力，增强企业内部的凝聚力。

新丰集团旗下有8家分公司，每家公司由集团控股，员工参股。凭着求实的精神，全体新丰人同甘共苦，一步一个脚印，走向企业新的辉煌。

人是万物的主宰，也是企业的主体。新丰人领悟了这一点，所以形成了自己独特的"以人为中心"的管理模式，加强企业内质外形建设，塑造一个"钢班子"，建设一支"铁队伍"，不断增强"内动力"，在市场经济狂潮中百战百胜。

员工如是说：

——我们公司自改革年代崛起，并取得了优异成绩，这是公司董事长缪存良以勇于拼搏、勇于开拓的精神和行动带领我们投入改革大潮取得的。

——缪存良深入车间，深入员工中间，每当生产第一线遇到疑难问题时，他总是出现在现场，与技术人员共同商讨对策，当场拍板解决。

——缪存良平易近人、严于律己、以身作则、为人表率，他关心员工，我们有错误有缺点时，他不是轻易训斥，而是谆谆诱导，以理服人，我们有问题有意见，乐意找董事长，他是我们员工的贴心人。

——缪存良是个大忙人，忙里忙外，不顾疲劳，日夜为公司操劳，为员工操心，董事长与员工心连心。

这是多么实在、多么真切、多么感人肺腑的话呀！

中层干部说：

——缪存良倾听员工意见，不喜欢听奉承的话，爱听批评意见，更爱听合理化建议。他喜欢员工中有更多的"智多星"。

——缪存良治厂纪律严明，下达任务明确，职责到人。他强调分工不分家，团结互助，一人兼多职，一人顶几人用。

——缪存良体谅我们干部，当遇到困难时，总是积极支持我们的工作，使我们增强克服困难的信心和勇气。

高层成员又说：

——缪存良勇于开拓，立足本厂，洞察四方，有胆略，有魄力，富有创业精神。

——缪存良尊重别人，遇大事与员工商量，放手让大家干，他勇挑重担子，有成绩向别人身上引，有缺点便从自己身上找。

缪存良是个正直诚实、爽朗直率的人，没有架子，员工都乐意找他谈心。他说："我也是厂里的一员，我喜欢与大家交流。"是的，他与员工，就好比鱼与水，谁也离不开谁。岁月似流水，缪存良深感员工的凝聚力、向心力是办好企业的基础。

这是新丰集团的精神，是公司各部门、下属分公司及全体员工在长期生产经营工作实践中形成的企业文化的核心。凭着高效的信念，新丰人确立"安全第一，优质服务"的思想，在安全得到保障的前提下，又追求优质服务，加速前进，因为他们明白，不进则退，慢步就会落伍。凭着创新意识，新丰人认识到在社会发展日新月异的今天，墨守成规会使企业走向死胡同。他们进行了制度改革，创建股份制，走兼并道路，从2000年至2010年将新丰集团所属子公司全部改为股份制，体现了"敢为人先"的创业精神。

说出和写出"团结、求实、高效、创新"这几个字并不难，但要让每一个高层员工接受这种精神，并在实际工作中身体力行，并不是一件容易的事。但新丰人做到了，并且上一代传给下一代，这是企业的一笔珍贵财富，是企业弥足珍贵的无形资产，它凝聚着企业全体员工的心血。

缪存良是个不安于现状的人，他的目标是走向全国，闯入国际市场。因此，全国各地的各种信息就在他脑子里反馈撞击，发出炫目的火花。新产品——"飞狮"牌镭射即时贴，200多种花色品种，以合理的价格、上乘的质量，在全国各地打响了知名度。经浙江省科学技术协会鉴定委员会鉴定：该产品采用国产原料和自控设备，而材料涂层采用转移法新工艺，产品具有剥离性能和稳定性能好、适用范围广等特点，产品使用性能接近或达到国外同类产品水平，可以取代进口，填补省内空白。

缪存良说："我相信企业和人一样，只有不停地前进，才会有生命力"。

事实给予最好的佐证，企业从无到有，从亏损到赢利，从小到大，从本地辐射到全国。新丰年销售额已达到15亿元，每年上交税额达

2000多万元。

缪存良的成功经验告诉我们：大浪淘沙，有浮有沉。竞争让弱者更弱，让强者更强。机遇是平等的，但道路总是曲折的。谁想走直路，谁想一劳永逸，谁就必有败阵之虑。

在全球经济危机影响下，缪存良没有退缩。相反，新丰集团整体业绩不降反升，逆势增长，成绩喜人。

有人说，缪存良的企业是常青树，30多年来稳步发展。

是的，在人生的大海里，缪存良正驾驶着生命之舟，勇敢而执着地奔向那理想的彼岸。

如今，他又瞄上了外向型经济，怎么做？

他在思忖着，也许，他的产品将从偏僻古城走向世界。

随着改革开放第一批企业家的功成名就，如何传承企业以保家业常青，已经成为他们要解决的首要问题，更多的第二代接班人开始迎接新的挑战。

当年，从加拿大留学回国的儿子缪新颖，按缪存良的培养计划是将来的接班人。但他并没有直接把儿子安排到公司做事，反而做出决定：缪新颖暂时离开公司，独自到上海学习和创业。

缪存良说，"多学多看，谦虚谨慎，年轻人最大的财富是时间，总有一天世界会是他们的。"

我想了想问："儿子到别人厂里锻炼学习，是不是和你的教育有关系呢？"

"可能有吧。"缪存良放慢了说话的速度，"我不断地告诉孩子们，让他们这样做，是为了让他们今后的人生阅历更加丰富。儿子缪新颖直到 2015 年才到上海公司担任总经理。"可想而知，缪存良用心良苦。

一个当代企业家的情感世界：多层次的情感网络，进取型的人格，浓厚的民族感情以及科学地理解人生价值的真谛。

缪存良，从零起步，白手起家，让新丰由低矮的树苗长成今天的参天大树，这种巨变是他乘改革的春风，用自己辛勤的汗水和聪明的才智铸就的。一串串数字，一块块奖牌，一批批业绩，就如跳动的音符，演奏出耕耘与收获的美妙乐章。

温州市新丰复合材料有限公司创建于 1989 年。公司坐落在温州市苍南县金乡镇第三工业区，目前拥有占地面积约为 3.9 万平方米、建筑面积为 3 万平方米的十幢现代化厂房。

经过 30 多年的艰苦创业，新丰从家庭作坊式的小厂发展成为拥有 8 家实体公司、年产值达 16 亿元的规模型集团企业，主要生产自粘胶贴、淋膜纸、离型纸系列产品，并成为全国不干胶行业龙头企业之一。

企业连续多年被县政府评为先进集体，被市农行评为一级信用企业，被县工商局评为"重合同守信用"先进单位等。

"大文章"由人来做，"大文章"靠大家做，新丰把"以人为本"的管理理念贯彻到各项工作中去，规范人的行为，体现人的价值，形成自己别具一格的企业文化，建设新时代的员工队伍。

当今市场经济条件下的竞争，实际上是人才的竞争，是人的素质的竞争。因此，坚持"以人为本"，全面提高员工素质，培养跨界人才，建立一支一流员工队伍是当务之急，新丰集团下功夫，抓教育。

——结合本集团的实际情况进行爱国主义、新时代中国特色社会主义和集体主义教育，形成企业共同的理想、信念、价值、行为标准。用身边典型的生动事例来教育身边的人，通过各种方式大张旗鼓地进行宣传，以体现劳模人物的人生价值，在全公司掀起比、学、赶、帮的热潮。

——市场竞争是人的技术竞争和品德竞争，有了好的技术没有好的品德或有了好的品德没有好的技术都不行。为此，建立员工培训中心，同时层层制定相应的奖惩措施，对全体员工进行岗位培训考核，现有员工持证上岗率达到100%。管理层以上进行TQC和现代企业管理培训，经常开展技术练兵、安全竞赛等活动。

——新丰人靠"钢班子"的正气带出"铁队伍"的优良作风，塑造了一支拖不垮、打不散、战必胜、攻必克的员工硬队伍。坚持依靠全体党员，发挥党员先锋作用，开展"知昨天、爱今天、建明天"活动。实践证明，青年已成为企业的今天和明天，抓住青年就抓住了主力军。

在企业不断发展的今天，缪存良总是在考虑如何增强员工的凝聚力。他抓企业内部管理和产品质量管理，加强财务管理、信息管理、物资管理、安全保卫，制定岗位责任制度及考核办法等一系列规章制度。抓一项做好一项，不达到标准要求决不罢休。企业内部管理逐步转化为制度管理。后来缪存良既把员工看成企业的主人，又把员工当成自己的亲人，用情去换取员工的心。他每年带员工到外面旅游，由近到远；公司经常举办"安全知识""法律知识""员工运动会"等竞赛活动，受到员工的欢迎。

尽管缪存良的家底已经颇丰，但当有人劝他把企业卖掉过悠闲的生活时，他却说："公司里还有上千号人，他们的生活以及他们背后的家庭的生活，我不能撒手不管。"

"在新丰，工作 10 年以上的老员工比比皆是，这些人为了新丰付出自己的青春，新丰对他们也是有责任的。"缪存良如是说。

为了缓解员工住房难的问题，"在新丰，员工的收入和生活水平要不断提高，工作 10 年以上的员工要有房子"，缪存良对我说。新丰为每位员工举办生日纪念活动，使员工体会到新丰大家庭的温暖。

他又告诉我说，"只要员工有进步，就有加薪、提干的机会"。即便新丰在 2018 年产值达到 16 亿元，他仍告诫大家："这些都不重要，重要的是要把新丰做成'百年'企业。"

他说得多么诚恳、多么实在。

他的公司还有一条不成文的规定。凡员工有困难，他必去访问；凡员工身体有病，他定去看望；对家住较远的员工，给予照顾。他说，关心员工生活不能停留在口头上，要扎扎实实办几件事，使员工感到在公司里工作有奔头，干起活来有劲头，让员工明白，公司永远是他们最坚强的后盾。

对企业文化颇有研究的缪存良，将开展好企业文化总结成四个方面：一是目标引导，追求更高层次需求，提出具有挑战性的目标，使企业保持旺盛的生机；二是宣传教育，运用多种形式和手段，疏通党、政、工、团等宣传渠道，造成舆论环境，提高员工文化素质，使员工产生企业自豪感和归属感；三是领导示范，典型启迪，使企业文化更具感召力和可信性；四是汲取传统文化精华，舍其糟粕，潜移默化地改变员工的思想意识和行为规范。自 2000 年企业改制后，由缪存良倡导的岗位思想政治工作责任制就出台了。缪存良只要有一点时间，就找职工谈心，了解员工的思想和生活，在力所能及的范围内帮助他们解决实际困难。他常说："在当下企业员工与老板之间不是雇用关系，而是股东关系。"因此，员工都觉得他平易近人，也有人说他是"没有脾气的董事长"。

何尝不是呢？精神与物质相糅合，"硬件"与"软件"相融合，正如"真"的根与"善"的叶，结成"美"的果。

一个企业的成功须具备千百种有利因素，而第一要素就是有一个敏锐的创业者。新丰集团有今天，首先也是得益于这一点。

缪存良深深懂得，创业道路是一条艰难曲折的路，企业家只有不断地自我完善，才能披荆斩棘，开拓前进，到达胜利的彼岸。

并非结束语

缪存良热爱这块土地，更热爱这里的人。多年来他将自己辛勤的汗水和爱心献给了家乡，他不仅集资办学，出资铺路造桥，举办文艺演出，还出资兴办教育，成立慈善基金，他毫不吝啬，总是慷慨解囊。

苍南县莒溪镇辅导中心小学的教室破烂，冬天冷风直灌，冻得孩子们直哆嗦，他怀揣着5万元现金，直接到现场勘察解决；金乡小学百年校庆、金乡中学50年校庆，他各捐资10万元。多年来，他每年助学的学生达百名以上，其中仅藻溪镇心垟村结对助学的学生就有30多名，每名学生每学年平均获捐款5000元以上。缪存良视助学义举为惯例，坚持至今。教育改变着大山深处贫困孩子的命运。他说："未来，他们能有发展只管自己去发展，要来我集团工作的，我也很欢迎。"

他常说："与人为善、助人为乐是最基本的道理，我个人的力量毕竟有限，但需要我们付出的时候，我们从来不会推辞。"

苍南县望里镇马鞍村公路有一座简易桥，已破旧不堪，严重影响了当地的发展。缪存良了解到这一情况后，掏钱和当地政府一起把该桥全部翻新。村里有位残疾人说自己20多年都没有出过家门口，当路、桥修好之后，在家人的帮助下，他终于可以坐上轮椅出门看看了。

"民企系'三农'，共建新农村"，这是统战部与工商联的要求。

在苍南县吴家园水库里面有一个村，叫小心垟村。路不通，电视没有，由于青年人都出去打工了，村里只剩下70多个留守老人。

那天，缪存良坐船到了该村，给到场的留守老人，每人发了200元。老人激动地说："百元的红币我这辈子还没有见过呢。"同时，缪存良又根据该村的实际情况，出资买了50头牛，送给他们放养。

多年来，缪存良做慈善从不求回报。很多时候，他也不留下姓名。缪存良告诉我："要多做好事，多献爱心，一辈子有做不完的好事。"

四川"汶川大地震"发生后，他立即发动集团全体员工捐助，自己也拿出一大笔钱，通过邮局汇出。

金乡狮山公园建设、环城河疏浚、绿道修筑等，周边乡村修桥铺路……都留下缪存良爱家乡的痕迹。其中为家乡绿道建设，他以企业名义捐资200万元，以个人名义捐资220万元，共计420万元，此举得到社会高度赞赏。

"我爱我家，五水共治"是造福浙江人民群众的民生工程，新丰集团现场认捐200万元。缪存良2012年被县人大授予"慈善福星"的称号，2015年被苍南县慈善总会授予"慈善捐赠特大贡献奖"称号，被提名编入《浙江慈善人物志》。

他说："30 多年的商海沉浮，让我懂得感恩，不但要报答父母，还要去反哺社会，帮助更多年轻的创业者，让他们更好地成长。"

"扶贫济困、奉献爱心是中华民族的传统美德，也是新丰集团秉承的优良传统，我觉得非常快乐，也非常有意义。"缪存良如是说。

今天的缪存良并没有过多留恋昔日的光环，而是集中精力，继续攀登事业高峰。他驾驶的航船，虽遇到无数惊涛骇浪，但他都越过去了。他计划在新时代中国特色社会主义建设里，争取再上一个新项目，为国家创造更多的财富，造福人类。

这位被人们誉为"上马带兵，下马著文"的儒将，如今额头增添了许多皱纹，两鬓也多了白发。但他那颗孜孜以求的心依然如故。人的生命是一个过程，像缪存良这样寻找人生价值和存在意义的，在成千上万个企业家中，已是数不胜数。他们找到了，但那不是结束，而是一个个新的开始。因为事业有后来者，未来才有希望。

风雨成败笑谈间

——记苍南县金乡徽章厂董事长陈加枢

序曲·太阳车之辕

吾令羲和弭节兮

望崦嵫而勿迫

路漫漫其修远兮

吾将上下而求索

——《离骚》

在中国古老神话中，崦嵫山被认为是太阳之所在。而西方人则认定太阳在神秘而遥远的东亚细亚升起，他们把那个梦幻般美丽而不可及的地方称作东方。

传说太阳神羲和每天驾着神圣华美的太阳车，在鸾凤云龙和雷神雨师的护送下，穿越无底的苍穹，向崦嵫山那株枯木奔去。

苍南县金乡徽章厂董事长陈加枢

在东方，太阳车的出发之地，我们真的见到了那驾排空驭气奔如电的太阳车，满载火焰、热量和光明的神奇之车。

在东海之畔，狮子山下的苍南县金乡徽章厂，他们用智慧和汗水创造出一流的经营理念、一流的企业文化、一流的技术人才。这难道不是太阳车吗？

徽章厂进行了三次改制。一个意味深长的"新"字，隐含着徽章厂奇迹般成长背后的奥秘。

整整40年时间，苍南县金乡徽章厂崛起了，这是中国改革开放进程的缩影。它致力于追求可持续成长和企业界一流的地位，立志发展成为具有高成长性和鲜明文化个性的无区域性企业。正是这种伟大的精神力量，使徽章厂有了不倒的支柱。

还是那驾太阳车，还是那个屈原。今天的徽章厂会发问：你何必徒劳地阻挠那太阳车的行进？你何必扶着那车辕，与羲和同驾这飞驰的车舆，如霓虹般划过天际？

驾太阳车，与日偕行，那漫长而遥远的道路会排除坎坷与迂回。一个光明而且净朗的金乡徽章厂，任你逍遥地上下求索。

这不正是徽章厂人在新时代拥有的自信和豪迈吗？

东方智慧

弥漫的火，为了照引智慧的出现

渐渐集中成太阳

遍地的稻谷金黄

痛饮着太阳的热血

在饱满地灌浆

在一个酷热难耐的午后，我抽空沿着南门外的公路走去，路上一片喧嚣，各种声音交织在一起。

我看见百年茶马古道，架起了时空。一座座新城，在600多年之后落成，却依然被称作古镇。

苍南县金乡徽章厂，坐落在温州以南80多千米处的金乡古镇。

这天，气温高达38℃。尽管董事长陈加枢的办公室开着空调，我还是没有感到凉意。我希望他能同我多聊几句，可他很忙，就在他接待我的那几分钟里，仍不断有人来找他，他还连续接了几次电话。

我读过不少报告文学作品，其中所写人物大多在一定范围内有较大影响力，他们或为成就卓著的科学家，或为有突出贡献的企业家，或是名闻遐迩的劳动模范……而我要采访的是中国"徽章制造大王"，是"生意做到联合国的温州人"陈加枢。

滴水成河，平凡中孕育着伟大。新时代中国特色社会主义建设，离不开运筹帷幄的决策者，也少不了无数个在各个岗位上默默无私奉献的人。身为董事长的陈加枢，就像沧海一粟，跟许许多多平凡如水滴的人物一起，汇成了锐不可当的民营经济体，推进了新时代中国特色社会主义建设。可是，我这文章究竟应该怎么写？我感到有点茫然，也似乎有点难以下笔。

陈加枢与千千万万的中国人没有明显的不同，倘若非要应用"一千棵树有一千种形态"的定理来形容他，那么他有高挑敦实的身材，目光中透出深邃的智慧，那是经过岁月历练后的沉淀。

把时间托付给生命，岁月凋谢的是万物之影。就像这个小镇，已没有多少驿站让我回头寻觅。而他是脱落于八月的枝叶，挟带着风的翅膀，因古老而沉寂，因成熟而奋发。

回首，那些年轮里的故事，已随着鸟儿飞向远方。小镇的八月，星辰擦亮的天空，带给他另一抹原色，唯一的时节，记忆开始潮湿。

知陈加枢其名，偶获于《文汇报》等报刊，上有关于他的万字特写。

文头六字特号黑体——挑战的男子汉。堂皇庄重，夺人之目。

睹其文，略知生平事迹：他乃属猴之男性，地道的金乡人。苍南县金乡徽章厂董事长。高中一毕业，就为农民，继而为兵，又变为商及"企业家"云云。——或其变化多端，或其历涉勤劳，故生悬念。

进门至陈列大厅，橱窗、墙壁上挂满了各式各样的商标、标牌、徽章。一个内涵丰富的世界打开了。

光，色。流动，静止。直线，曲线。圆，方。

晴空，云彩，草地。飞翔的鹰，奔驰的鹿。理想，幻影，现实。

宇宙，银河，自然，复合缥缈的梦。这一切组成一部彩色的交响乐。

徽章厂的橱窗里那一个个美妙的音符，需要这样的色彩。

500多种标徽，有的庄重，有的威严，有的灵巧，有的奇特。如此规范、如此安然的姿势。

展厅中央，灯光摇曳，沉睡着久远的"铁墩"。

时间，几缕沉醉，在流光里沉溺。一点一点，滴落锈斑。都在炼光，炼火，炼歌，炼闪烁的徽章。

铁锤的敲打声，震响天宇。穿过厚重的岁月，在收拾时光里留下的痕迹。小小的铁墩，多少个日夜，做着播种的梦，笑吟吟地打造金灿灿的果实。那只有40平方厘米的平面，无数次规划圆体的直线。

让探求的目光，摇动智慧之舟。沿着直线和圆周，雕琢各样的徽章，驶向浩瀚的海域，驶向欧美大陆。

我茫然四顾，找不到一种理由颠覆语言。他为联合国维和部队，俄罗斯、美国等10多个国家的军队，生产了数百万枚士兵的标徽。林立而透明的锐边玻璃橱，绽放，弥漫，波光粼粼。

我无法想象雨中飘动的是怎样的泪光。用文字叩响梦境，我是否能叩开隔世的遐想？

见到陈加枢，第一印象便是沉静、谦和、诚信、慎思，让人不由得联想到儒、道两家的思想光辉。

大和生财。《中庸》如是阐释中和之道："喜怒哀乐之未发，谓之中；发而皆中节，谓之和。"儒家认为，中和是为人的最高境界。

这二字用在陈加枢身上，十分恰切。这位董事长毫无架子，待人极为谦和，徽章厂工人都把他看作亲切的朋友。

陈加枢做生意也信奉这四个字：大和生财。

他总是以礼善待客户，善待员工。在他的影响下，徽章厂的每一个营销人员都有了以和生财的意识，这已成为苍南县金乡徽章厂发展的重要保障。

陈加枢还把"和"推及适应外部环境之中。他认为企业要立足于市场，不但要培育内在优势，也要优化外部环境。这外部环境是最重要的环境。他的准则便是"舍小利而求大成！"他认为，如果不能得到社会的承认，不能得到政府的理解和支持，付出的一切努力都会贬值、失色。

他常对徽章厂员工说："世界潮流，浩浩荡荡。顺之者昌，逆之者亡。"他认为办企业不研究经济发展趋势，就像走路不看路一样危险。

正是基于对时代脉搏的把握，对国家发展的思索，他才能果断做出决策，先人一步，快人一拍，取得很大成功。

徽章厂自创办以来，经历了投资、产业调整和突出主业三个阶段，最后定位于徽章产业这一领域，这就是他务真求实的经营智慧的结晶，这也使得金乡徽章厂立于全国不败之地，稳步地成长。

俗话说，同行是冤家。可陈加枢也把这个"和"字用到了对手身上，真可谓大和了。他认为同行企业在恶劣的市场环境中走过风雨发展到今天，总有它的长处，这就是值得自己学习的地方。同行之间通过比较规范的竞争，也能促进企业本身水平的提高。这些年来，苍南县金乡徽章厂与同行业中的竞争对手加强联系，互相交流，互相促进，形成了竞争与合作的良性体系。

为政以德。子曰："为政以德，譬如北辰，居其所而众星共之。"陈加枢对企业的管理，其实很大一部分在他的管理工作之外便已经实现了。他用他的人格、价值取向，为徽章厂人树起了一面红旗，也设定了一个无形的标尺。因此，在苍南县金乡徽章厂内部，组织氛围公平、公正、公开，员工相互尊重，遵循人格平等的人际关系准则，管理者和被管理者融洽配合，全体员工勤俭敬业、求实创新、遵纪守法、忠于职守。

陈加枢的人格力量使徽章厂员工有了一种巨大的凝聚力。他们信任自己的领路人，尊敬自己的领路人，热爱自己的领路人，并潜移默化地接受心灵的熏陶。

许多人说起他的荣耀和骄傲，羡慕、佩服；许多人说起他忍受的磨难和痛苦，摇头、感叹。而他总是沉思着什么，坚定地走自己的路。他曾无声地倒下又挣扎着爬起，在拓荒的土地上，他移山撼岳，挣断一根根锁链。

于是，他和他的团队一起，开拓、创造。

渴望天际隐隐传来第三次创业的浪潮，把一切阻力和畏缩甩到身后。这就是不惜一切崛起腾飞的——苍南县金乡徽章厂。

分明没有一页龙飞凤舞的曲谱，也没有一根起伏绕旋的指挥棒。

但我确实看到他，在指挥着一支庞大的乐队，演奏着他不曾发表的第十章交响乐的片段。

哪怕是不押韵，也已成为一首抒情诗。

那无拘束的交谈，那朗朗的笑声，那俯首记录的姿态，就这样留在我的脑海中。还有那一辆辆集装箱车，在厂内进进出出，运载着联合国维和部队军徽、美国军徽、美国五十个州的警徽、俄罗斯军徽、英国海关徽章、日本警徽、沙特阿拉伯军徽、几内亚军徽，盾形、圆形、六角形，色彩斑斓。

都说梦想是甜的，现实是咸的，而一旦梦想变成现实，咸的就能变成甜的。我追随着这个乐章的旋律，静静地聆听。

我在解读一个男子汉人生的密码。

现代胸怀

有一团金色的火焰

把环城河还原成从天而降的热雨

太阳的血液洒落

而人的潮水般的情感

越过地平线

在坚硬的胸膛中升起

20 世纪 80 年代初，改革开放迸发的强劲活力和盎然生机，让古镇金乡兴起了家庭工业。陈加枢刚从部队退伍回乡，开始走南闯北推销徽章。

那一年，他从金乡出发，坐了十几个小时的长途汽车来到山西。在一个星期内他就接到 7000 元的校徽订单，这一笔赚了 3000 元。面对淘到的第一桶金，陈加枢还真有点惊喜交加。尝到甜头的陈加枢，看到了徽章行业的巨大潜力和市场前景。当时金乡做徽章的家庭加工点、小作坊多如牛毛，他决定率先创办上规模的工厂以赢得竞争优势。

1983 年，27 岁的陈加枢与 4 个朋友集资 2 万元，购买冲床、压力机等设备，到上海请老师傅传授技术。在金乡镇，他第一个走出家庭作坊，办起了用机械设备生产徽章的工厂。他跑遍中国的大江南北，推销自己生产的校徽。2 年后，赚了钱，积累了原始资金，他又找人合伙投资 29 万元，招收 70 多名工人扩大规模，成立了早期的金乡徽章厂。

那是 1986 年 9 月，陈加枢带着 300 多个产品，到上海举办产品观摩会。

上海，霓虹灯像一层变幻的流云，它在浏览夜的市容。有人说是美术师在比美，不如说企业家们为了竞争在较劲。地上一片灯火的急流，不是车的展览，而是心的冲锋。

为了探索前进，车灯亮着；为了生存，心灵的轮子急速地转动着。

在上海如意酒家，有 300 多名来自沪、杭、甬等地的客人，以及来自 10 多家新闻媒体单位的 20 多位记者。

此时，如意酒家经理在大厅祝贺说："摆如此大型的宴会，这还是第二次，第一次是个华侨；这一次不是华侨，而是 4 个农民合资开办不到 2 年时间的金乡徽章厂。"他还强调说"他们来的目的是召开徽章产品观摩会，公开摆设'擂台'"。温州时任副市长还特题词："敢同大厂比高低，再向名牌争分寸。"摆下"擂台"，公开向全国同行大厂叫板：一比质量，二比价格，三比信誉，四比速度。同时，陈列在展厅一角的产品，足足有 300 多种，琳琅满目。价格比其他厂便宜 30%，保证质量，免收制版费。

"擂台"让金乡徽章厂一炮打响，取得强大的轰动效应，上海许多厂家当场要求订货。

记者们叹服了，来宾们叹服了，连连称赞，办企业就要有这种公开与大厂竞争的气魄。上海电视台把这个"擂台"场景，在新闻节目里连播了 5 次，"金乡徽章厂"声名鹊起，国外的客商也纷纷登门订货。

星光和夜幕施展蓝色的诱惑，变幻的光影让上海的夜如此暧昧。汽车穿梭，喇叭鸣叫，箭一般射去的是永不回头的时光。

思索、生存、竞争、追踪……

上海滩留下了他自信的足音，奔向明天的雄心。

然而，就在企业发展的黄金时期，由于管理模式不当，徽章厂的产品在日益激烈的市场竞争中屡屡失败，企业先后亏了20多万元。眼看着企业就要这样土崩瓦解。

衰、存、亡，转让还是发展？股东们，香烟一支接着一支，烟雾沉沉。每个人的脸色忽明忽暗，被痛苦和无奈纠结。

大家沉默，谁也不敢接手这一烂摊子。最后决定：35万元转让金乡徽章厂。

陈加枢的眼前，浮现当年合股创办企业的艰辛，推销产品的困境。创业的欲望，在冲撞着心的堤岸，越来越强烈。他声音不高，节奏放慢，说："这个厂没有人要，我要了，厂里的债务也归我负责偿还。"

他一字一句就像坠着沉甸甸的铁锚。他的平和似厂门口的那棵树，貌似要倒下来却又稳稳地屹立。生存，竞争。一种启迪，一种战栗和忧惧。

那是1987年底，冬天。他身背沉重的"十字架"，迎着寒风，一步步地向前行走。应该属于他的青春年代，被压力填满。陈加枢接管金乡徽章厂后，人生好似一杯苦酒，每一滴都被苦涩浸透。

他要从绝境中走出来，和命运博弈。整顿厂里的机制，用制度管理厂，用规章管理人，岗位责任意识和风险防范意识渗透到每个人。一年后，企业扭亏为盈。

自从陈加枢接管徽章厂后，他把计划贴在墙上，让员工日日见到。

他一直认为，计划一定要交给执行计划的人。员工，不是行动工具，他们最起码是那一部分完成任务者的指挥员，要调动起每一个员工高度的积极性和创造智慧的能量。

无穷无尽的奇谋、将略和想象，让他们既天马行空，又时时处于监督之中。他多了一百个大脑、一百双眼睛、一百条神经、一百个设计师。而且计划是那么清楚，情况是如此分明，让人一目了然。

他们一百颗心甚至一千颗心都钉在那上面，过一眼，了解全局，看到整个生产的烽烟。他就是这样，不喜欢把计划锁在抽屉里，而喜欢让它像他的心那样坦荡。他喜欢把作业计划贴在墙上，就像把自己交给了大家，以厂为家。

他要在企业营造一种"迅速反应，马上行动，追求卓越"的运作机制和工作作风。2001年，公司按现代企业管理和与国际接轨的思路，对原有组织结构进行了大调整，由原来的垂直纵向管理模式转变为岗位责任制管理模式，分管理和经营两个层次，管理层分设资金财务部、业务发展部、人事资源部、工程总监，各子公司由分管领导监督。

一个精简效能、脉络清晰、职能明确、协调统一的新组织体系建构起来了。

仅有机制是不够的，企业科学决策还需要有进一步的保障。

每月开一次会议雷打不动，常是从上午开到下午，从傍晚开到凌晨，不把问题解决决不罢休。

在会上不搞一言堂，也不搞封闭式、神秘化决策，而是让每位成员充分发表自己的意见、看法，允许争论。而徽章厂的决策一旦做出，就必须一个声音贯彻到底。

同一种管理思想，具体到不同的团体又有不同的管理方式。

对企业总部包括全厂的员工，每年进行评比、打分，实行末位淘汰制。优秀的员工予以升级、加薪等奖励；劣者予以降级、除名等处罚。同时对中层以上的干部实行年薪制，并对成绩出色的员工予以重奖，使员工把徽章厂当成自己的家，安心工作。但陈加枢董事长深知，物质奖励只是一个方面，他把更多的精力放在思想工作上。为解决员工的后顾之忧，陈加枢建筑了"凝聚力工程"，为新来的大学生提供良好的平台；为做好后方保障工作，他还常常深入员工，与各个部门经理谈心，及时沟通思想。

对于生产部门而言，质量就是生命。他们建立了一系列的保障体系，"下一道工序是上帝"是徽章厂独创的质量理念。徽章厂所研发的产品，无一例事故发生，创下了同行的"吉尼斯"纪录。过硬的质量使徽章厂在供大于求的买方市场中也握有主动权，令同行艳羡不已。

这就是陈加枢管理思想实践的果实。

在生活上，陈加枢总是这么朴实平凡。没有业务应酬时，他就在食堂里和员工一样吃最普通的工作餐。他从不讲究排场，不摆阔气，艰苦创业，勤俭办厂。

企业越做越大，像滚雪球一样，荣誉越来越多，到徽章厂来采访的人络绎不绝。每当记者想了解更多的动人故事时，他总是语气平和而坚定地说："不要写我，多写写企业，多写写我们可爱的员工。"

战略之魂

> 一只凡鸟，每五百年飞入太阳的光焰
> 焚尽苍老的羽毛成了凤凰
> 超于万物因成熟而衰败的必然之环
> 不死，不灭

陈加枢是一个用人格力量凝聚企业的领导者，是个外谦内韧的人。

子曰：刚、毅、木、讷，近仁。"刚、毅、木、讷"这四个字用来形容陈加枢十分贴切。从部队的一个文艺兵到下海经商，这其中的跨越绝不仅仅是 30 年的岁月。没有刚毅的个性，梦想又怎能定格成图腾。

从外表看，陈加枢不像企业家，他的言谈举止很儒雅，人们都称他为儒商。善于运用成熟的战略思想，是陈加枢在市场经济的海洋中一路乘风破浪的根本原因。大动若静，陈加枢似乎天生就是一个战略家。他极为重视企业战略的制定。他认为，经营一个企业，绝不能走一步看一步。他的脚印和信念，被时间洗刷得越发清晰。

创业不易，从烟尘弥漫的小道，走向灯火闪烁的夜晚，山重水复，亦有柳暗花明的转机。街头巷尾流传着很多关于他的话题。一支钢笔，一块指点迷津的路标；一张木桌，一面负荷信念的托盘。摊开白纸，他描下纵横交错的期待。一切不过是时间的错觉，也许一切从未发生过，可他仍沸腾着那一刻的血液。

完全是偶然机会。某天某日，陈加枢在上海徽章厂参观。

厂方指着身材魁梧的金发外国男士道："这位是美国军需品公司格

林公司董事长巴力·丁·斯坦先生。"

陈加枢回眸看了一眼，知道他是公司大客户，赶紧拉着翻译，双方互递名片介绍，并邀请他到苍南县金乡徽章厂驻上海办事处参观。巴力先生欣然接受。

巴力先生在办事处看到一枚枚精美的徽章，赞不绝口。

他拿起亚运会纪念章，凑到眼前细细观看，反面、正面，他用手不停摩挲着精巧的纪念章，好像得到了一枚珠宝。

他对翻译说，真难以相信这就是温州农民生产的。

他很坦然地对陈加枢说，此行目的就是在中国寻找生产美军军徽的合作伙伴。

一个巨大的商机！愚者暗于成事，智者见于未萌，时间的价值的确因人而异。神奇的时光镜头，如蒙太奇效果，令人目不暇接。

两周后，巴力先生突然出现在偏远的苍南县金乡徽章厂总部。

这个满头金发的美国人，在古镇引起了小小骚动。

陈加枢的一个金色梦想实现了。

生活日渐斑斓。小城的天空，有鸟儿一次次纵情飞翔。

美国纽约，曼哈顿拐过黑夜。

洛克·菲勒，摩根，杜邦，梅隆……还是昏灯，还是阑珊，还是懒散。满眼物欲，读不透天文，看不透手相。

唐人街，喧闹嘈杂，行人熙熙攘攘，外国人、中国人，白色的、棕色的、深黑色的，各种肤色都有。

纽约港，那尊自由女神像右手高擎火炬，象征着知识启蒙；左手握着文本，代表美国《独立宣言》。

陈加枢第一趟美国之行。他第一次与纽约市警察总局长官见面，把一些徽章样品摆在桌面上，阐述意向。

美国警察拿起徽章草草看了一眼，连连摇头，带着疑问说："中国不可能做出一流的警徽。"

陈加枢不温不火地回答："中国有句古话，'耳听为虚，眼见为实'，请你们派两位专员到中国看看。"在陈加枢的真诚邀请下，半个月后美方派了两名专员到苍南县金乡徽章厂考察。在徽章厂，工人现场冲压、涂珐琅、电镀，演示从投料到成品的三个小时制作过程。

美方俩人不时地轻轻耳语，又频频点头，最后带着100副样品回国了。尔后，美方来消息了，由于他们的产品价格是美国军工厂的一半，且质量上乘，美方马上订了68万套。

自此之后，订单源源飞来，美国陆海空三军军徽以及50个州的警察局的所有警徽和警花，全部由中国温州苍南县金乡徽章厂生产。

上帝创造了人，温州人创造了新的崇拜。

联合国秘书处发出信函，把联合国维和部队的军徽交给苍南县金乡徽章厂生产。当陈加枢听到大洋彼岸飞来的消息时，他是多么的激动啊！

联合国维和部队军徽的图案来自联合国徽章，两根橄榄枝环绕整个地球，意味着争取世界和平。

生产联合国维和部队军徽的任务，是多么神圣，又多么沉重。

苍南县金乡徽章厂全体员工在技术上精益求精，严格把关每道工序。

经过大家的不懈努力，一枚枚联合国维和部队军徽，闪耀、发光。

自此，苍南县金乡徽章厂的业务源源不断，又接到了为英国、俄罗斯、沙特阿拉伯、阿根廷、老挝等国家生产制作军徽、警徽的业务。

苍南县金乡徽章厂在国际市场上树起了金字招牌。

只见陈加枢站在办公室的二楼阳台上，那情那景和我来采访时初见的一样。在彩霞辉映下，他更像一只搏风击浪、一往无前的雄鹰！

他在沉思，在默想，在思考，在酝酿。他想把整个世界纳入舞台，他想把自己献给每一位观众。他全身的血在沸腾，渴望绽放。他把啤酒倒进喉咙里歌唱。

他不许任何人离席，他迫使观众热烈鼓掌、大声尖叫。

他的目光总是那样炯炯有神。

1994年，解放军总后勤部从北京派了两位军人，风尘仆仆地来到了苍南县金乡徽章厂。

他们仔细看了徽章厂为国外生产的产品，在感叹那些徽章制作得如此精湛之余，当即决定由金乡徽章厂开发与中国人民解放军陆、海、空三军07式军装配套的徽章。

作为军需产品，要求极为严格。陈加枢根据总后勤部的质量要求，将每道工序的质量标准发给每个员工，并在厂部和每个车间设立了质监员，要求产品质量合格率达到100%。最终，所有产品通过检测，全部合格。

他们从设计图案到制作样品，都深受总后勤部的认可。

1997年，解放军总后勤部与苍南县金乡徽章厂签订第一批装备驻港部队的帽徽、胸徽、领花、肩章等的生产合同。

2004 年，总后勤部又启动 07 式军装新设计。至此，海、陆、空三军部队换装的大批徽章生产任务交给了苍南县金乡徽章厂。现在，苍南县金乡徽章厂被列入解放军总后勤部生产标徽定点企业的行列。

陈加枢用辛勤的汗水点缀了企业辉煌的前景。

苍南县金乡徽章厂的产品陈列室里，摆满了世界各国部队的军徽。从 1991 年至今，到底生产了多少枚军徽，陈加枢自己也不清楚。但在这些琳琅满目的徽章中，他最自豪的是生产驻港澳部队和中国人民解放军的徽章。

苍南县金乡徽章厂创造的辉煌业绩，曾多次被中央电视台、《人民日报》、《解放军报》、《浙江日报》、美国《纽约时报》、香港《星岛日报》、《大公报》、《商报》等专题报道，既为祖国赢得了荣誉，也为家乡人民津津乐道，引以为荣。

陈加枢是个退伍军人，他以军人的毅力和品格，将小小徽章做得精湛无比。他是个生意人，他以商人的诚信和智慧，把小产品做成大生意，把业务做到联合国总部，再延伸到世界各个角落。

陈加枢更关注 20 年之内企业的发展，于是，他邀请有关专家、学者共同研讨新世纪的跨越发展战略。在未来 20 年，徽章厂总体发展目标是：资产规模以提高资产质量、优化资本结构为前提迅速增长，资产规模达到历年来最高。

徽章厂有了一个科学的、系统的、可操作而又实事求是的宏伟战略，陈加枢又要带领着徽章厂人，向更高的境界飞升。

随着对徽章厂、陈加枢董事长了解的逐渐加深，我们从他身上看到了一个意味深长的现象。与其他同样成功的企业家做横向比较，结果发现，在成功总是相同的情况下，陈加枢走过的弯路是最少的，受过的挫败是最小的，他几乎是平稳的直线攀升。

这恐怕不能简单地用运气好坏来解释。

我们认为有两点原因是不可忽视的。一是陈加枢善于观势、借势，能顺势而动，每一步都精确无误地顺应了时代和事业发展的要求。这种过人的应变能力使他立于不败之地。二是战略的神奇作用。有些企业家走一步看一步，在跌跌撞撞之后获得成功。陈加枢不是这样的人。在做每一件事之前，他已经进行了缜密的思考，在各方面做好了充分的准备。他的一步一步成功看上去有如神助，实则包含着深刻的必然。

也许，这对于一个想做一点事情的人会有所启发。

英雄本色

一曲时代的创业歌，

它不用抽象的说教，没有矫揉造作，

受命于危难之时，驰骋于改革之年，

展现出每个人的成长之路，

为历史增添了光彩。

拥有 630 多年历史的古城笼罩着朦胧的暮色，闪着柔和的光芒。狮子山，是古城金乡的象征，多少人为之骄傲。就在这片古老的土地上，曾留下了多少迷人的传说。

究竟纯粹是巧合，抑或是那神奇的狮子山发生了功效？改革开放至今，仿佛有股神力在推动着大地旋转，那狮子山下的古城，就像海底长出一座神奇瑰丽的小镇，创造了罕世奇迹。金乡镇产值突破亿元。繁荣代替了落后、愚昧，小康代替了清贫。金乡历史翻开了新的一页，也揭示了金乡人民无限美好的前程。

"回报社会，是企业义不容辞的神圣责任"，军人出身的陈加枢如是说。他既有企业家的魄力，更有慈善家的豪气。他已记不清为灾区和贫困山区以及特困家庭、困难学生捐赠了多少财物。

——2008年5月，"汶川大地震"，陈加枢率先捐款5万元，又携全体员工捐爱心款20多万元；在成都举办的"四川省人民政府抗震救灾纪念品"招标大会上，以相差500多万元，连成本都收不回的报价承接英雄纪念徽章制作任务，赢得了在场领导和同行的赞扬。陈加枢热泪盈眶地说："为了灾区人民，我们愿无私奉献，值得。"

——2017年至2019年，以1元成本价，为全国各省区市党组织生产制作9000万枚中国共产党党员徽章，再次书写了苍南县金乡徽章厂的辉煌业绩。

——多年来，为金乡一小、金乡二小、金乡高级中学捐资办学。每年赞助贫困家庭子女上大学。为狮山公园、金乡敬老院、金乡菜市场、金乡博物馆等捐资200万元。

——2018年，金乡绿道建设，他个人捐资200万元，并发动金乡商企协会全体会员集资近1亿元。

——2019 年，徽章厂为四川省退伍、转业军人制作"光荣之家"牌，为对方节省资金 3000 多万元。

作为退伍军人，陈加枢有始终挥之不去的军人情结。在他的企业中，转业退伍军人优先聘用，残疾退伍军人额外照顾。

荣誉接踵而来。苍南县金乡徽章厂 2001 年被中国人民解放军总后勤部军需装备研究所授牌为"科研试制基地"；解放军上将张文台亲自书写"军魂雄风"赠送陈加枢董事长，以资鼓励。全国政协原主席李瑞环、中纪委原副书记刘锡荣及省市县领导等多次到苍南县金乡徽章厂视察，并予以高度评价。同时，《人民日报》、《新民晚报》、《半月谈》、《解放军画报》、美国《纽约时报》、香港《凤凰周刊》、中央电视台等新闻媒体也对其进行广泛关注。2017 年，庆祝建军 90 周年大型纪录片《强军》的第八集在中央一台播出，其中就有苍南县金乡徽章厂军民融合的先进事迹。

陈加枢多次当选市县人大代表，被评为省市军地两用人才先进人物、温州市改革开放 30 年先进人物、苍南县改革开放 30 周年十大风云人物，获县优秀企业家称号。2019 年被评为浙江省"最美退役军人"，入选温州市十大"最美退役军人"。

30 多年来，陈加枢不断拼搏进取，创下了徽章制造史上的奇迹，为温州人赢得了荣誉，解决了众多民工就业问题，对促进温州经济发展起到了积极作用。陈加枢历年来屡创佳绩，被国内外几十家权威媒体竞相报道，被称为"中国徽章大王"。

陈加枢决心为徽章再次创品牌，不断提高产品质量，不失时机地为提高企业的知名度而努力。他开心地告诉我，目前徽章厂工艺先进，设备齐全，产品物美价廉。诚实守信使苍南县金乡徽章厂驰骋国内、挥戈海外，赢得更好的荣誉。现在苍南县金乡徽章厂已获得温州市人民政府指定的温州历史博物馆中的"七大商品"的重要一席。为充分展现金乡徽章行业艰难的发展历程，展示苍南县金乡徽章厂人百折不挠的创业风采，陈加枢目前正全力以赴创建苍南县金乡徽章厂博物馆。预计2020年底，占地近千平方米的大型徽章展厅将闪亮登场，届时其将成为古城的又一道亮丽风景线。

尾 声

陈加枢的心比天高，在改革大潮中，他永不安于现状，走一条自己的路，创造自己的事业。在这条铺满荆棘与鲜花的道路上，时而是险山恶水，时而是柳暗花明。生活的艰辛和磨难，人生的追求和探索，让陈加枢在这条艰难的道路上，不知度过了多少个困惑的日子……

30多年来，从创建、重组到发展，苍南县金乡徽章厂在徽章行业中闯出了一番新天地：原先的小作坊发展成为占地5万平方米的办公大楼和生产车间，员工近千人，自主研发的徽章品种近百种。苍南县金乡徽章厂已成为集设计、开发、生产、贸易于一体的综合型企业。

作别陈加枢后，我的心绪久久不能平静。

这是一个农民的创业神话，还是一个书生的奇迹经历，抑或是一个企业家的事业历程？

这些似乎都无法确切地表述苍南县金乡徽章厂留在我心中的那份感觉。

多天后，我才找到了一种诗化了的表达——为太阳驾车的人。

而且我以为，这个意象与心目中的陈加枢最为贴近。为家乡、为徽章厂、为发展中的中国经济做出了如此卓越贡献的人，不愧于这样一种称谓。

陈加枢和徽章厂人已超越平凡，升入时代的顶峰，他们是有资格为太阳驾车的。

他们是在为人民驾车，为党驾车，为中国驾车，不惜用自己的汗水、力量和智慧推动时代的演进。

在一个伟大的时代，这些出身平凡的人无须像屈原那样叹息掩涕。他们要做的是，扶好车辕，扬起长鞭，一个东方的梦已不远！

前路虽然仍旧漫长修远，还需上下求索，但与太阳同在的徽章厂人，还会畏惧那未知的艰险吗？

艰苦创业耕耘路

——记温州市泰昌胶粘制品有限公司董事长林正贤

2019 年 8 月 的 一天，我正在金乡商企协会办公室，余乃煜秘书长叫我给一位企业家写一篇文章。他说："此人你熟悉的，叫林正贤。"

我欣然同意。那天下午，我走进了温州市泰昌胶粘制品有限公司，走进了董事长林正贤的办公室。

温州市泰昌胶粘制品有限公司董事长
林正贤

很多年前，我就认识林正贤，这次是老朋友相见。算年纪，1952 年出生的他已是奔七的人了，但他整个精神状态很好，中等个头的他，说话中气十足。

我们坐在那里喝茶、交流。当我说他显年轻时，他却感叹道："不服老不行啊，现在年纪大了，思维模式、对新生事物的敏感度、对市场的把控都跟不上了。"

言语间，有一种英雄迟暮的感伤。

我说："你创下了这么大的一份家业，现在是该好好享享福了。"

林正贤点点头说："是要学会放手，学会放开，现在是年轻人的天下。"

在林正贤身上，既凝聚着中国农民传统的淳朴、忠厚，也体现了现代经济强人的气魄和韬略。准确地说，他是时代造就的中国农民开拓者。

艰苦创业，倾注心血和汗水

他中等个头，浑身透着精明、干练、刚毅；他所喷发的能量，是强大的、无穷的。

他说话斯文，斯文里透出睿智和自信。

在人生的舞台上，林正贤是一个实打实的富有开拓精神的地道的金乡企业家。

有人说，人生是一首无词的歌，要用全身心去感受。人生的四季，有春的温煦，有夏的热烈，有秋的悲凉，有冬的冷酷。

对林正贤来说，创业是一条艰难的路，也是他人生的一场革命。

林正贤出身并不高贵，也未曾受过高等教育。作为一个农民的后代，他的童年与少年的生活十分艰苦。幸好，他的父辈在家境最困难的时候还是把林正贤送进学校念书。只是初中毕业后，林正贤再也无缘进学校了，只能去务农。过着面朝黄土背朝天的生活的林正贤，那颗年轻的心一直在蠢蠢欲动，他不想重复父辈们的生活，他在等一个机会。

党的十一届三中全会让林正贤看到希望的曙光，他趁着改革大潮，走南闯北跑供销。多年的漂泊生涯，磨炼了他的意志和能力，他心灵深处早已产生对家乡工业化未来的憧憬。一个偶然的机会，让他的才华初露锋芒。

那是 1982 年春，刚刚步入而立之年的林正贤，与人合伙创办了苍南文具厂。创办伊始，没有办公地点，林正贤就腾出自家的房子作为厂区办公室。由于文具产品质量不过关，式样单一，产品没有销路；加上一线员工素质差，工厂无完整的规章制度，劳动纪律涣散，工厂连年亏损，人心不齐。

合伙人退出了，林正贤义无反顾地独自接管了这家工厂，并把原来的"苍南文具厂"改名为"苍南胶粘制品厂"。

在创业的路上，林正贤有意把自己逼入险境。他时时在登攀悬崖峭壁，却又屡屡到达一个又一个顶峰。

刚接管这家工厂时，工作千头万绪，林正贤摒弃一切干扰，一头扎进厂里，为扭转困境而冥思苦索，呕心沥血。

林正贤深知这样一个道理：一个企业无论大小，只要大家拧成一股绳，天大的困难也能克服。为了稳定人心，他逐个找员工谈心，使他们树立信心，请他们献计献策，让他们为迅速挽救企业而真心出力。

在这里，还值得一提的是，林正贤创业之初，采购、加工、经营一条龙都是他一个人操持的。

在那些日子里，林正贤天天泡在厂里，从不休假。

为尽快找到产品销售出路，林正贤组织力量，聘请技术员，把彩印产品打入竞争市场，使企业在经济上有个喘息的机会。

他还聘请了20多人组成供销队伍，到全国各地推销产品。与此同时，遍布全国各地的信息窗口，能随时传递情报和反馈信息。经过一年的努力，一个几乎奄奄一息的企业又焕发了青春活力，彻底摆脱了严重亏损的窘境，产值税利同步上升。毫无疑问，这与一个厂长非同凡响的开拓精神是分不开的。

1997年，"苍南胶粘制品厂"升格为"温州市泰昌胶粘制品有限公司"。当年那位血气方刚的青年心中萌动着的"拓荒者的梦"终于成为现实。

凭借改革开放的春风和坚定的人生信念，林正贤搏击市场风浪，驾驭着泰昌航船，构筑和谐，铸就泰昌的再次辉煌。

随着泰昌品牌的声誉鹊起，南京、天津、上海等地的厂家纷纷派人前来洽谈业务。林正贤热情接待，并对客人说："我们公司小、利润薄，但我们要广交天下朋友，把握好产品质量是我们应尽的责任。"林正贤善于用坦诚的态度待客，善于与各式各样的人打交道。在经营上能够适应时代潮流，及时地推出新的产品。在保证质量的前提下，把产品打入各个领域。为此，他领导公司，设计一个又一个方案，做了一个又一个部署，寻求了一次又一次机会，走南闯北，在市场上站稳了脚跟。

林正贤满怀深情地说："我们办企业要为子子孙孙考虑，要为员工着想，决不搞短期效益，更不能只顾个人利益。"说得多好啊！

是的，作为一个企业家，必须具有这样的素质：既有一双遥望未来的眼睛，又有一双搏击风浪的大手；既要着眼于世界，又能担当起重任。

现在，温州市泰昌胶粘制品有限公司正在向更高的目标迈进。公司经济效益每年递增，国家税收缴纳居苍南县前10位；引进日本、韩国技术，拥有国内一流的生产设备；现有下属分公司3家，分别位于嘉善、宿迁、金乡；现有厂区、办公楼占地面积为 32000 平方米，建筑面积为 26200 平方米，有员工 320 名，资产总额达 1.8 亿元；是浙江省指定的不干胶制品行业的龙头企业。

这里面，倾注了创业者多少心血和汗水。他的企业，是苍南经济发展的一盏明灯，也是温州乡镇经济发展的一个缩影。

他有一个新的目标：竞争中立于不败之地

在采访中，林正贤谈到温州市泰昌胶粘制品有限公司崛起的经验是多方面的。诸如，先进的生产设备是基础，人才开发是关键，产品质量是企业的生命，不断开发适销对路的产品是企业持续发展的主要途径，锐意改革是企业的动力，强化管理是企业高效运转的保证，等等。这些经验虽然宝贵，但我总感到，与其他先进企业相比，未免有些千人一面。而真正引起我浓厚兴趣的，却是他无意间说出的一句话："我积极追求经营开拓。"

那么，就让我们来看看，过去他是怎样在激烈的竞争中立于不败之地的。

当时的温州市泰昌胶粘制品有限公司，正面临着一场严峻的考验。不干胶商标材料的生产加工在全国是一个新兴产业，统一的质量标准与检验方法尚未建立，产品质量良莠不齐，原材料价格上涨，市场竞争更趋激烈。怎样确保企业的利润？怎样在强手如林的市场中站稳脚跟？多少问号盘旋在林正贤的脑海中。

从千丝万缕中找症结，在千头万绪中抓根本。

在那些日子里，林正贤沉下去摸情况，没日没夜地搜集市场信息。他认为，市场竞争说到底，是新技术、新产品替代老技术、老产品的过程。产品的开发和更新都离不开对瞬息万变的市场的把握和在超前意识指导下的正确决策。

林正贤通过自己的敏锐机智，充分利用公司在新产品开发上的优势。他感到，每个企业都应有自己的特色产品。在充分调查研究的基础上，他们开发了不干胶新产品，并通过协作配套生产，竭力降低生产成本，价格适中，终于使之成为公司的拳头产品。他始终把产品信誉看得很重，质量是林正贤逢会必讲的问题，管理措施的落实他更是紧紧抓住不放。在不同产品的彩印问题上，他想方设法改进工艺以达到质量要求。产品出现质量问题，包退包换，赔偿损失，还要上门赔礼道歉。

与此同时，公司用自己的基材进行深加工，向产品多元化发展，向市场深处推进。功夫不负有心人，公司上下通力协作，终于找到了市场需求面广的商品标价纸。经过多工序、精工艺的生产，色彩多样、形态各异的新产品投放市场，影响力很大，顾客纷纷上门签合同。

新产品和深加工业务，使泰昌摆脱了不干胶市场不景气的困境，业务销售量直线上升。电脑打印纸、书签纸也冠上环球商标走向社会，走向家庭。公司以品种优势和价位优势，规模化批量生产，使泰昌标签纸走向全国，涌向世界各地。尤其是泰昌公司生产的标签纸、电脑打印纸、书签纸等不干胶系列产品，已在文化市场声誉鹊起，而且久盛不衰。

这是一位颇有胆略的企业家。"运筹帷幄，决胜千里"是他所信守的一句格言。

林正贤在企业经营管理中，建立了一系列严格的规章制度，从基础工作做起，开展质量标准化建设，从组织上成立全面质量管理办公室，从制度上完善质量责任制和标准化管理，从素质上广泛开展岗位职务和职责技术培训，从管理上强化监测手段，严格工序管理，从而使"环球牌"不干胶系列产品质量过硬，畅销全国。

人心稳定了，生产就上去了。林正贤认为，要使企业生产长盛不衰，首先要看准市场，解决产品销售问题。为了抓好产品销售，他采取了几项措施：一是捕捉市场信息，生产适销产品。二是组织供销队伍。对供销人员确定职责，实行经济奖罚制度；要求供销人员认真分析市场形势，及时报告供销情况，做好市场信息反馈。他组织了一支庞大的挂靠经营供销队伍。多年来，他们先后在河北、北京、山东、江苏、上海、广东等地建立长期业务网络，进行蹲点联系。现有产品已销往全国 30 多个省区市。

他从改变产品结构做起，抓好技术改造，力争最大限度地提高经济效益。积累多年的办厂经验使他体会到，投资少、成本低、见效快，这固然是优点，但对一个有远见的公司董事长来说，这些又是缺点。落后的生产方法、简陋的机械设备和工艺必然会导致公司发展后劲不足，如果不尽可能地强化科学管理，提高技术设备，将影响公司长远发展。因此，林正贤认为，要向有难度的产品进军。他把重点放在技术改造上，不惜重金引进日本、韩国的新技术和技改项目，通过技术改造和新产品开发，将花色品种从原来的 30 个增加到现在的 80 个。公司工艺水平现已处于省内最先进的行列，经检测产品全部合格。

采访告别的时候，林正贤告诉我：企业"信誉值千金"。这五个字，铿锵有力，掷地有声。它不仅是泰昌多年追寻的目标，也是他苦心经营的经验之谈。"信誉值千金"是泰昌崛起的奥秘所在，同时也展现了泰昌今后发展的广阔前景。

在未来的社会中，精神和物质应该相结合

2019 年，是中华人民共和国成立 70 周年。新时代中国特色社会主义建设呈现新面貌，既注重物质文明建设，也注重精神文明建设。

面对新时代的要求，林正贤董事长很沉着。他主张"任人唯贤、用人之长""用人不疑、疑人不用"的原则。每年从新增加的员工中，选派文化层次比较高的员工去学习、深造，为企业注入新的活力和生机。同时，进行上岗培训、安全教育等。

林正贤认为，企业要发展，必须健全管理体制，完善多项规章制度，用科学数据来管理发展和生产。为此，他在厂里制定了一系列质量管理制度，建立了一整套质量管理措施。一是在厂里设立产品质量检验室，每个车间配备两名质检员，对各车间的产品进行层层检验；二是实行优质优酬，使每个员工牢固树立质量第一的思想；三是实行质量规范化管理，从而保证产品质量。

林正贤也十分重视企业内部的制度建设，对人、对事全面实行制度管理。建立了各项工作制度，如计划管理制度、劳动纪律管理制度、财务管理制度、保管制度等，建立了各车间主任和员工岗位责任制，以制度治厂。在公司成立了安全管理领导小组，实行安全生产奖罚措施，多年来，公司没有发生事故。

在管理上，形成了一个全面的责任体系，使每项工作都有明确的规

范要求。对产品质量和工作质量实行重奖重罚，而且把奖罚结果及时公之于众，形成全体员工自我控制、自我约束的机制，使员工行为与企业的目标保持高度一致。对违反制度者的处理原则更令人敬佩：对己严，对人宽；对管理人严，对一般员工宽；对亲属严，对非亲属宽。

多年来，泰昌坚持用高薪聘请技术人才，员工中拥有大专及以上学历者有 31 名，公司拥有由高级工程师、经济师、专业技工和管理人员组成的具有极强战斗力的团队。

为加强企业凝聚力，林正贤倾情倾心。平时，他经常"泡"在生产车间，夜以继日、废寝忘食地与员工一起工作。他非常关心员工的工作和生活，对待员工，他总是从尊重、关心、爱护的愿望出发，平易近人，平等待人。他很注意解决员工的实际困难和后顾之忧，不管哪位员工家庭生活困难，他都主动登门探望。

企业文化是一种力量。公司树立"厂兴我荣、厂衰我耻""泰昌是我家，辉煌靠大家"的企业精神。为了充实员工的精神食粮，丰富员工的业余生活，公司工会每年都举行"五一"升国旗仪式和各项体育运动会；举办"迎中秋，庆国庆"联欢晚会，让员工在欢歌笑语中度过美好的节日；组织员工进行"写家书"比赛；在"三八节"和五四青年节期间，组织员工外出旅游或进行各项健康活动。公司还创办企业报《泰昌之音》，图文并茂，内容丰富，是宣传泰昌好人好事和技术交流的平台。

凡是执着地追求事业的人，大都有与众不同的素质：一种善于冲破束缚的能力，一种锐意求新的创造力。正是凭着这种胆略和智慧，林正贤和他的泰昌在别人徘徊和观望时，已张开羽翼起飞了。

致富不忘本。林正贤发家致富后，不是想着自己享受，而是全身心地投入公益事业。他为山区集资建校，赞助贫困学生上大学；帮助留守儿童和困难户，为"希望工程"捐款；为金乡绿道建设、公园修缮、周边乡村修路铺桥等慷慨解囊，捐款献爱心；等等。

我问过林正贤："作为一位企业家，你认为最需要得到的是什么？"他不假思索地说："理解和休息。"是的，家庭的理解、员工的理解、全社会的理解，才是企业家成功的基石。从林正贤熬红的双眼和消瘦的脸庞上，我们不难理解他对休息的渴望。然而，他每每回到家里，总有那么多来访者，电话依然响不停，亟待解决的事情永远一件接着一件……他付出了太多太多，却并不想索取什么，他意识到肩头的胆子是沉甸甸的。

创业难，守业更难，林正贤深有体会。

"要搞好企业发展，关键还是培养员工的素质，培养大家对公司的感情。天时地利，不如人和。我们是民营企业，要吃饭，就要拼命干。如今千辛万苦挣下产业，当然格外珍惜。在大伙儿心目中，公司就是家，为公司工作就好比为自己家里干活，谁会不尽心呢？"听了林正贤这番"宏论"，我茅塞顿开。看来，只有把企业和员工的切身利益真正绑在一起，一损俱损，一荣俱荣，才是实在的。

今日的泰昌公司立足金乡，遍地开花。2007年，为了扩大公司规模，满足市场需求，泰昌在靠近上海的嘉善县投资兴建了嘉善泰嘉包装材料有限公司。公司产品有格拉辛纸、淋膜离型纸、铜版纸、书写纸、铝箔纸、荧光纸、双面胶、电化铝系列等2000多个品种。后又在江苏宿迁建了分厂。

这是林正贤用汗水、心血开辟的一条灿烂的人生大道。那会议室里交相辉映的锦旗和奖杯证实了他创造的人生价值，那里有他留下的串串坚实的脚印。

虽然，今天的林正贤已从舞台前慢慢退居到幕后，但他的创业精神已由泰昌的第二代继承，并发扬光大。

我相信，泰昌未来的路一定会走得更广、更阔！

第二篇

狮子山下的和声

金乡民营经济只是温州民营经济的一个缩影。民营经济的走向，取决于国家大环境，大环境决定小环境。而整个金乡的企业发展稳健，则是由一个个小的生态决定的，由此构筑起强劲的民营企业群体。狮子山下，走过一代又一代创业者的身影，那是留给岁月的和声。

海阔天空鸟飞跃

——记温州盈泰新材料科技有限公司董事长殷作钊

翻开金乡镇企业家协会成立十周年纪念册《风云十年》，目光停留在一张照片上，一位身穿白衬衣、系着红领带、温文尔雅的中年男子坐在主席台上，笑容可掬，一副儒商的模样。照片下面是简介：殷作钊，1964 年 5 月出生，汉族，现任金乡镇企业家协会会长，温州盈泰塑胶有限公司、上海盈泰塑胶有限公司董事长，苍南县第六届人大代表。

温州盈泰新材料科技有限公司董事长
殷作钊

这是 2008 年的简介。

转眼，10 多年过去了，殷作钊的身份有些什么变化呢？担任了两届会长后，他已卸任这一职务。现在的他是 3 家公司的董事长：温州盈泰新材料科技有限公司、上海盈泰新材料科技有限公司、江苏盈泰新材料科技有限公司。从这个侧面可以看出盈泰的版图又扩张了。

　　当我在温州盈泰新材料科技有限公司董事长办公室见到殷作钊时，第一个反应是好年轻，似乎与10多年前那张照片上的人没多大的差别。有人说，事业是男人的根基，看样子还是有道理的。

　　董事长办公室很宽敞，也很空旷，一看就是平时没有人在这办公。一问，果然是。自从2003年去了上海盈泰后，殷作钊的主要精力放在了上海公司，每年回金乡的次数屈指可数。温州盈泰有让他信任的管理团队。

　　作为盈泰创办人之一的殷作钊，口才很好，思维敏捷，讲起话来既有高度又有深度，给我的印象是天生具备领导气质。他并没有和我们谈盈泰的创业史，相反，他讲得最多的是金乡企业家这个群体。我想，这或许跟他担任过两届金乡镇企业家协会会长这一职务有关，更体现出他对金乡企业家群体的一片深情。

　　在殷作钊眼里，金乡的企业很有自己的特色。首先是起步比较早。这点，我在采访过程中已经深切体会到了。如果一定要找缘由，应该跟地域有关。温州历史上就以造纸、造船、鞋革、绣品、漆器著称，也是中国青瓷的发源地之一，北宋时就是当时的港口重镇、对外贸易口岸，南宋时更是四大海港之一，直到现在仍为浙南、闽北货物进出的咽喉。温州人能吃苦，会做生意，在全国乃至世界上都是声名远播的。而金乡虽是温州市苍南县的一个镇，但它有着600多年的历史底蕴，是个以农业为基础，工农商学兵皆有的古城镇。由于人多地少，金乡人除了务农，还有不少人从事其他行业。这些，都充分说明金乡人骨子里的经商基因。

　　从1978年冬天到1985年，金乡的许多家庭小作坊在完成资本原始积累后，单独或合伙办起规模企业。盈泰公司的前身——苍南县人造革塑料厂就创办于 1988 年，是温州地区一个起步比较早，专业生产 PVC 人造革、塑料薄膜的民营股份合作制企业。

"我是 1993 年接任这家公司的，在老一辈股东的鼎力支持下，盈泰做出了自己的风格，走出了一条具有自身特色的路。"殷作钊谦虚地说。

他说的盈泰特色，其实很大程度上也是金乡企业的特色：在健康、持续中稳步发展、开拓和提升企业实力。而金乡企业家的共性之一，就是务实。因为务实，在 1997 年亚洲金融风暴来临时，金乡的企业躲过了风暴的正面袭击；因为务实，当 2007 年美国次贷危机席卷而来时，金乡的企业有了抵御的力量；因为务实，当国内经济碰到软肋，温州出现严重的信用危机，温州很多企业因为担保而元气大伤甚至倒闭时，金乡的企业却逃过一劫。

"为什么我们金乡的企业能在一次次重大金融事件中规避风险？这和金乡人踏实、扎实的为人做事风格有关，金乡企业家具有工匠精神。在当年温州信用危机时期，在镇级单位，能做到这一步，非常了不起！"殷作钊的语气里是满满的自豪。这自豪，既是金乡其他企业家给的，也是他自己给的。

在殷作钊眼里，金乡的企业犹如长在夹缝里的树，脚下是极其有限的土地资源，现实是受到各种制约的融资渠道。可即便如此，这一棵棵长在夹缝里的树，把根须扎在土地的深处，吸收着阳光雨露，不张扬、不放弃，在岁月的长河里几经沉浮而愈显风华，自成一景。

这些年来，为了谋求更大的发展空间，很多企业从金乡出发，前往上海、江苏、山东、广东等地开分公司。像一棵树的开枝散叶，更像蒲公英的种子，落在哪里，就在哪里生根发芽。

"金乡企业还有一个特色，本部基本上留在金乡，很少有全部迁走的。不论生意做得多大，我们都不能忘了自己的根。"

我听出了殷作钊话中的真诚，这也是金乡企业家一次次打动我的地方。

盈泰也如此。随着企业的不断发展，产业需要寻找更广阔的空间，2001年9月，上海盈泰新材料科技有限公司创办成立。

这是盈泰的另一双翅膀，它不依附母公司，独立核算。对上海盈泰来说，一切都是新的，它有广阔的天地可以去开拓、去遨游。

"上海是华东地区重要的经济板块，是桥头堡，需要去抢占，金乡上规模的企业在上海设分公司的也有数家。这些年，上海盈泰发展速度比较快，总体来说也很顺利，说明我们定下的企业发展策略是正确的。"喝了一口水，殷作钊又继续深有感触地说，"办企业，要有先人一步的眼光。金乡企业家还有一个很好的传统就是非常团结。2008年的时候，我和在上海的几家金乡企业的负责人一起去江苏南通考察，在苏中地区联合买下1000亩土地。到了2011年11月，注册成立了江苏盈泰。三个基地板块，保证了盈泰有持久发展的空间和后劲。"

"金乡的企业跨行、跨界的很少，大家都守着自己熟悉的行业开挖、深挖，深耕细作。从几百万、几千万到几个亿、十几个亿都有。盈泰从自身比较、纵向比较，这30年来的发展不算慢。"殷作钊对盈泰做了个简单的总结，满意地说，"目前，金乡的母公司保持良好的态势，上海与江苏盈泰各有新的战绩。"

他所说的金乡企业跨行、跨界少，我在采访其他企业家时也深有同感。我发现他们都特别实在，野心不大，对于那些来得快的热钱避而远之，有很清醒的头脑。这个很不简单，说实话，从接触到的这群企业家来看，他们文化程度并不太高，可这并不妨碍他们目光的深远。也因为朴实，反而更能坚守初心。

对于盈泰这 30 多年来走过的路，有着怎样的曲折迂回和艰难坎坷，殷作钊并没有说。他只是讲了盈泰有自己的发展方向和路径，他们既忠实于所设定的路径方向以保证不迷路，又在沿途发现和开创更多新的风景。他们既是守护者、传承者，又是开创者。有着这样烙印的盈泰人，就有了走向时光背后的底气。

虽然，现在的殷作钊在上海工作和生活，但他依然最爱金乡狮子山上的樱花，那是盈泰人的浪漫，也是思乡的情结。每年春节若回乡，他必去山上赏樱花。每次站在狮子山顶上，看那大片灿若云霞的红樱花，他就会思绪万千，想起当年盈泰人的愿景。看着眼前结出的善果，他的内心充盈着喜悦。前人栽树，后人乘凉，盈泰的樱花林早已成为金乡以及附近民众在初春时节无法抹去的喜庆色彩，也是远离家乡的他梦中的底色。

"历史会记住金乡的企业，金乡的企业家对公益事业，一向有取之于民、用之于民的心态。这也是有传统的，过去那些商业巨头赚了钱，就有回乡造'布施坟'等善举，现在企业家捐资助学、造桥铺路以及参与各种慈善捐助，从没有断过。在外也好，留在本地也好，回报社会，感恩家乡，这也是一种精神的传承。这几年实体经济并不好，可总投资达 1 亿元左右的绿道工程，却在短短的 2 年时间里建设完成，这都是企业家及老百姓捐的款，政府出资份额非常小，是不是觉得很意外？"殷作钊笑着问。

我点点头，确实非常意外和惊讶。这绿道，我还特意去走过。穿河而建，似九曲桥，木板铺就。夜晚，桥面上的灯都亮了起来，倒映在水波里，色彩斑斓，散发着一种梦幻般的气息。散步的，发呆的，还有拿着个小收音机边走边听戏曲的，很是热闹。上岸，走过去，有古色古香的亭台楼阁伫立于河面。舒爽的晚风吹过来，亭子里坐满了纳凉的大爷大妈和孩子们，欢声笑语不时传入耳中，让人不由自主地感叹生活在这里，真的是一件多么幸福的事。

"我们的绿道修建的质量非常好，无论是品质还是规模，都是市级以上水平。"殷作钊骄傲地说。稍作停顿，他又补充道，"樱花已成为金乡的一张亮丽名片，这也是我们企业当初捐那些树的初衷。而绿道更是给金乡的形象增添光彩，还有古城墙和古居的整修等等，这些都生动地诠释了慈善的意义。"

对于盈泰的未来，殷作钊说自己其实可以算第二代，现在第三代正在携手并肩与培养中。持续的企业人才梯队建设的目的是，让企业走可持续发展之路，为后来者打下扎实的基础，让盈泰走得远点、更远点。

话题到了这里，好像要结束了。可对我来说，眼前这位成功企业家的形象若用文字来描述的话，还显得太模糊了。

怎么办？

我随手拿起一本《春华秋实结硕果，继往开来谱新篇》，这是在金乡镇企业家协会跨越20周年、金乡商会展望30周年时所制作的一本纪念册。在这里，我发现9位投资4000万元新建金乡商企协会的会员名单里有殷作钊的名字。原来，盈泰公司和他个人也是捐赠给企业家协会

800 平方米产权的核心投资人之一。

一个有爱心、有情怀、有能力、有魄力的成功企业家，我在本子上写下这行字，不知道能不能算对这个人物一个简单的注释？

海阔天空胸怀远，风轻云淡心路宽。衷心祝福殷作钊和盈泰集团永续发展，兴旺发达！

来自丰华的报告

——丰华科技发展有限公司纪事

丰华科技发展有限公司

2019 年 8 月的一天，我慕名到丰华公司采访。一到丰华公司门口，我就被眼前的公司大楼吸引住了。从公司的大门往里走，大楼前一排梧桐肃立在茶色玻璃窗下，环境优美，使人感到清新舒适。总经理办公室里，玻璃吊灯放射出橙色的光芒，照着白色的墙壁，使整个室内显得和谐、温馨。

丰华科技发展有限公司总经理林定淦，中等个儿，方脸，见到我们激动地说："恳切地希望对我们的企业提出宝贵意见……"

他递给我一份资料，上面写着："丰华科技发展有限公司创办于1986年6月，是中国首批自主生产不干胶的民族企业。经过30多年的发展，公司先后荣获了'全国500家最具成长型中小企业''浙江省守法诚信进口示范企业''胶粘制品龙头企业'等称号。2010年，通过国家审批丰华公司被定为'高新技术企业'。所生产的不干胶产品先后获得'浙江名牌产品''温州出口名牌''中国驰名商标'等荣誉。现有江苏丰华、广东丰华、浙江丰华及丰华外贸等四大公司，有员工700多人。"

这资料，读起来枯燥无味，可若一句句细细阅来，就会发现要获得这些荣誉，实属不易。这是一条从小河出发起航的船，随着船体的不断扩大，变成了今日的巨轮。

"做'创二代'难，做优秀的'创二代'，更难！"林定淦总经理充满哲理味的开场白，一下子使我感到他的诚挚踏实，接着我们聊了起来。他说："1986年，我父亲林尔川和几位朋友一起，在金乡油车街办起了股份制形式的丰华公司前身'苍南县金乡丰华工艺厂'，后又改名为'苍南县丰华实业公司''浙江丰华商标材料实业有限公司'及无区域的'丰华科技发展有限公司'"。林定淦用简洁的语言，给丰华的发展画了一条线。

作为旁观者的我们，从企业名称的变动上，就能看出丰华的发展历程。2014年之前，丰华历经三次跨越式发展，从金乡到龙港，再到金乡，以仅有的40亩土地，创下了年产值达5亿元的纪录，成为当之无愧的中国胶粘制品的龙头企业。随着 2014 年苍南临港产业基地新厂的投入运营，到了 2019 年，丰华科技年产值达到了 10 多亿元。

"1999 年进公司，我先去了车间，2002 年开始做采购工作，到了 2006 年又去做销售，2008 年当总经理直到现在。"林定淦喝了一口茶水说。他以轻描淡写的口吻，列了这几个重要的时间节点。他似乎不愿多谈自己的事，一再低调、谦虚地表示，丰华有今天，靠大家的共同努力。

登上风险舞台，决心做好主角

在这个竞争激烈、复杂纷繁的世界上，丰华人的艰辛、丰华人的拼搏与丰华的事业息息相关，正是无数这样的艰辛、这样的拼搏才铸成了丰华振兴的希望。

狮子山下的道路两旁，树木、草帘摇晃，发出吱吱嘎嘎的声响。

作为金乡第一家集制胶、防粘剂、复合为一体的不干胶商标材料纸系列产品专业生产厂家的丰华，技术力量一直很雄厚。不干胶产品看起来毫不起眼，可实际应用却很广泛，如用于日化、药品、食品、饮品、电子、热敏、双面胶等方面，这说明市场非常大，愿景可期。

不展宏图，却见宏图！

丰华的管理层一致认为，当今的企业发展必须经受三大发展浪潮的冲击。

——传统产业海外转移浪潮。在西方发达国家，一些劳动密集型产业由于劳动费用的提高而逐步失去原有的优势，处于产业生命周期的衰弱阶段；一些资本密集型产业由于市场趋于饱和，产业扩张弹性明显减弱，产业生命周期的黄金时代将告结束。因此，他们依照国际水平分工和垂直分工法则，有步骤地向海外移植这些产业以延长其产业生命周期。

——海外投资浪潮。它与第一股浪潮相伴而生。今后，国际投资量将超过世界贸易量。因为，海外投资可以带来比较利益；可以绕过关税和非关税壁垒，扩大出口；有助于海外贸易繁荣，促进经济增长；有助于企业发展。

——高技术产业的开发、创建浪潮。西方国家在加快商品进口的同时，正全力以赴创建未来的超导产业。

中国大陆市场和东南亚市场是这主轴的两个链条。一个着眼于未来的战略决策迅速在林定淦和他的管理团队成员的头脑中形成。

如果说，过去第一、二次的创业战术采取的是"稳守突击"，是小试牛刀，那么，现在采用的是"全攻型"，大刀阔斧了。

当年，丰华公司的管理团队成员都一致认为金乡实在是个好地方，就是土地资源太少，这个无法突破的瓶颈严重制约了经济的发展，企业为了生存，只能另找出路，但他们又很想投资本土，建设家乡。

经过讨论和市场摸底，最后决定两条腿走路，外地和本地一起。在项目立项过程中，由于受到政府土地指标的限制，一拖就是 5 年。项目选址从龙港东城工业区到苍南工业园，最终落户于苍南临港产业基地，计划用地 100 亩，总投资 1.1 亿元，设计年产"6 万吨不干胶系列产品生产线"。

当丰华公司的管理团队成员高高地举起庆祝酒杯，每个人的脸上露出一抹淡淡的微笑，觉得可以松口气时，没想到又遇到阻碍。2009 年底，公司虽然通过挂牌取得了苍南临港产业基地一期 58.5 亩国有土地使用权，但由于政策处理不到位，遭到了所在地村民的百般阻挠，新项目开工3年，建设却毫无进展，企业蒙受了巨大的经济损失。可箭在弦上，不得不发。丰华公司管理层成员分工不分家，不知道跑了多少次有关部门，一次次与村民沟通，终于使问题得到妥善解决。

2014年10月，这个从2005年就申请立项的新厂区终于建设完成，其中的艰难曲折绝非三言两语就能表述清楚。

这个事件也让林定淦和他的管理团队清醒地意识到，创业路上既有鲜花，也有荆棘，既有成功的喜悦，也有失败的痛苦。谁也不知道明天会遇到什么，他要做的，就是每一步走稳、走扎实。唯有如此，才能在风雨来临之时，不惧不怕，坦然面对。

临港的浙江丰华生产线投产后，主要生产不干胶的延伸产品。丰华有自己的研发团队，有4位专家还是从吉化研究院聘请来的，有自己的实验室，专门研发与胶印制品有关的产品。而那些产品又跟我们的生活息息相关，如除四害产品、几百种不干胶产品、日化系列产品等三大块，后来又开发了户外不干胶系列产品，从产品标签到户外标识，市场空间巨大，但竞争也极其激烈。

人从出生那天开始，便无时无刻不在接受大自然的考验，只有强者才能生存下来。一个企业也得迎接市场这个大环境的挑战，它的生命力可以在这些挑战中表现得淋漓尽致。丰华公司在大自然塞给它的考卷上，写下了漂亮的答案。

不甘示弱，上演一出艰难的开场戏

一个企业的成功须具备千百种有利因素，而第一要素就是有精明敏锐的决策者和强干有效的执行机构。丰华公司有今天，首先也是得益于这一点。时代在飞速地前进，每个人在社会上都有自己的位置，但也随着时代的前进而变化。企业管理越来越需要信息化、知识化、专业化。一场具有深远意义的产品市场战役胜败难卜。

"丰华公司从2001年开始就涉足外贸了。"林定淦陷入回忆中。

"当时我还是丰华公司的员工，清楚地记得那一年跟着公司的销售人员一起去参加广交会。到了广州，我们公司没有证件，根本进不了摊位，市场上一票难求。不要说金乡，就是温州也没几家厂能进去。有人指点我们，黑市在出售广交会里面的摊位，我们就花8万元买了一个摊位，但是不能挂自己的牌子，只能偷偷摸摸地，一个人负责放哨，一个人谈业务。"

"作为黑户，附近的宾馆轮不到我们住，我们只好住到很远的地方。展馆上午9点30分开馆，我们早上带着样品6点就出发。下午闭馆前，又要把东西撤走，因为晚上组委会要来检查。虽然很麻烦，也花费了巨额成本，但为丰华的外贸打开了一条通道，在国外客户的认知里，我这家企业能进入广交会，说明质量没问题，值得信任，这就值了。"林定淦一脸淡然地说。

经过10多年的发展，现在的丰华公司一年外贸业务额有3500万美金，公司主营不干胶材料、胶粘制品、双面胶带、家居粘尘器、除四害胶粘产品等五大系列300多个品种，产品畅销全国各地，出口到欧美、日韩、东南亚、中东及北非等地区。

"当然，现在去参加广交会，再也不用去买黑市票了。"林定淦笑着说。

产品决策是企业经营的一个重要组成部分。林定淦曾把它归纳为四句话：着眼市场，吃准方向，抓住时机，落实产品。他说："决策中有风险，风险中有机遇。不敢进行风险决策，就会坐失良机。"

丰华公司早在10年前，就全面推行经济责任制，实行二级核算三级管理，把员工利益与劳动成果紧密挂钩，实行全年利润与各项指标考核、目标承包相结合的按劳分配办法，并推出产量奖励的包干办法、工资奖励全面浮动、深化责任考核等措施。提出将产品质量和任务等各项指标全面分解到人，每个员工既要提出增产的有效措施，又要提出节约的具体办法，使公司的经营与每个员工的切身利益更加紧密衔接，从而增强员工的责任感和事业心，使产品质量、数量直线上升。经营供销部门针对市场滞销形势，派员奔赴全国各地，采取薄利多销的竞争手段，运用多形式、多渠道、全方位的销售策略，占领市场，变被动为主动。

夫志当存高远。在丰华公司，所有人都清楚，质量和安全是公司的两道生命线，一旦此线被突破，再好的企业也要面临倒闭的风险。因此，丰华公司多年来，一贯强调产品质量第一、安全生产第一。

与此同时，丰华公司在建立和健全质量管理体制上下功夫。成立质量办公室与质检科，组织人员倾听客户意见；建立和健全全过程质量管理网络，实行质量管理否决法；广泛开展TQC活动，加强质量意识教育；开展岗位练兵、技术讲座；组织参观，学先进找差距；坚持自查、互查、抽查、检验、达标、考核及安全活动日制度，做到人人重视质量、安全，树立质量、安全第一的思想。多年来，丰华公司的产品质量合格率为 99.50%，受到有关部门和用户的好评。外商称赞说："产品质量好，已超过贵国其他同类出口产品。"在外销中，从未发生因质量问题而退货或索赔的事件。

企业在抓产品质量的同时，重视安全教育，建立了安全活动日制度。规定中层领导每周安全活动不少于 8 小时，车间每周安全活动不少于 4 小时，班组每周安全活动不少于 2 小时，随时进行安全检查。对负责安全工作的领导，不断强化安全知识教育。

鲁迅先生说："因为真实，所以也有力。"他还说："天才们无论怎样说大话，归根结底，还是不能凭空创造。"丰华的文章，源于脚踏实地的每一步。

数度艰辛花满枝，掌声起，那不是闭幕

林定淦说："企业有今天，一是全体股东齐心协力，锐意改革，勇于开拓；二是全体员工团结一致，积极进取，奋发向上。"

数度艰辛花满枝。林定淦和他的团队，随着改革乐曲强烈的节奏、明快的旋律，无拘无束地追求着，终于收获了累累的硕果。

当了 11 年总经理的他早已蜕去青涩，越来越成熟、睿智。而丰华也从 2014 年之前的 5 亿元产值发展到现在 10 多亿元产值，是金乡胶粘制品龙头企业之一，居苍南县前 10 位。

一切都在变化着。

我捧着茶杯，视线落在墙上的一幅字上，"和蔼诚信、科技创新"，

不由一愣，从没有见过把和蔼与诚信组合在一起的。至于科技创新，自然是很好理解的。莫非，这是丰华的另一个特色？

回首往昔，林定淦看到 1999 年的自己，以一种全新的学习姿态成为丰华的一员。如果把这 30 多年丰华的发展，比喻成一场登山运动，那时候的丰华，正从一个平台向半山腰进发。

面对一个完全陌生的行业，他明白，作为对此行业一无所知的门外汉，若想撑起这片天地，必须变成一个真正有实力的人。这实力，不仅仅是懂得企业管理，还要对产品的质量和市场等全方位地深入了解，更需要有魄力、有格局，只有这样才能成为一名合格的决策者。

时间证明，林定淦交出了一张令人满意的答卷。

面对丰华的未来，林定淦和他的管理团队有自己的想法。现在的丰华旗下的四大子公司，江浙产品供应华东市场，广东产品供应华南市场。由于中美贸易战的影响，出口量有所下降，他们决定走曲线出口的道路。2019 年 8 月，林定淦到泰国等东南亚国家考察，与那边的温州商会联系，想选择一种双赢的合作方式，计划设立办事处。

另外，林定淦和他的管理团队又从"一带一路"上敏锐地捕捉到了商机，想让丰华的发展搭上国家战略的快车。其实也不仅仅是他们看到了这一商机，不少大企业也看到了，有的已经行动起来。因为印度和越南那边人工便宜，土地便宜，印度还有个储物中心，倘若制造国变成印度或越南，可以零关税。公司若想大发展，只有继续走下去，走出去，从出省到出国，这是一条路。

在林定淦心里，丰华人的爱乡情怀，任何时候都不会变。只要政府有需要，老百姓有需要，一声令下，他们就会全力以赴，这也是金乡企业家的共性。在这里，这共性是常态，这种现象在全国都极少见。正因为如此，金乡的慈善工作在全国范围内是做得最好的。

于是，家乡的绿道建设、河道清淤、慈善一日捐等等，每一项慈善活动里，都有丰华的影子。林定淦觉得这些都是他们应该做的事，是一种社会责任，也是从父辈们那里开始的传统。

林定淦深深知道，昨天走过的路是崎岖不平的，明天的路仍有艰难险阻。他不让自己喘息一下，又开始了新的拼搏。

最后，林定淦用一句话结束了我们之间的交流，他说："无论丰华怎么发展，它的根永远在金乡。"

这是一个承诺，掷地有声！

笑看人生云烟远

——记永益集团股份有限公司董事长林尔生

永益集团股份有限公司董事长
林尔生

《论语》有云："六十而耳顺。"意思是到了那个年纪，人就变得"中庸"起来，什么话都能听得下去，也能辨明其是非曲直。在古代，60 岁已属花甲之年。现在就完全不一样了，根据联合国最新年龄划分标准，18—65 岁为青年人，66—79 岁属中年人，80 岁以后才是老年人。虽说这标准看起来夸张了些，但从另一方面也说明生活条件好了，现代人衰老的速度在延缓。所以，当我走进永益集团股份有限公司董事长林尔生的办公室，看到高大魁梧、精力充沛的林董时，有点好奇这位还远远没有进入老年行列的董事长，怎么在 62 岁就退隐江湖了？

我们的话题并没有从创业开始，而是始于慈善。我很敏感地意识到，或许，慈善是这位成功企业家退休后新的事业吧？

"在金乡，做慈善是个传统，捐很正常，不捐反而不正常。2018 年要修古城墙，没钱，镇长来找我，希望我能带个头。我问捐多少，镇长笑而不答，让我看着办。我就说，我回去跟股东们商量一下，一定会给他一个满意的答复。最后，我们商量了，决定捐 318 万元。修绿道，我们林氏宗亲捐了 550 万元。梅峰公园的梅花是我们出钱种的，现在归促进会了。要问我这些年一共捐了多少钱，我没算过。我们这里捐款从来都不搞摊派，大家都是自愿的，赚了钱是要回报社会的。"林尔生笑着说，声音里带着一股豪爽之气，似乎每次拿出的几百万元不是钱，只是一个数字而已。

这世上，有人视钱如命，也有人拥有财富却不被金钱所累。不同境界，决定了选择的不同。在金乡这座有着 600 多年历史文化的古城，乐善好施是烙在金乡人骨子里的一个基因，代代相传。像夏天设在街头的免费茯茶摊，竖立在路口、桥头、亭台楼阁中的一个个捐资碑上的那些密密麻麻的名字，都是金乡人热爱家乡的一种表达方式，此现象在别的地方并不多见。企业家捐赠有，但政府的民生工程，民众参与程度这么高，至少我没见过。说明在金乡人眼里，这是理所当然的事，有力出力，有钱出钱，慈善之心不分大小。想到这里，我的内心不由得对金乡企业家的大气再次萌生敬意。

喝着茶，这位红光满面的企业家讲起永益的前世今生，他并没有说很多细致的东西，只是画了个粗线条，在跳跃式的叙述中，给几个零碎的片断。对他来说，创业的艰辛早已成为过去式。回过头，那些风风雨雨已消逝在时光的云烟里，悄无声息。此刻的他，像一位智者，从喧嚣的舞台中央，转身走到了幕后，开始人生另一种体验，这何尝不是一种潇洒？人生在世，最难的是放下。无论是功名利禄，还是爱恨情仇，人总是被各种欲望所驱使，这也是很多人常常觉得活着累的原因之一。唯有真正懂得放下的人，才能体验到生命的轻盈和乐趣。

我国改革开放总设计师邓小平曾经说过，让一部分人先富起来。出生于1956年的林尔生就属于先富起来的那部分人。在1991年，和朋友们创办永益之前，他已有60万元资产。20世纪90年代初的60万元是什么概念？在我的记忆里，那时候农村谁家若被冠以"万元户"之名，那主人走路的姿势都跟别人不一样，有的人眼睛都长到头顶上去了。普通工人的工资才100多元，60万元简直就是天文数字，想都不敢想。

30多岁的年纪，已有了这样的身价，林尔生的能力不容置疑。1991年，他联合缪存宝、王孝良、褚长青等9位朋友，集资60万元，接手了一家倒闭的铝塑厂。其中，4位股东各出资5万元，6位股东各出资10万元，这其实就是当下流行的众筹模式，没想到金乡企业家那么早就已经在实施了。

10位股东并不是每个人都参与工厂管理，因为工厂太小了，不需要这么多人，事实上每位股东都各自有事在做，投一股，每个月领600元工资，就当是投资利息了。在这个股东团队中，林尔生和缪存宝无疑是核心人物，一个负责具体事务，一个担任法人。等公司壮大后，一个是董事长，一个是总经理，配合密切。

铝塑厂接手后，林尔生的第一件事就是跑去上海买机器，生产一种深受东北客户欢迎的塑料牌和畅销的饭菜票原材料。

"当时金乡有很多小工厂都在生产这种塑料片材，刚开始生意还不错，后来就不行了。做了3年，没想到不但没赚到钱，还亏了一点。"林尔生陷入了回忆中，似乎又回到了那个决定工厂命运的夜晚。10位股东坐在一起，商量着是继续办下去，还是就此认输解散。

烟，抽了一支又一支。茶水，从浓到淡，直至无味。声音有高有低，音量有大有小。

最后，讨论的结果出来：继续。

为了让工厂早日解困，不但能生存下去，还要有盈利，林尔生深入市场，研究对策，确定了"品质为本、诚信立市"的宗旨。再困难，也从不拖欠别人一分货款。狠抓产品质量，严格执行"不合格材料不得采购入库、不合格产品不得验收入库、不合规产品不得销售"的"三不"政策。为了让企业起死回生，他吃住在厂里，以厂为家，一心一意想把厂办好。

"那时候大家都很辛苦，跑业务坐长途汽车，又没空调，夏天热死，中暑是家常便饭。冬天又经常冻得两条腿都没有了知觉，下车前要拍打半天，才站得起来。"林尔生摇了摇头说。然而，在林尔生微笑时，请我注意到了他的脸，那张有不少皱纹的脸。那一条条皱纹犹如一行行密密麻麻的文字，记载着他创业时所经历的风风雨雨。

在那一刻，我突然觉得自己理解了这位永益的创始人对企业的感情，也明白了经过近30年的发展，永益为什么会成为一家总资产达4亿多元、年销售超10亿元的大企业。

"办厂开始几年确实很困难，不过那时候虽然很需要钱，但不该收的钱，我是一分也不会要，其他股东也一样。有一次，有一家造纸厂给我包了5万元现金送过来，让我买他家的纸，被我当场拒绝了。坚决不能吃回扣，不能有私心，不然路走不长。我们股东之间口头约定，谁吃回扣，谁的股金就退出。到了 2000 年，就赚了 1000 万元。"林尔生说到这里，眼睛里全是自豪的光芒。

当我询问从 10 位股东变成 7 位股东一事时，林尔生的语气里略带着惆怅。他说，就是在那个时候，股东之间出现了不同意见。

大概怕我理解有误，他解释道："主要是针对产品，我一直很看好不干胶市场，想重点放在复合材料系列产品上。有几位股东不看好这个，觉得另外的产品好，大家意见不统一。不过我们本来就是好朋友，有什么事一直商量着来，说服不了就好聚好散。当时广东的厂房已经建好，就给了 3 位退出的股东，让他们自己发展，现在也做得挺好的。余下的股东都在金乡，一直到今天都没有分开过，大家都很团结。"

也就是在 2000 年，苍南县铝塑装潢厂重组并改名为温州永益复合材料有限公司，开始了新的征程。

提起其他几位合作伙伴，林尔生的脸上全是笑容，他再三说一个人的力量是有限的，感谢各位股东的付出，每个人都把自己那一摊管得很好，才有了今天的永益。像缪存宝，作为集团公司总经理，多年来一直为公司的发展兢兢业业。2009 年 7 月，上海昌益胶粘制品有限公司成立，由褚长青担任法人。为了尽快打开新的市场，缪存宝留在上海协助褚长青工作了 3 年，在上海昌益的发展中，他功不可没。

都说在利益面前，最容易暴露人性的弱点，但对永益的股东们来说，不存在这个隐患。我想，这可能跟林尔生采用的平均法有关。

2000 年，3 位股东退出后，他们对股权重新做了分配，按金额多少打分：3 位股东是 10 分，3 位股东是 5 分，林尔生本人是 11 分。如果要分红，也是按这个比分来。但林尔生提出，7位股东都是10分，有钱就平分，他带头，多一分钱也不要。大家心往一处，不怕赚不到钱。这个建议谁都知道，吃亏的是10分和11分的人。所谓物以类聚，人以群分，林尔生如此大气，他身边的人也一样大气，这个建议就愉快地通过了，并一直执行到今天。

"钱是赚不完的，人心齐最要紧。"林尔生从实践中得出结论。他很庆幸当年做出了这个决定，看起来是吃亏了，但赢得了人心，而人心是无价的。

果然是智者，我在心里暗暗惊叹。生活中，有多少人不愿吃一点点亏，结果往往因小失大。而那些看起来经常吃亏的人，最后反倒成了人生的赢家。这也充分说明，一个人不会无缘无故就成功，特别是做大事者，除了天时、地利、人和之外，自身的能力和胸怀也非常重要。

纵观永益的发展史，2002年，温州永益复合材料有限公司更名为浙江永益复合材料有限公司，2006年再次更名为浙江永益复合材料股份有限公司，2010年组建了无区域企业集团，简称永益集团。永益是以生产销售"永益"牌"中国格拉辛""中国不干胶"系列产品为主导，集实业投资、建筑与装潢材料销售、进出口业务为一体的大型集团公司。

这是一条向高山峰巅攀登的路，有着非常明显的向上行进的曲线。在企业发展过程中，为了解决本地土地紧缺、地理位置偏僻、交通运输不便等矛盾，更好地实现产销对接，从2002年开始，永益就向外扩张，先后在山东、广东、上海创建了3家分公司。

"当年我们在山东寿光办厂，那个条件真的太艰苦了，厂房是租的，四五个人一个房间，睡通铺。没有热水，大冬天都要洗冷水澡，冻得牙直打架。从金乡到寿光，1450 公里的路程，我们就坐着大巴车来回，大热天，车厢里闷得人喘不过气来，真的是屁股都坐烂了。到了目的地，两条腿都不是自己的了。这种日子，我们过了整整 3 年。永益能走到今天，离不开这种吃苦精神。"林尔生感慨道。

是啊，这世上哪有随随便便就能成功的？可惜我们总是只看到别人成功的荣耀，却不知道这荣耀背后别人付出了多少辛勤与汗水。天上不会掉馅饼，这是林尔生心里坚守的朴素理念。

"永益在发展过程中也遇到过很多困境，曾经我拿自己家和大哥家的房产证去办抵押，6 本房产证，抵押贷款了 80 万元。我大哥也是办企业的，比我早几年，办得很成功。我办厂得到过大哥很多帮助，他还给我担保，我们关系很好。钱虽然重要，但亲情更重要。我们 7 个股东的感情也非常好，这么多年，就像一家人一样。"林尔生说。

这时，我想起采访集团总经理苏庆掌时，他说过的一句话，就是股东之间的关系"像亲人一样"。这是友情的最高境界，不是亲人，胜似亲人，这确实不是多少钱能够买来的。

永益最初走的是国内市场，自从 2001 年 12 月中国加入世贸组织后，林尔生就把主要精力放在开发上，确定了国内外两条腿走路的发展策略。企业率先通过了 ISO9000 品质认证、ISO14000 环保认证以及 18000 职业健康认证，为自主开展外贸打下了坚实的基础。2004 年在材料成本不断上涨的不利条件下，公司出口销售额在外贸起步阶段就达到 500 万美元。经过这 10 多年的发展，今天的永益不但在国内开设了 100 多个经销处和销售网点，还将产品出口到十几个国家与地区。为了进一步开拓国际市场，把产品推向东南亚、非洲、欧美等地，集团在十几个国家成功注册"永益"商标，从而形成了强有力的销售与信息反馈网络。

"一家企业要办好，要有发展后劲，除了有管理和技术人才，正确选择产品也非常重要。我们到山东办厂时，人家都不知道什么是不干胶。像广东的厂，刚开始做笔记本。一年后，我过去看，一个月产值只有100万元，不行，当机立断，把所有的机器与产品都转让出去，亏就亏点，马上转型生产不干胶系列材料。现在发展非常快，一年产值就有5亿元，市场也越做越大。"对这个成绩，林尔生表示很满意。

我翻了下资料，永益集团广东永益复合材料有限公司位于广东省肇庆市高新技术产业开发区，有80亩土地，创建于2004年6月，总经理由集团副董事长林尔波担任。山东永益复合材料有限公司则位于山东省齐河县经济开发区，有150亩土地，创建于2008年，由作为企业创始人之一的永益集团财务总监王孝良全面负责，公司总经理陈钦波年轻有为。再加上上海昌益胶粘制品有限公司和金乡的母公司，永益等于是四驾马车一起驱动。

"上海我们买了62亩土地，花了5500万元。广州那时候土地便宜，每亩才35000元，现在100万元都买不到一亩。"这些都是永益的家底，林尔生说起来如数家珍。

"永益产品现在各个档次都有，我们有几十条生产线，1000多名员工，高中以上学历有400多人，中高级职称有100多人。从研发、生产、销售到服务，整个产业是链状布局和流程化自动化生产，又有完整高效的生产检测设备，产能没什么问题。今后，我们的复合材料系列产品要往高端方向走。不干胶市场非常大，仅广东省还有很大的开拓空间。"

不知不觉，我们的交流接近了尾声，我问林董事长的心愿，他说：

"希望永益能成为百年企业，这次我、缪存宝、王孝良我们三个年纪大的股东退了下来，由股东之一的苏庆掌担任总经理，在我们这个团队，他还算年轻，又很有能力，大家都很看好他。另外，第二代能接上来的已经开始挑大梁了，现在山东公司的总经理就是其中一位股东的儿子担任的。"说到这里，他爽朗地笑了起来，"至于我，退休后就锻炼锻炼身体，做做慈善，有空打打牌，比起过去，现在的生活已经非常幸福了。"

我看到了这位成功企业家脸上的满足感，这是一种珍惜当下、过好每一天的满足，也是感恩所拥有的一切的满足。这就是人生的智慧，开启幸福之门的钥匙。站在高处，看到的都是风景，而我从林尔生董事长画下的粗线条创业史中，读懂了一个人成功的秘诀，那就是勤奋、格局与睿智！

成功从没有捷径

——记温州市永丰自粘材料有限公司创始人陈逢友

2019 年是新中国成立 70 周年，对我们国家这 70 年来的变化，感受最深的莫过于那些与共和国同龄或差不多年纪的人。他们经历了禁锢与开放、贫穷与富足、运动与安定等整个时代的变迁，也分外珍惜当下的生活。

在他们那一群人当中，有一批农民企业家，当改革开放的大潮来临之际，凭自己的聪明才智和胆魄，以及

温州市永丰自粘材料有限公司创始人
陈逢友

敏锐的洞察力，紧紧抓住机遇，赤脚走出一条独特的人生之路，彻底改变了命运的运行轨迹。温州市永丰自粘材料有限公司创始人陈逢友就是其中的一位佼佼者。

苦涩的回忆

陈逢友是地道的金乡人，1948 年出生于一户贫困的农民家庭。他是母亲的第 9 个孩子，他有 3 个姐姐、5 个哥哥。后来，母亲又给他生了一个弟弟。

在那个年代的农村，靠一双在田里刨土的手，想要养活十张嗷嗷待哺的小嘴，绝非一件容易的事。

在陈逢友的记忆里，童年的底色是灰暗的，贫穷像影子一样追随在他们的身后。家里一贫如洗，吃不饱、穿不暖，他们个个面黄肌瘦，一天天苦熬着。

后来，几个哥哥成家了，而父母也已年老体衰，没法再去挣钱养家糊口，陈逢友就和弟弟一起，轮流上哥哥们家蹭一口饭吃。

别人家孩子大多是 8 岁上学，而陈逢友 10 岁才背上书包，走进学校。陈逢友喜欢读书，可肚子实在太饿了，里面像有无数只小兽在咕咕叫着，家里没有吃的，哥哥们家也没啥吃的，一天饿到晚，让他头晕眼花，走路都头重脚轻了。他清楚地记得，从 1958 年到 1960 年，他没有吃过一粒大米，能吃上糠饼就已经是一件很幸福的事了。还有米糟、醋糟之类的替代品，只要能填肚子，就不管不顾地往嘴里塞，无论多难吃，他都咽得下去。

就这样勉勉强强撑到小学毕业，陈逢友开始走上社会。他去生产队放牛，开始挣工分。虽然每天只能挣二到三分，每工分只有 8 分钱，但好歹也是一笔收入。

后来，陈逢友又去拜师当学徒，学补鞋的技术。结果师傅被抓了起来，说不能私自带徒，陈逢友只好回家，一边又去生产队放牛，一边跟着三哥学做泥水工，那时的泥水工一天可以挣六毛五分钱。他还要下田劳动，小小年纪就挑起了生活的重担。

1964 年，宜昌有个建设项目开工，金乡的建筑队承包了其中一个小工程，需要人，陈逢友就跟着三哥一起去了宜昌。

春去春来，两个轮回，陈逢友和三哥才风尘仆仆地回到家里。在工地上，除了干活就是干活，生活单调，条件极其艰苦，但对从小就在苦水里泡大的陈逢友来说，他一点也不怕，只要能填饱肚子，有钱赚，再苦再累他都能忍受。这位从小缺乏营养的少年，在繁重的体力劳动压力下一天天成熟起来，也一天天变得沉默。他满脑子只想一件事，就是赚钱。

可这钱又上哪里去赚呢？自己除了这一身力气、这双手，还有年轻的资本，其他好像都没有了。陈逢友不禁陷入了迷茫中。

在夹缝中寻找生存的空间

陈逢友和哥哥回家不久，有一天，一位从瑞安过来的朋友问陈逢友想不想赚钱。陈逢友立马回答："当然想了。"

原来，那人是瑞安一家专业生产电焊机工厂的技术员，他出的主意就是让陈逢友去做电焊机，说能赚到钱，并告诉他哪里可以买到原材料，哪里需要这机器。陈逢友获此信息，喜出望外。他身上有贫下中农这个"护身符"，想着反正是光脚的，没什么好怕的。他的想法很单纯，就是挣点钱，有一口饭吃就满足了。

那时从金乡到瑞安，路上需要四天四夜的时间。为了赚钱，就算要十天十夜，陈逢友也会去。

就这样一路颠簸到了瑞安，根据那位技术员提供的地址，他去买原材料。说是买，其实跟白拿差不多，他到人家厂里把那些次品、废品和别人不要了扔掉的东西，以极低廉的价格买下，一股脑儿装在麻袋里，硬生生给扛了回来。这其中的艰辛，很多年后，陈逢友想起来仍觉得酸涩无比。回到家里，他的双手已被磨得鲜血淋漓，惨不忍睹，碰到就钻心地疼。

忍着痛，在技术员的指导下，他把买回来的东西一样样拆开、打洞、磨好，重新加工，再进行组装。就这样东拼西凑，他一共装了五台电焊机，很快就卖掉了，赚到了第一桶金。

陈逢友很清楚，在那个讲政治的年代，有些路他是走不通的，比如当兵，比如入党。原因是他的大哥曾经参加过"三青团"，从此政审就通不过了。对一个农村青年来说，那两条路无法走，也就意味着除了种田当农民，他也无别的路可走了。但出过门的陈逢友不甘心仅当个农民，不是苦，而是没有钱挣。辛辛苦苦在田里劳作一年，到了年底，能不倒欠生产队就算很好了。树挪死，人挪活，为了能把日子过下去，只有冒险去做生意。

想法决定行动，陈逢友的胆子越来越大，那时候买东西都需要凭票，他就偷偷做过饼干、白酒和糖等生意。在当时的社会环境下，他冒着被工商所打私办抓进去的巨大风险，赚点辛苦钱，在残酷的夹缝中寻找一点点生存的空间。

收音机里传来春天的声音

1978 年冬天，陈逢友从收音机里听到了一个新闻，听到了一个新鲜的词——"队办厂"。播音员的声音在陈逢友的耳朵里，突然变成天籁一般，直达他的脑海。他敏锐地察觉到，这是一个强烈的信号。只是什么叫"队办厂"？他赶紧向别人咨询。这些年，他与工商所打私办一直玩着猫捉老鼠的游戏，耗费了太多的精力。他真的很想办一个正正规规的厂，光明正大地赚钱。

问清楚"队办厂"是怎么一回事，手续怎么办之后，陈逢友就开始跑了起来。第二年，陈逢友的金星文具厂第一分厂开门了。这个厂是挂在陈逢友所在的大队里的，他出钱去注册，批下来后，公章放在大队里，厂里只有一枚业务章。如果说之前是小打小闹，那么这个厂的成立标志着陈逢友正式踏上了创业的路。

榜样的力量是无穷的，陈逢友办起了金星文具厂第一分厂后，其他头脑活络的人也跟着办厂，挂靠在大队。金乡 5 个大队，批了 5 个厂。后来这几个厂下面，一共挂靠了几十家分厂。

从"地下"转到"地上"，陈逢友这位第一分厂的厂长变得更加忙碌，很多事他都亲力亲为，全身心投入。为了创业，他省吃俭用，不辞辛劳。

有一次，陈逢友去外地送货返程路过上海，在十六铺码头售票处买了一张上海至温州的轮船票后，身上已没有钱了。让他没想到的是，由于台风，轮船要停航两天。陈逢友摸了摸空空的口袋，想着这两天该怎么过，实在不行，只能露宿街头，饿两天再说了。他的目光转向来来去去的人，盼着能碰到一位熟人借点钱。事有凑巧，找了半天，还真让他看到一张熟悉的脸。陈逢友赶紧上前打招呼，问这位同乡借 10 元钱。那位同乡一听陈逢友还要在上海待两天才能回温州，就说这 10 元钱怎么够。陈逢友说够了。他给同乡算了一笔账，一碗光面 1 毛钱，2 天就是 6 毛钱，加上住宿费和温州回金乡的车费，够了。同乡见他这么算，就明白他大概要去住地下室之类便宜的地方，又听他说要吃两天光面，不禁被陈逢友的这种创业精神所感动。

就这样一步步，陈逢友的工厂办得红火起来，他的名气也跟着大了起来，人家都说他有钱了，引得不少人眼红。

可惜好景不长，那时改革开放的文件虽然早已下发，但全国根本还没有从禁锢中苏醒过来，温州也不例外，说私人办厂是复辟、走资本主义道路。于是工厂又被迫关掉，反复折腾。

1985 年，陈逢友又以股份的形式，与人合办了汽水厂。那些年，对陈逢友来说，工厂无论是办还是被迫关，他都当作历练。在开开关关中，他不断积累经验，蓄势待发。

永丰扬帆起航

随着改革开放的力度加强，金乡有能力的人纷纷下海，要地办厂。特别是随着金乡商标城的崛起，金乡人看中了商标包装材料市场的前景，陈逢友也不例外。刚开始他的不干胶厂租了部队的营房，厂里一共 4 个股东，他是法人兼大股东，亲自跑供销。等可以买地了，陈逢友就毫不犹豫地在金乡工业园区买了 10 亩土地，挂起了温州市永丰自粘材料有限公司的牌子。

陈逢友是有眼光的，那时别人买土地，都是买个二三亩，不超过5亩，他却一下子买了10亩。那是1988年，陈逢友似乎已看到以后几十年的发展。

在当地，陈逢友很有知名度，1992年他就跟着县委书记去美国考察，看了外面的世界，开阔了视野。他本人文化程度不高，但非常重视教育，他全力培养自己的3个儿子，让他们成为优秀的人才。

说到教育，让陈逢友感到很骄傲的一件事，就是20世纪80年代温州要办大学，没有钱，温州的领导到金乡来集资。陈逢友等一批农民企业家愿意出资，但提出了唯一的要求，就是希望让他们的孩子去温州一中读书。温州一中是温州的重点中学，不对外招生。面对企业家们的要求，领导们经过讨论后，同意温州一中在正常招生计划外，另招一个金乡企业家的子女班，一共50多人。

事实证明，当年企业家们的这个要求是非常英明的。这50多人，后来都成了人才，其中95%的人接了父辈的事业，成为成功的"创二代"。

陈逢友有着与常人不一样的胆魄。他的永丰公司是苍南县第一家购进60万大卡有机热载体锅炉的厂家。他还积极引进不同人才，让他们在产品质量和技术改造中发挥巨大作用。在年产1296吨双面离型纸生产线技改项目成功后不久，双面离型纸就被列为1996年浙江省第一批省工业新产品试制项目。1998年，一条年产1458吨高级装饰膜生产线技改项目建成投产。公司先后注册了4个"爱花"商标并申报温州市知名商标。年销售额从1988年的26万元增加到1997年的2500万元，用了不到10年时间，翻了将近100倍。随着公司的快速发展，他早早引进现代科学管理体制，用制度管理人。

陈逢友的思路总是比别人快一步，当不干胶主业蒸蒸日上之际，他又独资开辟了第三产业，成立了温州市永丰旅游度假有限公司。该公司注册资金 1098 万元，计划投入 4146 万元，建设海口度假村。这个海口不是海南的海口，而是离金乡只有 3 千米的一个风景区，那里有安静的沙滩，有日夜涌动的海浪，自然风光迷人。

1998 年在金秋旅游节暨首届温州商品交易会上，巴西乐星国际投资集团有意投资 1000 万美元建设海口度假村，并签订了意向书。

旅游开发牵涉的方方面面太多了，陈逢友一头扎了进去，从开发建设到最后忍痛卖掉，一共花了 5 年时间。那 5 年，是陈逢友正式创业以来最辛苦的 5 年。他没有休息天，为了度假村的业务而奔波，可惜出于种种原因，最后只好转手。

也因为那一次的投资失利，陈逢友对永丰今后的发展定下了一条硬规定，就是只做主业不干胶，钉牢这块深挖，从低档到高端，不做跨行业投资。在深挖这方面，陈逢友很有自己的一套，比如机器，过去是向人家买，后来就自己造，坏了自己修。他告诫 3 个接班的儿子，都不许参与跨行业投资，包括股票等金融方面的投资，一心一意做好自己熟悉的行业，会有前途的。

陈逢友是睿智的。这个规定，从另一方面讲，是永丰抵御各种诱惑的一道安全堤坝，使永丰这艘大船在市场的惊涛骇浪中平稳前进。

回首那一条来时的路

时间过得很快，转眼，陈逢友已年过70岁，他早已把事业交给了3个儿子，自己安享晚年。

经过30多年的发展，今日永丰是全国最大的专业生产自粘材料（耗材）的制造商之一。仅温州永丰公司就拥有制胶、涂塑（淋胶）、上硅（离型）、印刷、压延（PVC膜）、复合（涂布）、贴合等世界水平的一条龙流水线。早在2000年7月，永丰就通过了ISO9002国际质量体系认证。为了企业有更大的发展空间，2002年，陈逢友用海口度假村卖掉后的钱，在上海买了40多亩土地，成立了上海金一自粘材料有限公司，企业拥有自主出口经营权，由他的第二和第三个儿子负责管理。

2011年，陈逢友在江苏海安买了130多亩土地，成立了江苏美达自粘材料有限公司，交给大儿子管理。在金乡的厂占地24亩，现由他的侄女管理。

对自己的3个儿子，陈逢友很满意，每个儿子都有文化，出过国，做事又中规中矩。大儿子原先是公务员，在财政局工作，为了父亲辛苦了一辈子的事业，他辞去公职，接过了事业接力棒。三兄弟很和睦，三家公司的账都在一起，没有分家。每个人每年领的钱都是一样的，没有谁多谁少。

穷苦出身的陈逢友年轻时为了改善生活，不分白天黑夜，拼命挣钱。等他手上有了点钱后，自己依然过着俭朴的生活，可对社会的回报却很慷慨。从20世纪90年代开始，他就热心公益事业，建公园、修马路、建学校，处处都有他捐款的身影。"六一"儿童节，他的公司总要给小朋友们送些礼物过去。他曾经是县政协委员，随着组织下乡扶贫助学，每次都是几千元几千元地捐。2000 年以后，随着生意做大，他捐的款也水涨船高。2016 年，由 9 位会员企业家投资 4000 万元新建的金乡商企协会落成，那捐赠给协会的 850 平方米房产里，就有陈逢友奉献的一份爱心。

陈逢友很感慨，他这一路走过，风风雨雨都见识了。家里这么多兄弟姐妹，只有他一个人做生意。没有人可以帮他，他只能一步步挣扎着走，全靠自己。当他有能力的时候，就回过头帮自己的兄弟姐妹。虽说男人有泪不轻弹，但苦得实在忍不住的时候，他这个七尺男人躲在无人处也曾伤心大哭过。别人只看到他成功的风光，不知道他背后承受的巨大压力。前几年，一个投资墙纸的大项目就让永丰亏了 5000 万元。无处诉说的苦闷，让他无法入眠，他只能靠安眠药才能勉强入睡。

"现在的市场跟过去有很多的不同，"陈逢友说，"永丰已在转型做壁布，目前所有钱都投了进去。只要转型成功，接下去企业就能喘口气，重新出发。"

比起过去那烙在生命深处的饥饿与贫穷，对今天的生活，陈逢友说他非常知足，也很珍惜。夜深人静之时，回忆过去，一切都像梦一样，似幻似真。如果说人生是书，那么陈逢友这本书的内容无疑是精彩和丰富的。

第三篇

护城河水的奔涌

在金乡，一代又一代创业者，积极把握技术潮流，专注创新、扎根传承，这份亮丽的成绩单正是温州民营经济活力的体现。改革开放40多年来，金乡的企业家们就像这护城河的水流，一次次向前奔涌，经久不息。

盈与泰的诗意底色

——记温州盈泰新材料科技有限公司总经理陈孝忠

在金乡古镇采访那几日，夏姐姐陪我去了一趟狮子山。那是黄昏时分，登到半山腰，看夕阳西下，倦鸟归林。晚风穿过林梢而来，驱散了酷暑的燥热，让人的心不由自主地安静下来。

极目远眺，云深处，晚霞如锦，渲染了大半个天空，似燃烧的火焰，吸引了多少过客的视线。

温州盈泰新材料科技有限公司总经理
陈孝忠

亭台楼阁，曲折通幽，更有那森森丛林，引得人越发兴趣盎然。

狮子山，果真是个好地方。

在山上，遇见一片樱花林。

我见过的樱花，大多是那种粉白色的，有着柔若无骨的细小花瓣，似乎你呼吸重一点，就会有落红无数。我一向不是很喜欢樱花，总觉得太柔弱了点，没有风骨。更何况在姹紫嫣红的春天，这樱花也确实没有什么能特别吸引人眼球的地方。除非是成片的，达到一定数量，在盛花期的时候，远远望过去，还能给人一种如梦似幻的意境。总之，在我眼里，樱花只可远观，不适合近视。

这里的樱花品种却不同于我常见的那种，名为寒绯樱。特点是花朵色彩艳丽，红得热烈大气，又恰好在春节期间盛开。那时，很多种子都还来不及发芽，大地的色彩比较单调。这一片夺目的樱花林，无疑给狮子山增添了迷人的华彩。故每年过年，狮子山成了金乡最喜庆之地，成群结队的人上山来赏樱，在樱花树下拍张全家福或情侣亲密照，寓意新一年红红火火。

这个季节不属于樱花，但并不妨碍我的想象。当我沿石级而下，穿过樱花林，我似乎闻到了空气里还有残存的暗香，久久萦绕在怀。停住脚步，闭上眼，我看到了樱花盛开的模样，阳光让花朵变得如此璀璨。有风吹来，一朵花飘落在掌心，舍不得丢掉，那就把它戴在发间。谁在轻呼我的名字？回眸一笑，脸上有羞涩的红云浮起，那是属于春天的色彩。

睁开眼，樱花树沉默不语。四周静悄悄的，只有无名的虫鸣声打破山野的暮色。

下山，我才得知这樱花林非政府出资栽种，而是一家叫盈泰的企业的手笔。从 7 年前开始，他们就在这山上种樱花树，年年都种，逐渐形成规模，现在这樱花林已成为金乡的一张旅游金名片。

我想，这家企业的当家人一定是个很有情怀的人，不然怎么会想到种这么漂亮的树，一棵棵只为你开花的树，一想到那个场景，诗意遍地。我就是怀着这样的心情，走进了温州盈泰新材料科技有限公司，走进了总经理陈孝忠的办公室。

有一种选择叫顺其自然

温州盈泰新材料科技有限公司是一家老企业，创办于 1988 年，前身是苍南县人造革塑料厂。公司占地面积 45000 平方米，是温州地区创办较早的民营股份合作制企业，专业生产 PVC 压延革，年生产 PVC 人造革 2000 多万米，年产值连续多年超亿元。当家人陈孝忠是一个身材高大、很儒雅的"白面书生"。

陈孝忠的身份可以归类于"创二代"，只不过这企业并非他父辈独有，他父辈是原始股东之一，另一位股东是盈泰的董事长殷作钊。作为土生土长的金乡人，陈孝忠大学毕业后没有选择留在上海、杭州等热门城市，而是回到家乡，做了一名人民教师。

在学校，教书育人，生活简单又有规律，陈孝忠对这份工作十分喜欢。当老师，也是他的梦想之一。小时候，妈妈给他洗脚，握着他那白嫩的小脚丫，总喜欢跟他开玩笑，说他的脚这么白，天生不是当农民的料，将来一定是当老师的。从心理学角度来分析，母亲的话对年少的孩子影响是很大的，是积极的暗示还是消极的阴影，长大了就会显示出完全不同的结果。对年少的陈孝忠来说，妈妈这句与预言性质一样的话，就是一个明确的指引方向——"你将来可以当老师"。在下意识当中，这种认知会带着他朝那条路走去。

狮子山下的河流——来自金乡企业家们的样本

事实证明，确实如此。

陈孝忠还以为自己会当一辈子的老师，没想到5年后，他改行了。那是1998年，应董事长邀请，陈孝忠辞职离开学校，来到盈泰，也算是"子承父业"。

一切都非刻意，而是顺其自然。

对陈孝忠来说，选择离开学校来到企业，等于选择另一种完全不同的人生，无论是从丰富性还是挑战性来讲，他现在的岗位要比当老师复杂得多。

对此，陈孝忠很有信心，他从来都不做没有把握的事。

一晃20年过去了，盈泰公司从一家变成了三驾马车。2001年，独立核算的上海盈泰成立；2015年，在江苏省海安县有了江苏盈泰。三家公司加起来，年产值达10亿元。

这么多年来，陈孝忠一直守着金乡本部的温州盈泰，一步一个脚印地稳步走着，企业产值从几千万元增加到超亿元，企业连续荣获苍南县"百强企业"、"纳税大户"、"A级诚信企业"、市"安全生产标准化三级企业"等多项荣誉，通过了ISO9001质量体系认证，产品质量达到了欧盟PoHS、REACH等172项英标阻燃标准。

陈孝忠非常热爱脚下的这块土地，这从他大学毕业回乡工作就能看出来。2002年的时候，董事长曾希望他去上海管理上海盈泰，可被他拒绝了，他就是不想离开金乡。他没有太多的人生规划，就想着一心一意把温州盈泰经营好，让企业可持续发展，做些有益于社会的事。其他的，随遇而安。

有一种情结叫教书育人

2015年，陈孝忠做了一件出乎人意料又在情理之中的事，即和几个朋友一起筹资，把陷入困境的金乡狮山中学给接管过来。狮山中学是家私立学校，由于负责人借贷给社会上的人，投资款无法收回，资金链出了问题，严重影响学校的正常运营，搞得人心惶惶，老师上课都没有心思。

学校要破产了，为此，金乡镇政府专门成立了处理小组，一边向社会上有志于教育事业的个人和企业求助，一边做好老师、家长和学生的安抚工作。陈孝忠得知这一信息后，既为那些孩子难过，又为困境中的学校焦虑。冷静下来，他恍然大悟，无论离开教育岗位多久，在内心深处，自己一直有一个教师情结。

陈孝忠对决定的事，绝不拖泥带水，他马上与新丰集团的陈加福、申士公司的陈宗坤、宇狮公司的林晓等3位好朋友联系，经过商量，他们决定接管学校，重新注资办学。这既能为政府排忧解难，也能让那么多的老师和学生有个出路。

于是，陈孝忠找镇政府负责人谈了意向，并在第一时间打了200万元保证金到镇政府的账户。经过几次讨论，反复修改方案，最后，陈孝忠他们花了2000多万元接手了学校，安定了人心。狮山中学也改名为卫城中学，陈孝忠任董事长，一切都是新的开始。

办学校跟办医院不一样，它没法立竿见影，需要时间的积累。说现实一点的话，至少在3年内，你得不停往里面扔钱才行。而那些钱，有可能扔了连个水泡都不起。可作为一所私立学校，要想获得优质的生源，想名声在外，除了校园的硬件建设，更要在引进优秀教师、提高教育质量上大量投入。一手硬，一手软，两手都要抓。只有成绩出来，名气打出去了，后面招生才好办。

为此，陈孝忠想了很多办法。由于政策规定公办学校的老师可以支教民办学校，他就想着若能把浙江的一所重点中学——学军中学的老师请过来授课就好了。主意打定，他去找教育局领导，请领导出面做工作，终于请来了省内名师，在学校开设了学军班，共享优质资源。

2018 年，陈孝忠又高薪聘请了龙港二高的校长，请他到卫城中学来当校长。

事实证明，陈孝忠的眼光是独到的。新校长来了一年后，学校的教育质量有了质的飞跃。

从接管学校到现在，他们已往学校投入了 5000 多万元，要转型升级，还需要继续投入。虽说像个无底洞，但陈孝忠并不后悔。他常常想起当年的金乡中学，这是苍南地区的重点中学，教育质量非常好，可惜这 10 多年来，出于种种原因，落后了。陈孝忠希望能通过自己的微薄之力，为重振金乡的教育做出一份小小的贡献。哪怕还需要再多的投入，再艰难的坚守，都是值得的。

时光不负有心人，卫城中学 2019 年高考取得了优异的成绩，获得了新的突破。

2019 年 9 月 6 日下午，金乡卫城中学校园内热闹非凡，这里正在举行秋季开学典礼暨 2019 届高考表彰大会。学校董事长陈孝忠，董事会成员陈宗坤、陈加福和校长王德华等人和部分家长及全体学生参加了大会。

坐在主席台上，看着台下一张张充满着激情与梦想的青春脸庞，陈孝忠的心情非常激动，他想起了 2015 年的那个决定，想起了这几年全校上下的共同努力与付出，思绪万千。他向全校师生承诺，董事会将不遗余力，不断完善激励机制，进一步提高奖学金和高考奖励，助力卫城中学实现更高品牌的跨越与提升。他在现场为高三段师生颁发了 50 万元高考大奖。2020 年，第一届学军班毕业，要出成绩了，董事会对这些孩子寄予了厚望。

"励志求知，进取扬善"，这是金乡卫城中学的校训，也是陈孝忠内心美好的期冀。

有一种情怀叫留住乡愁

自改革开放以来，越来越多的人离开家乡，走向城市。金乡人也不例外，很多人出去后，就再也没有回来。就算回来，也是以"客人"的身份，住几天就匆匆告别。而他们的下一代，只会说普通话，不会讲金乡话。

记忆中，乡愁是什么？

著名诗人余光中的乡愁是"一枚小小的邮票／我在这头／母亲在那头……"陈孝忠也一直在思索这个问题，对那些离乡背井的金乡人来说，乡愁是什么呢？是夕阳西下时的那一缕炊烟，是雨后走过古镇老街的丁香姑娘的背影，是绕镇而过的那一条清澈河流，还是夏日街头一杯免费的茯茶？

他一直在寻找。

终于，在 7 年前，陈孝忠心里有了一个梦，一个跟乡愁有关的梦。他要在狮子山上种樱花树。他希望那些生活在外地的金乡人和他们的孩子，有一天回忆起故乡时，脑海里出现的是满山遍野红艳艳的樱花。他相信，这份独属于金乡的乡愁，虽然带着淡淡的忧伤，但也会烙着美好的印记。

那一刻的陈孝忠不是老师，也不是企业家，他是诗人。只有诗人，才会有这样浪漫的想法，并付诸行动。

7 年时光，盈泰已往樱花林投入了 100 多万元，今后还将继续投入。前人种树，后人乘凉，相信再过一个 7 年，樱花林会更加壮观，吸引更多的人走进金乡。

樱花让金乡游子的乡愁有了暖色，而这些年盈泰为古镇建设所做的投入也远不止于此。

慈善，是古老金乡的又一张名片。无论是在本地，还是在外地发展的金乡企业家们，对慈善工作一向慷慨大方，经常是有钱的出钱，没钱的出力。这些年，政府启动了古镇改造与建设工程，金乡人和金乡的企业都积极参与其中。修绿道、造桥、铺路等各种民生项目以及公益慈善项目中，都有陈孝忠和他带领的盈泰人的身影。陈孝忠的想法很朴素，他认为企业再困难，该节约的地方要节约，但有些钱还是不能省的，像慈善工作，多少都要出份力，这也是企业应尽的社会责任。

在金乡，很多民生工程，政府只出资了 30%，余下的 70% 由企业负责筹集。这听起来不可思议的事，在这里却是那么的平常。甚至是上亿元的项目，金乡企业家们都能在 2 年里把款筹齐，倘若没有一颗爱乡、热心公益的心，怎么可能实现？

盈泰还有自己的冠名基金，企业每年出 10 万元，连续 20 年，用于救助弱势群体。

金乡有几十个民间团体协会，大家都知道陈孝忠有侠义心肠，有困难就来找他。面对三天两头找上门来拉赞助的人，陈孝忠总是伸出援手给予帮助。很多时候，自己捐了不够，还发动周边的企业家朋友一起参与。

平时的各类慈善捐款，那就更多了。2017年，金乡镇政府授予陈孝忠个人"热心公益，慷慨捐资"的金匾，这是一种肯定和敬意。

陈孝忠说，金乡是个特别的地方，有很多事情，在别处，可能就是社会问题，但在这里却能私下协商解决。金乡人很爱面子，祖祖辈辈都在这里，所以极少会让银行出现坏账，特别讲信用。金乡的企业所走的发展之路大同小异，都是先完成资本原始积累，然后稳步发展，坚持做实业。1元钱可以做2元钱的生意，但绝不会做10元钱的生意。这几年，温州破产的企业很多，但金乡没有，这跟金乡企业家稳中求进的发展思路是分不开的。

生活在金乡，是幸福的。

这里有很奇特的卫城年俗文化——出城。每年大年三十晚上，从11点多开始，老百姓就潮水般涌出家门，等午夜的钟声响起，伴随着满城辞旧迎新的"开门炮"，"城里人"会一路欢笑着走出城门，过吊桥，争相"出城"。有的去寺庙拜佛敬香，图个心安。有的祈福求财，许个心愿。无论是认识的还是陌生的，碰到了相互道声新年好，讨个吉利，非常热闹。

金乡卫有东、南、西、北四道城门，这出城线路是有讲究的，不是你想走哪道门就走哪道门，一年大利东西，一年大利南北，交替轮换。听起来好像风水，大家都能沾到好运，公平。

2018年是农历戊戌年（狗年），大利东西。陈孝忠是个很有头脑的人，他没有放过这么好的宣传机会，公司做了很多小红包，红包里装着一张喜庆的硬质贺卡，一面是怒放的樱花，另一面印着天官赐福图，此外还装有一枚5毛钱的硬币。无论是红包还是贺卡，上面都有温州盈泰公司的名称与祝福的话语。红包的背面还印有卫城年俗文化，有关于"出城"的传统习俗介绍，具有资料性和收藏性。

这些小红包从大年三十晚上一直派到正月初一，被分发到每位"出城"的金乡人手里。收到红包的人，个个都笑逐颜开。说实话，现在谁也不会把5毛钱放在眼里，但这5毛钱一旦与年俗文化结合在一起，那就完全不一样了，没有人会把这份祝福随手丢弃，只有好好珍藏。而在这过程中，温州盈泰的知名度得以进一步提高。陈孝忠花最少的钱，做了一个最有价值的广告。

人生最佳的状态是丰盈与安泰，丰盈代表着收获，安泰就不用解释了，大家都知道。我不知盈泰之名的来历，但凭我对字面的理解，这个公司名取得非常好，很吉祥。

熟悉陈孝忠的人都知道，他是个生活很小资的人，业余时间喜欢看看书、喝喝茶。他不会为了工作而忘了生活本该有的样子，也没有太大的野心去争天夺地，他只做自己能力范围内的事，但一旦认准，就会尽最大努力把它做好。对他来说，盈泰既是父辈们的心血，也是他这20多年来为之倾注了所有青春和梦想的事业，是他的另一个孩子。"超越自我，追求卓越"，这是他对盈泰的要求，也是对自身的要求。

这些年，随着企业的发展和市场需求的变化，温州盈泰在产、供、销、人、财、物等方面已形成了一套完整的经营体系，软硬件配套，不断完善基础设施，保证出厂产品合格率达到100%。相信年纪还不到半百的陈孝忠有足够的精力和能力，带着温州盈泰走向事业的另一重高峰。

齐心协力书新篇

——记永益集团股份有限公司总经理苏庆掌

　　永益集团股份有限公司总部位于金乡，两幢大楼外墙被涂成枣红色，虽看起来略显陈旧，但在蓝天下还是很醒目。

　　这家公司由 7 位股份平均的股东组成。虽说人多力量大，可人多也意味着主意多，

永益集团股份有限公司总经理
苏庆掌

拥有相同的股份，表示每个人的话语权是一样的，这对一家企业来说，有利也有弊。而永益集团用时间证明了他们是个卓越的团队，从 1991 年创建到今天，20 多年来，他们彼此信任，齐心协力把一家生产塑料片材的小工厂发展成为无区域企业集团。永益以生产和销售"永益"牌"中国格拉辛""中国不干胶"系列产品为主导，集实业投资，商标材料生产、销售，进出口业务为一体。除了金乡的母公司外，它还在山东、

广东、上海等地开设了分公司，员工人数从数十名发展到今天的 600 多名，总资产达 4 亿多元，年销售额超 10 亿元。

金乡的母公司以生产销售"永益"牌压敏脱标签纸、格拉辛底纸、不干胶材料、商标纸、金银涤纶等系列产品为主导。占地面积为 15000 多平方米，建筑面积为 13800 平方米。有淋膜、上硅、制胶、涂布、分割、切张等多套生产线，对外承接水胶、可移胶、特种产品加工。共有职工 160 多人，其中有中高等学历的为 110 多人，有中高级职称的为 30 多人。年销售额超亿元。

这世上有多少人在利益面前失了初心，忘了根本，又有多少合作伙伴在中途分道扬镳。一家企业的核心团队只要有一个人有了私心，这个团队的凝聚力和战斗力就会大大下降。唯有一条心，劲往一处使，才能驾驭着企业这艘大船，在惊涛骇浪里避开各种暗礁，勇往直前，抵达胜利的彼岸。永益集团就是最好的成功例子！

现在，让我们走进永益，走近现任永益集团总经理苏庆掌，来听听他与永益的故事。

因梦想而聚集

穿过时光的隧道，让我们回到 20 世纪 90 年代初期，中国大地在改革开放的春风吹拂下焕发出盎然的生机。大街上，人们迈着匆促的脚步追赶着时间，每个人都在用自己的方式投身到火热的生活当中。那是一个激情飞扬的年代，只要你看到了天地的广阔，有勇气去挑战自我，把想法变为行动，你的未来就有了无限的可能性。那也是一个时势造英雄的年代，看懂机遇的人，投身商海，或沉或浮或呛水，无论成功还是失败，他们的人生因此而变得精彩。

在金乡，有这样一批先行者，他们踏着时代的号角声登场，有单枪匹马的孤独身影，也有相互借力的团队群体。他们或她们，在岁月的舞台上，演绎着各自的风采。

1991年的一天，一家占地2亩多，总投资80万元，名为苍南县铝塑装潢厂的车间里响起了隆隆的机器声。这是一家集资小厂，最初有10位股东，其中6位股东每人出资10万元，4位股东各出资5万元。在这90年代初期，绝对是一笔巨款。后来有3位股东中途退出，另外去创业，余下林尔生、缪存宝、王孝良、林尔波、苏庆掌、褚长青、陈钦波这7位股东一直到现在。

其实，苍南县铝塑装潢厂不算新办，之前属轻工局下属的集体所有制企业。由于不适应改革开放的冲击，再加上无资金、无技术、人员短缺、没有销路等原因，企业倒闭了。是林尔生等人看到其中隐藏的商机，当机立断筹集资金把加工厂买下来，并亲自去上海购置了新设备，调研市场，开发新产品，使企业重新出发。

出生于1963年的苏庆掌，那一年28岁，非常年轻。他身材魁梧，为人豪爽，当过兵，从部队回来后就自己创业。在他眼里，比他年长7岁的林尔生是一位事业心极强、肯吃苦、有魄力的企业家，像大哥一样，值得信赖。其他几位股东也都是朋友，私下关系都很好，性情也了解。现在一起合作，关系自然就更进一步了。

这是一种人格魅力的集聚，因为梦想，因为有共同的目标，一群年轻人走到了一起。

不过这厂太小了，苏庆掌和另外几位股东并没有参与管理，只是每个月领 600 元工资，具体由林尔生等几位负责，大家平时各忙各的，有事就到厂里来。当时金乡不少厂家都在生产东北人喜欢打的一种塑料牌和机关企事业单位食堂用的饭菜票，苍南县铝塑装潢厂也生产这种塑料片材。

随着时代的发展，塑料片材的市场空间越来越小，效益也越来越差，3 年后，虽大家尽百般努力，但工厂还是出现亏损现象。股东们坐下来，进行认真的讨论，是解散还是继续办下去？

会议室里，大家各抒己见。有人认为这厂开不下去了，没前途；有人觉得好不容易走到今天，放弃了可惜。苏庆掌是坚持办下去的股东之一。每个人说出自己的理由，又结合市场的实际情况，一条条进行冷静分析。最后，意见得以统一，继续办下去，但要转型，不做塑料片材，换另外的产品。

经过市场调研，从 1995 年开始，企业改做不干胶商标材料，这在当时还算是新兴产业，而且产品辐射面比较广。

事实证明，这个决策是对的。

由于不干胶商标材料市场非常大，随着业务量的增加，曾经奄奄一息的工厂又重新活了过来，有了新的气象。

到了 2000 年，工厂已赢利 1000 万元，所有的股东都松了一口气，这 5 年的心血没有白费。为了让企业有更大的发展空间，根据当时的形势，林尔生等股东对工厂进行了资产重组，工厂改名为温州永益复合材料有限公司。

新征程，新起点

工厂业务蒸蒸日上，但苏庆掌仍像过去一样，并没有参与管理，因为他有自己要管的一大摊事。从 1999 年起，他的身份是苍南县金舟客运有限公司的董事长。

20 世纪 90 年代的金乡，运输业发展很快，但也很混乱，私人中巴车很多。这些车主大多还是开拖拉车出身的，一般是老公开车、老婆收钱，满街乱转悠，到处拉客。不仅金乡如此，附近的钱库、宜山等地方也一样。这 3 个地方的中巴车每天争先恐后去抢温州的客源，常常闹得不可开交，动不动就打起架来，乘客的安全无法保证。

1999 年，当地政府提出打造一个和谐的投资环境，要求整治运输市场。大多数车主商议后，来找苏庆掌，他当时是一个社区的书记，身上还有好几个兼职。这些车主的意思是请苏庆掌入股，当董事长，把这三地的私家中巴车组成一个客运公司，把运输市场规范化。苏庆掌知道这不是省事的活，就推说自己不懂客运，恐怕无法胜任。可大家很看好苏庆掌的能力，一定要他接下这重任。没有办法，苏庆掌只好答应，开始组建苍南县金舟客运有限公司。

按那个时候的公司法规定，一家公司不能超过 50 个股东，可金乡、钱库、宜山这三地的车主加起来共有 100 多个，牵涉到每一个人的切身利益，谁愿意放弃股东权利？工作实在太难做了。

苏庆掌召开了一次次会议，做思想工作，说服大家，做各种协调。有的股东还偷偷带律师进会场，把他的话录下来。苏庆掌始终站在对方的角度，以情动人，以理服人，慢慢感化大家。最后，终于把 100 多个股东，合并成 49 个股东。那些没有列入的股东，有权参加股东大会，但没有表决权。就这样，苏庆掌克服重重困难，把运输公司搞了起来。

2001 年，时任温州永益复合材料有限公司董事长林尔生来找苏庆掌商量，说想去山东办个厂，问苏庆掌有没有兴趣去。苏庆掌听了林尔生的计划，觉得很好，说："哥，这个厂还是由你来办，你有经验。我们确实不能等赚了钱再去办厂，有些机会错过了就不会再来。"林尔生见苏庆掌一时也走不开，就自己回去做准备了。

到了 2002 年，林尔生再次来找苏庆掌谈，这次林尔生明确提出让苏庆掌辞去别的职务，全身心到永益来。因为在所有股东里，苏庆掌是大学学历，又是高级经济师，是难得的人才。经过慎重考虑，苏庆掌同意了，辞去了所有职务，来到了永益。

这一年，温州永益复合材料有限公司扩建为浙江永益复合材料有限公司。而计划中去山东办厂，也落地实现，浙江永益迈出了跨省发展的第一步。

为什么会去外省办厂？因为考虑到随着永益体量的不断扩大，金乡土地紧缺、地理位置偏僻、交通运输不便等现实问题，所以决定向外借力。

苏庆掌 2004 年去了山东寿光，在那里当了一年总经理，2005 年回到金乡总部。

这一年，广东分公司成立。

从 2005 年到 2008 年，苏庆掌把所有精力用在打造金乡总部的团队和企业文化建设上。他办起了职工学校、职工图书室、职工娱乐室，以及党员活动室、职工帮扶站等。公司被授予温州市职工小家、县文明单位、县劳动关系和谐企业、县"三位一体"职工文化乐园等称号。

另外,永益公司获得了"苍南县百强企业""先进工业企业""重点出口企业""优秀企业""纳税大户""县文明单位"等称号。还荣获"苍南县科技项目奖""苍南县县长质量奖""苍南县先进基层党支部""温州市出口名牌"等荣誉。

那几年,永益的效益很好,特别在出口这一块,连续多年获得温州市不干胶产品出口第一名。而在 2006 年,永益在全县率先组建了浙江永益复合材料股份有限公司。

质量是占领市场的法宝

2009 年,上海分公司成立。

这一年,苏庆掌去了广东分公司当总经理。股东轮流去外地当总经理,是当时董事会决定的。

永益公司虽然避开了 2008 年金融危机的浪潮,却在 2009 年被金融危机的一个回头浪给呛了一下。因为很多下游企业出口产品受到限制,所以很自然地影响到上游厂家。

面对困境,苏庆掌凭着敏锐的触觉,找到占领市场的法宝,就是以质量取胜,顺势而为。他必须在最短的时间内,提高产品质量,把品牌打出去。于是,苏庆掌第一时间请来专业技术人员,让他们抓紧研究,突破质量难关。他还进行市场调查,发现这市场很不正常,价格非常乱,无序竞争,竞争双方常搞得两败俱伤。

半年,苏庆掌只用了半年时间,就让永益的产品质量上了一个新的档次。更令同行刮目相看的是，虽然他们的产品的价格比一般厂家要贵，但由于质优，仍然得到了客户的认可。

就这样，永益很快坐稳了行业龙头老大的位置，过去乱砍价的现象也没有了，苏庆掌把大家都联合起来，主导价格随着市场的变化而公开波动。涨时，一起涨；跌时，一起跌。市场健康了，同行也不是冤家，一切都变得和谐起来。

3年后，苏庆掌又回到了金乡总部。

从2012年到2014年，苏庆掌主要抓设备改造，在有限的条件下搞建设。

现在的金乡总部有国产与进口涂塑机、上硅机、复合机、分切机、切张机、初粘度测试仪、持粘度测试仪、电子剥离测试仪、干燥箱、测量仪等生产和检测设备。产品销往全国20多个省区市，在北京、上海、杭州、重庆、武汉、无锡、青岛、宁波、福州、义乌、温州等地开设了100多家门市部与销售网点，产品出口到巴基斯坦、菲律宾、埃及、尼日利亚、孟加拉、迪拜等地。为了进一步开拓国际市场，"永益"商标还在十几个国家注册。就在那几年，"永益"商标被评为浙江省著名商标，永益所生产的产品被评定为浙江省名牌产品。

2015年，苏庆掌又去了山东分公司当总经理。

山东分公司靠近原材料市场，但销售市场一直不被看好，主要是市场环境大不一样。在广东市场，只要产品质量好，价格高点照样卖得出去。而山东市场却是质量差点没关系，能用就好，价格越便宜越好。所以好些厂家都用处理品、次等料去做，目的是降低成本，低价销售。苏庆掌想改变这个局面。他明白，如果不主动去改变，那么山东市场是不可能好起来的。

苏庆掌到任第一天，是正月初十。厂里没有大会议室，他就直接在车间开员工大会。他对大家说了一个酒香不怕巷子深的故事，说明了在中国传承了几百年的质量文化内涵。他说："我们要在这混乱的局面中脱颖而出，唯一的办法，就是当别人还在偷工减料时，我们生产优质的产品。"他举了广东的例子，给大家信心。他也知道，质量与成本挂钩，成本一上去，价格自然就上去了。苏庆掌一边抓产品质量，一边亲自去游说客户。他找了几家有代表性的客户，把利润压到最低，让利给对方，让对方先用，打品牌。如果觉得不好，再回来拿便宜货。

这一步棋，走对了。

人都是这样，没有比较，就不知道差别在哪儿。用过了好产品后，就再也不想用差的了。苏庆掌开玩笑说，人家卖粗粮饭，我卖糯米饭。经销商把市场打开后，很多客户就自动跑了过来。山东永益在同行业中也有了威信，有了话语权。

结果出现了一个很有意思的现象，经常有附近同行业厂家的人来请山东永益的职工吃饭，打听各种信息，用什么材料。他们厂生产什么，人家也跟着去生产什么。但就算一样的东西，生产出来的质量还是有区别的。就好像煮一锅饭，你用自来水，我用的是矿泉水；你水放五分，我放四分；你是快煮，我是精煮。其实是一个道理。

在苏庆掌的努力下，山东分公司的产值年年攀升，效益也跟着出来了，客户也稳定下来。只不过同样的销售量，广东分公司只需要几个客户就能完成，可山东分公司却需要几百个，这也是地域的差异。

苏庆掌经过这些年在两地轮流当总经理后发现，这一职位频繁换人并非良策，很多计划的执行没有连续性，也因为不熟悉，不利于与当地相关部门搞好关系。而任何一家企业，无论在哪里，要发展，离不开当地政府的支持。所以他认为没必要换来换去，这对企业的发展不利。他在接管集团公司总经理一职之后，就取消了这个轮流制度，把人员固定下来。

随着林尔生、缪存宝、王孝良三位老股东因年龄关系退居幕后，苏庆掌就多了一项任务，就是尽力培养股东子女，把他们放到合适的岗位上去锻炼，发挥他们的才干。现在山东分公司的总经理，就是由一位老股东的儿子担任着。

随着企业的迅速发展，企业招贤纳士，广收人才，更是引进国内外先进的技术设备，在人、财、物、产、供、销上形成南北生产联动、内外贸易双赢的全新局面。

2010 年，永益公司再上一个台阶，组建了无区域企业集团。从此，永益走上了一条更为广阔的路。

有一种合作伙伴叫亲人

谁也没有想到，30 年前，7 个年轻人以朋友加股东的身份聚在一起，不离不弃，走到了今天。他们在时光的长河里，早已结下深厚的情谊。用苏庆掌的话说，那就是亲人一样的感情。这样的情谊，不要说在金乡，就是在全国，也是不多见的。

我们常说"三个臭皮匠顶个诸葛亮"，更何况是 7 个有头脑有才能的人。这也可以理解永益为什么能从一个集资小厂发展到当下的规模。

　　苏庆掌很欣赏他们这个团队。他说："我们有事就坐下来一起商量。2008 年遇到金融危机的时候，相比于一般企业，永益的抗风险能力就要强得多。当遇到投资失误的情况，大家不会相互埋怨，而是关起门来探讨，相互理解，共同面对问题，一起去解决。"

　　更难得的是，这个团队的人都有一个好心态，钱赚到后大家不是拿出分掉，而是积余，人人脑子里都有一根居安思危的弦。因为团结与齐心，这么多年来，从没有出现过有人怀疑谁报的费用有猫腻之类的情况，大家相互信任。像有些请客吃饭，都是自己掏钱，根本不会计较。他们明白，如果分开，实力就会跟着分散。他们相信，拧成一股绳，一定能走得更远。

　　苏庆掌是两年前从林尔生手中接过集团总经理一职的，他说自己的压力很大，因为林董事长做得非常好。而企业经过多年的发展，进入了增长的缓慢期，再加上这几年整体经济形势不太好，当年先进的设备现在都旧了，厂区面积也跟不上，发展空间受到了限制。而不干胶产品本身科技含量就不高，厂家越来越多，竞争极其激烈。过去是你有技术，我有钱，我们两个合起来就可以一起干，一个家庭作坊每个月赚个 5 万元就不得了了。现在不一样了，要靠产业链。开个厂，至少投资千万元以上。下游厂家的技术都不再成问题，他们可以自己做，这钱就不让你赚了。现在的竞争是大厂与大厂的竞争，自然是更加地激烈。

　　为此，苏庆掌已未雨绸缪，他在龙港和金乡各拿了一块地，计划两年后上马科技含量高的产品，为永益的下一步发展打下基础。

　　对未来，苏庆掌的策略是钉牢自己熟悉的领域做，加快产业提升转型，谨慎投资。思想可以活跃，要创新，但行动要稳健，这也是金乡企业家的特点之一。

　　跟金乡其他企业一样，永益也是金乡慈善总会的有力支持者，是慈善明星企业。仅古城墙整修与绿道修建，永益集团就捐了 300 多万元。公司每年至少有几十万元资金用于慈善，回报社会。而苏庆掌自己也是一个热心公益的企业家，在慈善上，他从不缺席。他有一句很朴实的话：自己省一点，给需要的人一点资助，可能就改变了一个人、一个家庭的命运。

　　从苏庆掌的身上，我们看到了其他股东的影子。物以类聚，人以群分，只有有着相同信念和性情相投的人，才能长久地走在一起。现在永益集团也开始进入从创一代当家到"创二代"当家、老的带年轻的阶段，相信只要永益传承的精神不变，永益的明天一定会更加辉煌。

无悔人生的选择

——记温州市新丰复合材料有限公司总经理陈加福

温州市新丰复合材料有限公司是金乡的标杆型企业，是一个响当当的品牌，同时又是国家高新技术企业、浙江省著名商标企业、浙江省科技型企业和浙江省名牌产品企业。董事长缪存良，更是诸多荣誉加身的著名企业家。今天我要介绍的是该公司总经理陈加福。

温州市新丰复合材料有限公司总经理
陈加福

高大、憨厚，给人一种实在感，这是我对初次见面的陈加福总经理的直观印象。也许是办企业太操劳，出生于1967年的陈加福两鬓已斑白。

人生是趟单程的旅途，当陈加福回望自己前面走过的路时，他清醒地意识到在命运的十字路口，有些选择看似偶然，实则必然。

"我是金乡人，我的童年和少年时代都是在山区度过的，我们家里很穷。"陈加福说。

我在想象，那里一定有四季变换的美景，有崎岖不平的山道，但恐怕更有食不果腹的灰色记忆吧。陈加福并没有过多说从小成长的环境，他只讲了有一种人天生会读书，而他恰好就是那类人。从小学开始，他的成绩一直在班上名列前茅。

在那个年代，农村的孩子倘若想改变命运，最有希望实现的一条路，就是好好读书，考上大学。"知识改变命运"，陈加福是个认准了某件事就一根筋坚持到底的人。功夫不负有心人，他终于收到了大学录取通知书。

1992年夏天，当陈加福走出杭州电子工业学院（现为杭州电子科技大学）的大门时，他的包包里除了毕业证书，还有一张电子工程专业的学士学位证书。大学毕业后，陈加福回到了金乡，因为当初他是以电子工程专业职教定向生的身份去读的大学，按规定，毕业后要回乡。当时的金乡二中，除了初中部外，还临时开了职高班。就这样，陈加福成了一名职高老师，教电子线路专业学生。他终于实现了儿时的梦想，用知识改变了命运。

当老师的陈加福是认真的，白天认真上课，晚上积极备课。

在学校的生活是单调和枯燥的，从教室到食堂再到宿舍，这是他的三点一线。

一个月过去了，两个月过去了，半年过去了，每天重复着相同的内容，陈加福不由陷入了沉思，这真是自己想要的人生吗？为何内心总有一股无形的力量在积蓄，似乎在寻找一个突破口。这时候的陈加福正恋爱着。

因为女朋友的关系，他认识了新丰公司的当家人缪存良，两家是亲戚。

第一次见面，缪存良与陈加福相谈甚欢，听说他学的是电子方面的专业，缪存良叫人从仓库里拿了几只坏的仪表交给陈加福，让他带回学校修。陈加福很爽快地答应了。

没几天，陈加福提着修好的仪表来到缪存良面前。缪存良接过已修复的仪表，对他刮目相看，提出让他到厂里来上班。陈加福考虑了一下，答应先在业余时间过来试试。白天在学校上课，晚上、周六、周日和节假日到厂里上班，在车间当一名电器维修技术工。虽辛苦，但收入增加了，因为新丰也给他开了工资。

这种两头兼顾的忙碌状态持续了一年左右，缪存良找陈加福谈话，希望他辞职当自己的助理。陈加福很敬佩缪存良的创业精神，同时他也在想跟着这么一位有能力、有想法、有激情的企业家，自己的人生会不会也跟着变得丰富多彩？再说，经过一年的兼职，他对新丰公司整体的工作氛围很喜欢。

一边是铁饭碗，一边是董事长伸出的橄榄枝，陈加福自问，到底是每天过着一成不变的生活直到退休，还是接受命运的挑战，去开拓未知的世界？人总是活在希望中的，那是前进的动力。而一眼就能望到头的人生，让他觉得少了很多的趣味。

很快，陈加福心里有了主意。对于他辞职下海这个决定，父母和丈母娘一家都赞同。特别是岳父，更是大力支持。妻子表示尊重他的选择。倒是宗亲当中有不少反对意见，毕竟在家族里能培养出一名本科大学生很不容易，更何况现在的工作既稳定又体面。他居然不想要了，去朝不保夕的企业打工？他们觉得无法理解。陈加福没有多说什么，他坚信自己的选择没有错。

1994 年，陈加福辞去公职，正式成为新丰公司的一员，担任总经理助理一职。

当我问陈加福当初为什么会下这么大的决心，辞去公职到企业上班时，他笑着说："主要是董事长描绘的企业愿景吸引了我。另外，企业的平台更适合我，而且收入比学校高得多，再加上当时家里条件也比较困难。我和董事长彼此选择了信任。"

事实证明，陈加福的选择是正确的。刚当总经理助理时，他内心压力非常大。由于身份特殊，又年轻，内部有些人并不看好他。而那时，公司也刚好处于低谷。面对这个全新的岗位，没有实际工作经验的他，一切都要从零开始。

"我最感动的是，在那段艰难的日子里，无论我工作做得怎样，董事长自始至终都支持我。"陈加福的语气里充满了真诚，那是发自内心的感激。

从 1994 年到 2006 年，陈加福完成了在新丰的四级跳，并担任温州市新丰公司总经理至今。这既跟缪存良对陈加福的思想品德和为人处世的认可有关，更是他多年如一日的工作态度和不辞艰辛的努力得来的。

在温州市新丰复合材料有限公司 30 多年的发展过程中，最令人瞩目的是 2000 年的改制。作为一家独资私营企业，缪存良拥有 100% 的股份，可他却在那一年拿出了 49% 的股份给大家，每一股 10 万元。改制后，陈加福拥有了新丰公司 15% 的股份。从此，他的身份不再是高级打工仔，而是主人。这种骨子里的认同和归属感使陈加福更加全身心地投入企业的经营当中，再苦再累也无怨无悔。

陈加福是这么想，也是这么做的。

在新丰公司，大家都知道陈总是个以厂为家的人，是个工作狂。他没什么休息的概念，不管是星期天还是节假日，只要没特殊情况，他肯定在办公室里忙那些永远也忙不完的事。

平时想请陈加福吃餐饭难度比较大，他可能答应得好好的，可到点了又突然来不了。每次当企业内部定下的会议与应酬发生冲突时，他绝对是工作第一。

陈加福是个很低调、务实的人，他并没有随着职务和财富的提升而改变自我。在新丰，身为总经理的他从不搞"特权"，每天跟普通职工一样上下班考勤打卡。要外出办事或因个人私事请假，他一样办好相关手续。如果有缺勤现象，财务工资照扣不误。以身作则这四个字在他身上体现得淋漓尽致，让人不服都不行。可以想象，在这样一位老总手下工作，谁敢偷懒？

陈加福对自己要求严格，甚至苛刻，但很奇怪，他的管理策略却具有"柔性"。新丰公司的核心理论，过去是让客户满意，现在是让员工快乐工作。

以人为本说了很多年了，可真正能做到这一点的企业并不多，但新丰做到了。

也许他自己来自底层，所以他对员工很关心，他要求全体管理层不能粗暴对待员工，要让每一位员工都开开心心工作。从这方面来分析，他似乎进入了佛系层面——特别强调无论男女，不管是本地的，还是外地的，都要发自内心去爱护，不能区别对待。

这话说说容易，但做起来太难了。在现实中，即使是父母对亲生的儿女，也都有情感的厚薄，十根手指也都有长短，要面对几百个员工做到不偏不倚，处理任何问题都有理有据，以柔克刚，以爱服人，以制度约束人，分明就是在修行。

在陈加福身上，我感觉不到一位企业老总的"杀气"，这样的总经理能让下面的人心服口服吗？我很疑惑。

陈加福的答案是做好自己。

每个节假日，他没有在家里陪家人，而是把时间给了员工。春节慰问困难员工，三八妇女节给了女职工们，端午节关注特别优秀的新员工，中秋节轮到年度优秀员工，大年三十陪没有回家的外地员工吃年夜饭。红包、礼品、真诚的话语，如春风细雨，在点点滴滴中，润泽了员工的心田，让他们觉得在新丰工作是幸福的。

平常，只要公司员工或家属碰到困难，大家都习惯来找陈加福。而陈加福也从来没有让他的员工们失望过，他总是第一时间伸出援助之手。一个人力量不够，就发动大家，自己带头捐款。曾经当过老师的他，对学生有特别的感情。有一次，他从媒体报道中得知河北存瑞中学有 3 名学生因家庭贫困需要资助，心马上被远方的孩子们给牵了过去，立马决定结对帮扶。后来这个学校每届都向他推荐 2 名品学皆优的贫困学生结对。他包下每个结对学生高中三年的学费，已累计超 12 万元。如果有学生家里特别困难，上大学没钱，只要向陈加福开口，他都会毫不犹豫地伸出援手。让陈加福欣慰的是，这些孩子不但学习成绩好，还有一颗感恩的心。在他资助的学生中，有的考上了清华，有的还被公派去美国留学。

陈加福说，只要自己有能力，就会继续捐赠下去。至于平时如慈善机构发起的企业一日捐等活动，他更是积极参与。这已成为他的一种自觉行动，不需要任何人提醒和监督。除了他个人，新丰公司在慈善方面也从不吝啬，出资 200 万元成立了新丰冠名基金，每年拿出 20 万元给金乡慈善机构。

当了 10 多年总经理的陈加福在管理上有自己的一套理论和实践体系，对员工关爱有加，但对中层干部却选用末位淘汰制，能者上、庸者下，听起来似乎比较残酷。以年为限，中层干部每年都要进行一次考核。不过他从来都不是一个不讲情面之人，这情面并非网开一面或开后门，而是会给人机会，无论上或下，最终结果都跟人自身有关。

在陈加福办公室的书柜里，摆满了各种书籍，只要有时间，他喜欢抽一本书静静地看一会，当休息。新丰公司有个爱学习的好传统，这可能跟缪存良董事长爱学习也有关系，这已成为一种企业文化的传承。当年，陈加福还是缪存良的助理时，就被送到中国人民大学 MBA 研修班深造。作为一名青年企业家，陈加福一直倡导用现代企业的管理理念要求广大员工，特别是管理人员要加强学习。所以在新丰公司有夜学、早会、周会、月会，更有内部培训、专家讲座等等，形成了良好的学习氛围。

说到新丰的早会制度，别具一格，从周一到周五，每天轮到一个部门上台，有什么问题可以提出来。这也让管理层能及时了解和掌握公司的最新动态，更好地理清工作思路。在这一天天的早会里，那些原本不够自信、不善于表达的人，口才得到了很好的锻炼。轮到陈加福，他一样上台去讲。

成为一名新丰人是快乐的。这里有藏书丰富的图书馆，有电脑设备齐全的网吧，有专门的篮球场、台球室、乒乓球馆等活动场所。业余时间，你可以去图书馆看书，也可以到网吧上网；会打篮球的，可以约几个同事好好玩一场；台球室，适合个性冷静的人；乒乓球馆，看谁的球艺最好。

公司每年在 12 月 31 日那天举行全厂运动会，这是一个集体狂欢的活动，所有人都参与。大家还可以带家属来，发挥各自特长，在比赛中提高团队凝聚力。获得名次的，拿着奖品眉开眼笑；没有名次的，出一身汗，浑身通透，也有一种参与的乐趣。运动场上，到处都是欢声笑语，热闹非凡。

当异乡变成故乡，企业在员工心里，不仅仅是赖以生存的一个有饭吃的地方，而员工也更多产生的是"厂兴我荣，厂衰我耻"的同频感。这恐怕也是新丰公司每年都要举办运动会的目的所在吧！这样的活动，非特殊原因，陈加福是不会缺席的。他和大家一起玩，一起笑，一起参加比赛。

在企业文化建设方面，新丰公司也做得非常好。公司创办了企业报《新丰潮》。别小看这一张小小的报纸，其包含的信息量很大：公司动态报道、优秀员工展示、获得的各种荣誉等等。通过企业报，使员工进一步了解企业，令他们看到未来的美好。企业报也是外界了解新丰的一个窗口。

多年来，陈加福把主要精力放在企业的发展上，对于个人名利看得很淡。每年企业有什么荣誉评选，他能让就让给别人。但组织没有忘记他，2011 年，陈加福获"苍南县十大最具潜力青年企业家"殊荣。当时，组委会授予他的颁奖词是：他勤奋好学、勇于创新，闪烁着青年企业家的坚韧不拔。他朝气蓬勃，以人为本，让新丰每一位员工都能快乐工作、幸福生活，是他工作的核心理念。他有第一代企业家的成熟稳重，更兼有青年企业家的朝气激情。平淡而不平凡的商海生涯，数十年如一日的严谨工作，他用职业管理人的敏锐睿智和现代企业的管理理念，率领着"新丰"以豪迈的步伐前进。

这组颁奖词对陈加福的概括还是比较贴切的。2017年，苍南县评选劳模，在相关部门的极力推荐下，他才同意参选。最后，他毫不意外地当选为苍南县十届人大代表和县劳模。

一晃，陈加福到新丰工作已25年，让他形容与董事长缪存良的关系，他用了"亲人"来形容。这么多年来，在企业的决策方面，两个人基本没什么争执。每次陈加福有什么好的建议，都会很认真地书写好可行性报告交给缪存良。而缪存良不一定会批，也有时一两年后，有合适的机遇出现，就批下来了。对此，陈加福非常理解，他只要管理好温州的新丰就可以了，而董事长却要全盘考虑整个集团公司，站的位置不一样，看问题的角度自然也有所不同。另外，陈加福也相信，只要是有利于企业进一步发展的好决策，早晚都会实施的。

近几年，整个经济环境低迷，全国实体企业撑不下去的多如牛毛，温州市新丰复合材料有限公司却连年创佳绩。其中2018年，企业上交国家税收就创了新高，达到了856万元，职工年均收入达6万元。

在采访中，陈加福不停地说，自己没什么好写的，一定要多写写董事长缪存良。对于缪存良的知遇之恩，陈加福一直心怀感恩，对他来说，唯有管理好温州（金乡）的新丰，与新丰集团共发展，才是对栽培他的老一辈企业家最好的报答。

心怀梦想天地宽

——记温州市泰昌胶粘制品有限公司总经理杨道明

温州市泰昌胶粘制品有限公司总经理
杨道明

民营企业在我国经历了公私合并、消失，又在改革开放的大潮中重生、发展，到今天占据重要的地位，走过了一条过程曲折的路。经过 40 多年的发展，民营企业目前处于从创一代交棒到"创二代"手中的高峰期，绝大多数企业完成了交班任务。有的规模比较大的民营企业，有多家分厂或分公司，除子女之外，还会从亲属中选有能力的小辈进行培养，委以重任，这也是家族企业的一大特色。当然，也有子女不愿接班的，请职业经理人来打理。温州市泰昌胶粘制品有限公司总经理杨道明，就属于被"选中"的这类，身份的特殊，既给了他机遇，同时也给了他挑战。

从 1999 年进厂到 2019 年，整整 20 年过去了，杨道明和泰昌一起成长。他从一个门外汉变成一个专业的管理人才，为泰昌的发展，贡献了自己的聪明才智，也创造了他的人生价值。

从铁饭碗到瓷饭碗

杨道明出生于 1971 年，中等个子，长相憨厚，平时对人总是一副笑眯眯和气的样子。大学毕业后，他成了一名公务员，在一个乡镇当干部。在世人眼里，公务员代表着一种身份，吃"公家饭"，特别是在农村，这身份意味着"有出息"，很让人羡慕。自然，在家族里，杨道明也属于同辈中的佼佼者。

只是没有人知道，这份看似稳定的工作，对年轻的杨道明来说，却是一种束缚。早九晚五的单调生活，不是他想要的。更何况，他学的是工科，现在的工作跟他的专业一点也不搭边，常常让他有一种英雄无用武之地的惆怅。20 多岁，正是充满激情与梦想，又有精力的黄金时期，被困在办公室，每天做着自己不喜欢做的事，这对一个有抱负的年轻人来说，无疑是种折磨。

杨道明在变与不变中一边思索，一边等待机会。他想过办企业，在亲戚当中，泰昌的董事长林正贤是他的姨父。对这位姨父，杨道明很崇拜，姨父从 20 世纪 80 年代开始创业，从与人合伙办文具厂到成立胶粘制品厂，再到 1997 年成立泰昌公司，每一步都走得很有力度，胆大、有头脑，做事很有魄力。有这么一位成功的榜样在，杨道明也不掩饰内心的兴趣，有机会就和姨父聊聊天，谈谈自己的想法，当作一种学习的机会。

时间到了 1999 年，姨父林正贤和杨道明做了一次推心置腹的交流，对他的能力表示了肯定和欣赏，说他有文化，为人忠厚、本分，又有工作经验，成熟稳重，能担当大任；说了企业今后的发展规划，企业愿景；说到自己家的孩子还小，还在念书，现在还派不上什么用场，而厂里急需要人才，希望杨道明能辞职到厂里来，也是帮姨父。

杨道明对泰昌的情况并不陌生，一是他父亲就在厂里工作，二是他和姨父平时也在交流。所以，对于姨父的这个邀请，他倒是并不意外。

要不要辞去铁饭碗到企业工作？杨道明没多少犹豫，年轻是他接受挑战的资本，更何况他早就存了改变的心思。倒是家里人有顾虑，公务员体面，又旱涝保收，人家想进还进不去。泰昌看起来虽然前途一片光明，董事长又是亲戚，但毕竟是瓷饭碗，万一中途有个什么变故，那就没有回头路了，还是慎重点好。可杨道明想的却是，假如不辞职，他基本上能一眼望到头——自己熬到退休的样子。想想还要几十年如一日地重复乏味的工作，他宁可冒险去尝试从未做过的事。有着丰富经历的人生，才有意义。

就这样，杨道明在同事们无法理解的目光下，向单位递交了辞职报告，义无反顾地把铁饭碗给扔了，走进泰昌。很多人以为杨道明是董事长的外甥，到了公司，那还不鼻孔朝天，空降当个领导？可事实并非如此，林正贤看好他，想把他培养成自己的左膀右臂，所以希望他能从基层做起。杨道明欣然同意姨父的安排，到车间做了一名操作工。俗话说："只要功夫深，铁棒磨成针。"艰苦、单调、繁重的工作，身份的转换，并没有让杨道明感到失落。相反，他很充实，一心扑在工作上，虚心向富有经验的老师傅们学习，刻苦钻研技术。让他开心的是，他所学的知识在这里找到了发挥的平台。

工作中，杨道明态度谦和，为人自律，严格遵守厂里的各项规章制度，从不搞特殊，很快就赢得了大家的好感。无论是公务员还是技术工人，对杨道明来说，转换的身份只是一个标签符号，他还是他，骨子里的东西不是那么轻易就会改变的。

不久，泰昌有新项目进入研发阶段，杨道明学的是机电类专业，厂里没有专门的技术员，他就顶了上去，没日没夜画图纸，和大家讨论，反复修改，加班加点成了常事。看着一个个新产品出来，从未有过的成就感充盈着他的全身。他坚信自己的选择没有错。身为男子汉，就应该趁年轻去努力奋斗，做出一番事业来。

心怀梦想天地宽

杨道明在车间待了五六年，他的表现让既是董事长又是姨父的林正贤很满意，林正贤交给他一副重担，让他担任公司的副总一职，主要负责新产品的开发等重要工作。

当时在金乡，生产不干胶基材的厂家很多，竞争很激烈。杨道明觉得泰昌得另辟蹊径，走一条自己的路，这个想法得到了林正贤的赞同。经过市场调研，最后决定用自己的基材进行深加工，向产品的多元化发展，进一步深挖市场。

目标确定后，杨道明就带着相关人员，先找到了市场需求面广量大的商品标价纸。又和技术工人一起，经过多工序、精工艺的生产，将一批色彩多样、形态各异的新产品投放市场，此举一炮打响，立刻引起同行强烈的关注。

随后，泰昌以品种优势和价位优势，规模化、批量化生产，以标价纸、电脑打印纸、书签纸等组成不干胶文化用品系列，走向全国，有的还漂洋过海出口到国外。如一种由国家知识产权局颁发了实用新型专利证书的胶粘除尘器，以新颖玲珑的样式、携带方便的特点，深受西方发达国家客商的喜欢。

时间过得很快，一晃 20 年过去了。

这 20 年对泰昌来说，创造了一个又一个佳绩。2005 年，公司总产值超亿元。2010 年，公司以 2.6 亿元产值荣居全省同行业第二位，上缴税收 969 万元，位于全县纳税大户第 15 名，出口创汇 1700 万美元，跻身出口"十强企业"。公司先后获得了"县消费者信得过单位""市知名商标""浙江省名牌产品""浙江省著名商标"等荣誉称号。另外，泰昌还被评为"市劳动关系和谐先进企业""浙江省企业信用 AAA 级单位""浙江省首届绿色低碳经济标兵 50 强企业之一"等。不干胶商标和标签纸于 2002 年，率先依照国际惯例取得 ISO9001：2000 质量管理体系认证和 ISO14001：2004 环境管理体系认证。泰昌分别在上海嘉善、江苏宿迁建立了新公司，林正贤董事长让女婿管理嘉善公司，儿子负责宿迁公司，杨道明则挑起了金乡总部的总经理之职。林正贤董事长用 20 年时间，让泰昌呈三足鼎立的发展态势。

这是一盘越下越大的棋。

这 20 年对杨道明个人而言，最大的收获就是视野不一样了。过去在乡镇，眼里只盯着那么一小块地。到了泰昌，从被动跟在董事长身后执行到主动去积极创新，从面向全国到面向全世界，见识广了，眼界自然就开阔，而生命也在这不断成长中，创造出梦想的价值。

这才是他想要的人生！

从车间技术工人到公司总经理，杨道明一步步脚踏实地走来，他很清醒地意识到制约泰昌发展的最大瓶颈是技术。他在车间待了五六年，学到了很多东西，那时就发现技术是一家企业的生命力，有着无可替代的重要性。

从 2002 年开始，杨道明就负责一个电化铝项目。为了攻克技术难关，他与厂里的高级工程师、专业技工们一起挑灯夜战，紧盯着项目的每一个步骤，不敢有丝毫的掉以轻心。

经过这 10 多年的发展，泰昌的电化铝在国内同行业中已有自己的优势和一定的影响力，并被纳入了国际知名品牌体系资料库（备选），供耐克、LV、雀巢、德芙等著名企业选用。对这个成绩，杨道明并不满足，他觉得泰昌目前虽然已经成为国内同行业中的标杆企业，但目标还应该设置得更高些。产品在应用性、价格和服务上，与国际品牌还有距离。这距离，就是今后努力的方向和提升的空间。

杨道明深知只有虚心学习别人的优点，自己才能进步。现在的环境下，竞争不仅仅有国内市场的，还有国际市场的。像日本和德国的产品一向以严谨、高品质在国际上享有盛誉。为了缩短差距，泰昌是同行中最早引进日韩技术、使用进口材料的企业。杨道明坚信，只有把品质做到极致，才能永远立于不败之地。

20 年光阴，让杨道明从青年走向中年，人越发沉稳和理性了，他肩上的担子也随着时间的流逝在一步步加重。这些年，董事长林正贤负责对公司总体的发展思路把舵，具体事务都由杨道明这个总经理来操作。

无论是销售还是管理，杨道明坚持一个宗旨，那就是自己要懂。内行领导内行，事半功倍。外行领导内行，效果就大打折扣。正因为如此，杨道明特别好学，不怕苦，肯钻研，不断提升自己各方面的素养和水平。一个人学习还不够，他还带领着公司的技术人员和中层管理干部一起学习，共同提高。

心怀梦想天地宽，从走进泰昌那一天开始，杨道明对这份事业始终保持着相同的激情，从没有产生过倦怠，这让他非常的欣慰。而时间也证明了他当初的选择是正确的。

等待，有志男儿担当

多年的实战经验，让杨道明对市场的瞬息万变很敏感。近年来，市场对胶粘制品的应用需求越来越多，产品更新换代的周期也越来越短。以前一个产品可以用几年，现在几个月就要变，企业生存的大环境不一样了。像他们为华为、OPPO 等企业提供辅料，虽量不大，但对方要求很高，再加上电子产品的更新速度本身就快，所以交货期都特别紧。一接到订单，就要以最快的速度按要求设计和生产出来，不能有半点耽搁。这就意味着技术人员的脑子里需要有很多的"储存"，随时都能拿出东西。而这"储存"靠的就是平时的积累和不断学习。杨道明经常提醒大家，如果应用需求更新方面没有跟上，企业就有被淘汰出局的危机。蛋糕在那里，你吃不下，自然会有人替你吃。而有些机会一旦错过，就再也不会来了。

为此，杨道明的大脑里一直紧绷着一根弦。比如他们接了为五粮液等知名厂家做辅料的订单，就直接与对方的设计部联系，先把自己的思路提供给对方，供他们参考，与他们进行深度交流，以最快的速度定出设计方案。这样不但节省了双方的时间，而且便于掌握最前沿的资讯动态。

小单子要接，大客户更要维护。多年来，泰昌从中国烟草总公司手中承接到的业务量占到市场的 40%，中国烟草总公司成为目前公司最大的客户。中国烟草总公司之所以会把这么大的一块市场给泰昌，跟泰昌的产品质量、交货及时和守信用是分不开的。这背后，离不开杨道明的付出。

面对未来，杨道明很有忧患意识，居安思危让他时刻保持清醒的头脑。他说，公司目前的业务量处于平稳中有提升状态，但由于场地的限制，公司现在已是满负荷在运转，不能接太多的订单，无法做得更大，这是一个遗憾。公司只能在现有的领域进行深挖，进一步纵向发展，开发新产品，用实力来引领市场的方向。而贸易战对企业的影响也已经显现出来，主要体现在印刷包装物及电子产品类方面。为此，他已及时做出调整，以免影响整体大局。

杨道明从来都不属于心思很活络的人，他很实在，进了这个行业，就钉牢这块，一心一意去做。跨行业的事风险太大，他觉得自己不太可能会去做。他相信，随着国内需求爆发式增长，新的机遇一定会很快来临。而他们要做的，就是做好迎接的准备，以免在机会来的时候，把握不住而错过。

眼下当务之急，是如何尽快培育泰昌的品牌知名度。这些年，泰昌的发展虽然很快，但在整体品牌方面，一旦放到大的舞台上，就显得很弱了。这是杨道明新的研究课题。他越来越意识到品牌的重要性。而一个成功的品牌，离不开产品质量和人文的精神内核。产品质量好抓，但人文的精神内核需要时间的沉淀，这也是很多家族企业所缺失的。

2017 年的时候，杨道明向林正贤董事长提出搞一个 1997—2017 年建厂 20 周年的总结，谋划下一个 20 年的发展蓝图。

最后，杨道明说："历史的重任已落在了当今每个中国人的肩上。随着改革开放政策的进一步完善，我们的智慧和才能必将得到充分的发挥，只要有担当，我相信未来的路一定不会太难走。对泰昌，我很有信心。"

无惧风雨踏坎坷

——记浙江宏鑫烫金材料有限公司总经理陈洪香

秋日，当我与浙江宏鑫烫金材料有限公司总经理陈洪香面对面而坐时，我们彼此打量，直觉告诉我，这是一位很有事业心的女性。虽然她的个头不高，但整个人散发出来的气场很强大。

我们的交流很随意，像老朋友一样边喝茶边聊天。她的思维是跳跃式的，不连贯，并没有完全按时间的顺序来讲前面走过的人生路。

浙江宏鑫烫金材料有限公司总经理
陈洪香

她的经历无疑是丰富的，面对我这个初次见面的陌生人，倾诉的自然是生命中最难忘的一部分。

作为土生土长的金乡人，陈洪香身上有家族经商的基因，她的奶奶是地主，父亲16岁就离开农村到金乡古镇开了一家木庄，当起了庄主。

在陈洪香的记忆里，父亲善良、有爱心，受人尊敬，很有经商头脑。母亲勤劳、有智慧，是个典型的贤妻良母。

"我有9个哥哥，6个亲哥，3个堂哥，从小在哥哥们的爱护和带领下，养成了大大咧咧的性格。"陈洪香笑着说。

我不由得暗暗纳闷儿，按理说，被9个哥哥宠大的女孩子不太可能养成男孩子的性格，应该是个娇娇女。可陈洪香不是，恰恰相反，她给人的感觉是一种霸气。

"新中国成立后，我父亲把木庄交给了政府，政府招他去木材公司上班。可那时候工资太低，家里孩子又多，我父亲又出来做点小生意。那时候生活很艰苦，我经常跟着哥哥抓泥鳅、摸鱼，给家里改善伙食。"

说起过去那个年代，今天的陈洪香语气淡然，似乎那一切都是别人的故事。我突然找到她没有变成娇娇女的原因了。出生于1966年的她，童年和少女时期刚好处于灰色地带，虽说母亲疼她，在如花的年龄，她就能穿着从上海带过来的衣服，紫红的毛衣、大红的毛料外套，惹来很多人的眼睛，但在那种压抑的特殊环境里，柔弱是不适合生存的。

都说父母是孩子的第一任老师，陈洪香认为自己能在创业路上走到今天，跟父母从小的教育是分不开的。

"我父亲教我忠义之道，朋友之间要以匹马相送；生意场上，要分厘相争。我母亲虽然没有文化，但为人耿直、热情，很有人格魅力。她经常跟我说，欠人家的钱，一定要记着还，要记着人家的情。不要想着靠父母，只有自己去拼搏，才会有源源不断的财富。在生意场上，要有像大海一样宽阔的胸怀，不能用一些不入流的手段来获取财富，那会让人看不起。"说完，稍作停顿，陈洪香又开玩笑似的补充一句，"所以我才会像男人一样做事。"

我笑着说："女强人。"

父母的为人处世对陈洪香的影响太大了，当陈洪香长大后，不论遇到任何困难，她都会想起父母亲曾经的教诲，不轻易妥协，咬着牙坚持下来。

熬过艰苦的岁月，到了 20 世纪 80 年代初，见政策放宽，陈洪香的父亲带着儿子们办厂做起了印刷耗材生意。在金乡，她家的企业规模属于比较大的。耳濡目染，再加上父亲从小教她做生意，所以 16 岁的陈洪香敢带着几万元的现金，一个人坐长途汽车去杭州买材料。

"我们家家教其实挺严的，母亲一直教导我们做人千万不能贪，不然要吃大亏。我那次带了这么多钱去杭州进货，要去凯旋路，结果那个司机把我放在西湖边，我刚下车，前面就有人在我面前掉了一块手表，旁边有个人走过来，问我要不要。我一口回绝，赶紧跑开了，万一他们来翻我身上的包，那就麻烦了。"事隔多年，陈洪香说起当年的事，依然很庆幸自己头脑的清醒。

16 岁就能担当此重任，我不禁朝陈洪香投去敬佩的目光。这样的历练，无疑是效果最好的。那些年，陈洪香经销过油墨，搞过丝网印刷，当过上海孔雀牌电化铝的经销商。从不懂到懂，从销售员到独当一面的销售经理，陈洪香边学习，边积累经验。在 20 世纪 80 年代末，父兄办的家族企业每个月可以赚好几万元，在那个年代一次性建了一幢四层的楼房，在古镇引起了轰动。

陈洪香结婚很早，21 岁就嫁人了。1991 人，陈洪香的丈夫和人合伙办电池包装厂，出于种种原因，亏损了几十万元。这是陈洪香婚后第一次直面生活的挫折。为了还债，家里的房子被抵押出去了，一家三口搬到凉亭住。陈洪香每天早上起来，先把儿子送到幼儿园，然后去打工。晚上下班，接儿子回家。经过菜场，买些别人挑剩的便宜菜，有时候买份2元钱的熟食，就觉得已经很奢侈了。她脑子里整天想着如何早日还清债务，所以在生活上能省的地方就省。

在2002年之前，丈夫与别人合伙办了两次厂，都以失败告终。而陈洪香能做的，就是一边照顾好两个孩子，勤俭持家，一边努力挣钱，寻找新的机会。这个过程，陈洪香并没有细说，也许是往事不堪回首。

2002年，温州宏鑫烫金材料有限公司成立，专业生产高档电化铝。办宏鑫之初，遇到的问题一个接着一个。首先是消防许可证办不出来，可厂房、设备已全部到位，这机器一天不响，就是一天的损失。箭在弦上，如何是好？

"我没办法啊，只好三天两头跑消防大队，和队员们拉家常，帮那些小伙子洗衣服，他们就帮我一起想办法，找领导，最后先给我办了张临时的营业执照开工。"陈洪香说。宏鑫是她事业真正的起点，所以在她心目中有着特别的地位。

这是一个很聪明的女人，以真诚打动人，我在心里对自己说。其实，这也是一种执着的精神。

新办企业，没有客户，需要一家家去跑。为了推广宏鑫产品，陈洪香肩负销售重任，四处奔波。她到了义乌，想把产品打进小商品市场这个大平台，可她又谁也不认识，怎么办？躺在宾馆的床上，她双眼盯着天花板，满脑子都想着该如何打开缺口。突然，一个念头闪过，她想到了办法，赶紧起来，跑到市场租房管委会，借口自己要租房子，获得了里面商家的联系电话。然后，她就用最笨的方式，一个电话一个电话打过去问。人家不理她，她也不气馁，用诚恳的态度慢慢去打动客户。

放下电话，手臂早已发麻。那些冷漠拒绝的话，成为她再次拨打的动力。

功夫不负有心人，陈洪香花了半年时间，终于敲开了义乌市场这扇大门，为宏鑫的产品销往全国各地打通了一条重要的通道。有些大单位，对她这种上门来拉业务的人态度非常冷淡，陈洪香就把这一切当作一种磨炼，强大自己的内心。无论对方给什么样的脸色，她总是笑眯眯地对待别人，逢年过节去拜访，一次次"热面孔贴冷屁股"，最后终于感动了对方单位的领导，交给她一个小单子做。

缺口打开，陈洪香按捺不住心中的欣喜，信心满怀地投入生产中。

她对自己说，哪怕一分钱不赚，甚至倒贴，也要把质量做好。那些单位领导一看宏鑫的产品确实很优质，相信她的企业有那样的实力，于是，大单就这样来了。

"从小，我母亲就跟我们说，钱不可一个人赚完，我们宁可自己少赚一点，也要让人家有赚头。以前有客户上门，我母亲还招待人家吃喝。像当年我们做丝网印刷，比如每米500元，我们从不短斤缺两，母亲告诉我们做生意一定要有商德，不能做对不起自己良心的事，还要多量一点，给1.05米。所以，我们宏鑫倡导的企业文化之一，就是以诚待人，信誉赢天下，我们不做经销商，都是直接向厂家供货。"

随着宏鑫客户群体的不断累积，回头客特别多，产品的知名度也日渐提高。企业通过了ISO9001质量管理体系认证，又获得了浙江"宏鑫"牌电化铝系列县名牌称号。

2004 年，占地面积为 40000 平方米的广东珠海隆鑫烫金材料有限公司成立，这是浙江宏鑫向外发展的一个重要策略。

也许是从小的成长环境造就了陈洪香不怕吃苦、胆大心细、敢闯敢做的个性，她喜欢挑战，越身陷困境，越能激发她身上潜伏的能量。当"宏鑫"产品逐步打开并占据国内高端电化铝市场一定份额时，陈洪香把目光投向了出口销售。

2006 年，陈洪香去东南亚参加一个展销会，因当时展会影响力不大，会上顾客很少，没有一单生意，这让她很焦心，连走路都在绞尽脑汁想解决的办法。突然，她想到了当年打开义乌市场的那个笨办法，第二天，她找到展销会的主办方，请他帮忙介绍印刷协会会长。通过各种努力，她终于见到了相关负责人，表达了自己的意愿。一见面，对方就提出看样品，并问价格。由于宏鑫的产品走的是高端路线，价格比普通产品要高得多。对方语气傲慢地问她，凭什么你的价格这么高？陈洪香装作没看到对方的轻视态度，微笑着做了解释。对方不置可否。陈洪香没有放弃，而是再次亲自登门拜访，让对方看到她的诚意。当对方提出货到付款 70% 的无理要求时，她还是一口答应了，从而也取得了对方的信任。当年，她就做成了 80 多万美金的生意。

陈洪香的个性里有一种倔，很多时候，她确实是把自己当男人。

有一次她去送货，原本说好货到付款，可那老板居然言而无信，还阴阳怪气地说，有本事你把货拿回去。陈洪香看着那些已搬到楼上的货，见对方这样为难她，一咬牙，自己一个人一箱箱从楼上往下搬。那老板没想到陈洪香来真的，意识到自己一个大男人这样为难一个女人，有些说不过去，连忙自己给自己找了个台阶下，把货款给结了。

2008 年，公司搬进了占地面积为 35000 平方米、建筑面积为 20000
多平方米的新厂区。陈洪香很骄傲地告诉我，10 多年前的办公用房，
安装电梯的并不多，可宏鑫公司就有。里面的设计和材料，都是当时最
新颖和最好的，到现在仍然一点都不落伍。

这是陈洪香的远见，就像 2003 年就在金乡买了 30 多亩土地，2004
年在珠海买了 60 多亩土地建厂房一样。其实那时企业刚起步，她并没
有那么强的资金实力，但她看到了企业的发展前景，就敢去贷款，借鸡
生蛋。

对陈洪香来说，创业路上有太多的风雨和考验。特别是 2013 年受"互
保链"事件的严重影响，她深切体会到这世上锦上添花的人多，雪中送
炭的人少。由于她担保的那家企业出现资金问题，老板跑路，金乡到处
都在传"宏鑫公司要倒闭了，陈洪香完了"的谣言。朋友渐渐离她远去，
银行纷纷上门来催讨贷款，各种流言蜚语劈头盖脸而来，陈洪香感觉自
己像陷入了一个看不清的巨大旋涡，稍不注意，就会整个人被吞噬。

痛苦、无奈、委屈，巨大的压力让陈洪香通宵失眠。怎么办？她明白，
越是在这个时候，越要冷静。为此，她召集了全体中层干部会议，强调
不能放松质量这根弦，不能让公司的生产受影响。另外，电化铝生产是
有一定危险性的，所以她要求公司上下在这非常时期不能有丝毫的松懈，
安全生产必须摆在第一位。她希望大家能信任她，与她共渡难关。同时，
她找到担保的那家企业跑路老板的两个儿子，跟他们说，欠的债一定要
还，她会与他们同进退。这让对方非常感动，毕竟不是她问别人借的钱，
只不过是受牵连罢了。

为了早日走出困境，陈洪香开始积极自救，在狠抓生产的同时，一

边为进一步拓展市场，拉着行李箱国内国外到处奔波；一边第一次以苍南县人大代表的身份走进了县长办公室。她详细介绍了企业目前的经营状况，表示一切正常。坦率说明了这次前来的原因，面对多家银行的催讨，希望政府给予转贷资金支持。只要企业活着，那么多员工就不会失业，每位员工背后的家庭也不会受影响。最后相关部门经过讨论决定，将苍南县3000万元额度的转贷资金拨给她2000万元。陈洪香是苍南县第八、第九届人大代表，按她的性格，其实她是不愿去麻烦政府的，之所以上门求助，是一位领导的话点醒了她。领导说，你要先救活自己，等你发展好了，跨越了这个艰难时期，到时候一切问题就能迎刃而解了。

"我觉得我还是很幸运的，总能遇到贵人。刚办企业时，没有钱，我小学老师就借给我30多万元。'互保链'事件发生前，我问银行贷款了5000万元，两企业投入6000万元左右。再加上珠海那边买地造厂房、买设备，投资了七八千万元。银行来讨，我就跟他们说，我不是资不抵债，我的资产远远超过债务，如果你们同时要我还贷，我这企业就真的要倒闭了，这100多个员工就要失业。贷款定期还，总要给我时间，拟个还款计划。这一路走来，我要感谢很多帮助过我的领导和朋友，无论是精神上的鼓励，还是经济上的支持，这份情义我一辈子都不会忘记。"陈洪香说这些的时候，情绪起伏比较大，听得出她内心涌动的感激之情。作为旁观者，我体会不了她在那些备受煎熬的日子里的痛苦与绝望。但我相信，能扛住如此巨大压力的女人绝对是个不简单的人。

陈洪香没有倒下，当那些污水泼向她的时候，她擦干眼泪，昂首挺胸、面带笑容出现在众人面前。无论在公共场合遭受多少耻笑，有多少难听的话，她都当风从耳边吹过。每天早上醒来，她都会对自己说："一定会好起来！一定会好起来！"她坚信，人在做，天在看。人不还我，天会还我。

这是一种自信和内在力量的体现。

在金乡镇企业家协会成立 20 周年的纪念册里，我在捐赠企业家协会大楼的 9 位企业家名单里，看到了陈洪香的名字。

慈善公益，是陈洪香办企业之外，最喜欢做的一件事。

问她为什么喜欢做慈善？陈洪香说起了一段往事。她说是一位陌生的大姐，让她感受到了善的美好。有一年，她去印度尼西亚参加展销会，遇到了一位华侨大姐。这位大姐是旁边摊位一位上海客商请来的翻译，见陈洪香的摊位从早到晚都没什么人光顾，说要帮她介绍业务。陈洪香以为这位大姐在跟自己开玩笑，毕竟又不认识。可没想到第二天真的有两个人过来，最后谈成了一笔 60 万元左右的业务。

"你不知道我当时有多高兴，连声向这位大姐道谢，想请她吃饭。大姐说不用谢。她有一句话我一直记在心里，她说，能在大洋彼岸遇见，这是难得的缘，做人要惜缘，要互相帮助。我就打了个电话，你能得到这么多快乐，那就值了。"陈洪香沉浸在回忆中，她说，"这 10 多年来，我一直记着那位大姐跟我说过的话，激励我一辈子都不要忘了去做慈善。所以，无论是捐资助学，还是金乡各项公共设施的建设，我都会积极参与。企业员工有什么困难，能帮的一定帮。很多协会叫我资助我从不推辞，对于我来说只不过少买一样高档东西，可这省下来的钱对需要帮助的人来说，就是雪中送炭。"

2006 年，"桑美"超强台风登陆苍南，陈洪香那时的厂房还租着，狂风暴雨中，陈洪香疯了似的和员工一起抢救设备和产品，看厂房摇摇欲坠,她赶紧叫大家撤离,有位员工动作慢了,她急得冲进去把对方拉出来。刚走出车间,房子就塌了,吓得大家心惊肉跳,暗叫好险。由于保险公司没有理赔,损失巨大。可她看到台风给苍南大地造成的严重灾情,到处是倒塌的房屋,有的人甚至失去生命,她很难过。虽然自己企业损失惨重,可她想,至少他们还活着。于是,她主动联系政府,第一个表明捐助意向,拿出钱帮助受灾更严重的人们。她的善举受到了金乡企业界的赞扬和响应,对她的这份爱心,当地媒体还专门以"一个最平凡的小企业家爱心"为题报道过。2008年,汶川大地震,陈洪香又一次慷慨解囊,为灾区人民献爱心。

在当选为苍南县人大代表的10年间,陈洪香的爱心辐射面更广了。即使是企业受"互保链"连累的困难时期,她也没有停下过慈善的脚步。在她的朋友圈里,就有2019年5月参与河南省兰考县"大爱无疆、助学圆梦"爱心捐赠活动的记录。

"企业成长起来后,必须回馈社会,做一些有意义的力所能及的公益事业,把我们的爱传递给需要的人,让这个社会到处充满爱。"这是陈洪香给我的一个有关她热心做慈善的答案。

烙有深深的陈洪香印记的宏鑫公司,经过这10多年的发展,现有先进的涂布机10台、全息模压机5台、真空镀铝机2台、各类配套设备20多台,在中国电化铝生产行业中处于较高的地位。"宏鑫"牌产品共有10个大类300多个品种,畅销欧美、东南亚、中东、非洲等几十个国家和地区。公司年产量达200多万卷。

虽然是民营企业,但宏鑫有自己的企业文化:真诚、诚信。举办"宏鑫杯"企业职工运动会已成传统,开运动会的时候,陈洪香亲自登台,高歌一曲《感恩的心》。这是她真实的心声。

陈洪香坚信"学习，才是人生唯一的出路"，所以她不但自己勤奋学习，去北大、清华、温州慧商大学等进修，还从车间一线员工中发现人才，送他们去学习，重点培养，组建一个和谐、务实的企业管理团队。

"每个新年，我都只有两个愿望：第一个是保佑两家企业在外在内的员工身体健康、平平安安；第二个是希望企业一年比一年好。这也是我感恩那些在我最艰难的时候，不离不弃的员工的祈祷和祝愿。"陈洪香说。

不知不觉，一壶茶喝完了，陈洪香的人生故事才讲了一小部分。问她今后的计划，她说，自己有一个梦想，就是希望能把"宏鑫"品牌做成一个集团公司，成为行业里高端电化铝产品的标杆。另有两大人生目标：一是建一座养老院，她有10亩土地一直没有动；二是早日把企业的贷款还清，拥有自有资金。对于自己遇到的一些生活和事业上的挫折，陈洪香用一句话来表达她坚强的内心，她说："相信自己，不要在乎世人的眼光，时间会证明一切，今天所有的辛苦和付出都是为将来做准备，不要在乎别人怎么说，笑到最后的才是胜利者。"

这是一个有故事的女人。我相信，一个具有永不放弃精神的人，是无惧现实风雨的。祝福陈洪香和她的宏鑫公司越来越好！

雪中寒梅绽芬芳

——记浙江江南复合材料有限公司董事长张雪华

浙江江南复合材料有限公司董事长
张雪华

在走进浙江江南复合材料有限公司的大门之前，我还不知道之前碰到的那位名叫张雪华女士的身份，只记住了她高挑的身材、黝黑的皮肤，还有一口我听不太懂的金乡话。再次见到她时，她一头时髦的卷发，身穿深蓝底的花色连衣裙，双目有神，浑身充满了活力，让你无法把她归于已步入花甲的行列。

这个社会，任何一位事业成功的女性，她们的人生都要比普通女性多经历一些曲折或坎坷，多品尝一些生活的酸甜苦辣，这是因为女性创业本身就比男性更为不易。这不易既源自外界对女性能力的质疑，也源自女性自身的一些内在因素，比如是否有足够的信心和挑战的勇气，是偏重于理性还是感性，性格是内向还是外向，等等。

在现实中，成功的女性企业家身上所承受的，往往是比男性企业家要多得多的压力。特别是有家庭的女性企业家，不能为了事业，不管家里和孩子的事。男人可以，但女人就不行。这就是我们社会对女性的要求。无形的条条框框，制约着女性在事业上的发展，她们若想在事业上取得成功，需要付出比男人更多的努力。

那么，今天的张雪华又会告诉我们一个怎样的人生故事？

用双手打开美好生活之门

张雪华出生于 1960 年，她的童年和少女时代并没多少值得书写的内容。在那个贫困的年代，穷人的孩子早当家，更何况是在农村。初中还未毕业，张雪华就走向社会，开始用稚嫩的肩膀挑起生活的重担。明天会怎样，她没有想那么多，那个时候的她和村里其他女孩一样，除了劳动，就是到一定年纪，找个合适的对象结婚，生儿育女，过平淡的日子。她以为自己会跟父辈们一样，每天为了温饱奔波，把孩子养大，然后和丈夫一起老去，完成作为女人的任务。她从没有想过，有一天，禁锢的政策会松绑，市场会放开，普通人会有一个改变命运的机会。

也许，张雪华内心还有一个不甘平庸的"我"，那个"我"像一颗沉睡的种子，一旦遇到春风春雨，就会苏醒，生根发芽，开出鲜艳的花。对张雪华来说，是改革开放的号角给了她用自己的双手去打开美好生活之门的勇气，让她发现自己还能做些以前从未做过的事。

那是 1985 年的春天，大地上到处都是骚动不安的心，有些变化是悄悄的，有些变化却又是那么的明显。在这股涌过来的时代洪流中，金乡已有不少胆大者在试水私营，并尝到了甜头。

榜样的力量是无穷的。

张雪华看在眼里，心不禁跃跃欲试起来。她身上有着中国传统女性吃苦耐劳的精神，如果能凭一双手挣到钱，改善家里的经济状况，什么样的苦她都能忍受。她并不懂市场，但跟在先行者后面还是会的。

和丈夫商量后，张雪华购置了一台高频机，办起了家庭作坊，开始生产当时热门的一些"四小"商品。

那时候，张雪华的儿子和女儿都还很小，一个5岁，一个3岁，都离不得身。张雪华就一边照顾孩子、做家务，一边加工产品，一刻都不得空闲，根本没有自己的时间。

日子就这样一天天过去，虽然辛苦，但张雪华很开心。因为收入增加了，生活条件得到了改善。平时省吃俭用、精打细算惯的女人，就算手上有了钱，也绝对舍不得乱花，而是存着，慢慢完成一个家庭的原始积累。

在1994年之前，张雪华的主要精力放在家庭作坊和养育孩子身上，虽没赚到什么大钱，但好歹一年也有好几万元的收入，还是很令人羡慕的。而那几年，她的丈夫也一样在创业，先是与人合伙办了股份制性质的江南复合材料厂，供销涤纶不干胶材料。生意好的时候，客户捧着钱来提货，一律现金交易。可由于股东太多，在增添设备以及经营管理等各方面，大家意见出现了分歧，无法统一，最后股东纷纷退出，由张雪华的丈夫全面接手。

从那以后，张雪华就带着孩子，把家搬进了厂里，家庭小作坊由于无法兼顾，就关掉了。一天 24 小时都在厂里的张雪华，没有了上下班之分，每天风风火火，总觉得时间不够用，有太多事在等着她去操心处理。工厂规模大，开支也大，压力自然也重，她不想丈夫太累，就自己多分担一点。她盘算着，孩子在一天天长大，工厂只要业务稳定，每年还是能挣一些钱的，等把欠的债还清，再奋斗几年，可以考虑把厂再扩大些。现在形势好，夫妻俩年纪也不算大，有精力可以干一番事业出来。

张雪华越想越激动，她坚信未来的日子一定会越来越好。

跌落命运谷底

正当张雪华信心满满地筹划着美好的明天，作为家里顶梁柱的丈夫病倒了。这一变故，打乱了张雪华的计划，更打乱了她的工作和生活的节奏。

那是一段不堪回首的日子。

每天奔波于医院与厂里，孩子的功课、丈夫的病情、工厂的事务，"三股麻绳变一股"，牢牢地困住了张雪华的手脚。她的脸上再也没有了爽朗的笑容，眉宇间有挥之不去的愁绪。每天晚上当她筋疲力尽倒在床上，却又毫无睡意，睁着眼睛，满脑子胡思乱想。万一丈夫有个三长两短，她和一双儿女又该怎么办？越想，越睡不着。张雪花像一朵花，迅速地萎谢下去。

随着丈夫病情的日益严重，张雪华越发憔悴和苍老了。多少次坐在丈夫的病床前，她在想，如果不创业，丈夫是不是不会生病？如果时光能倒流，她宁可家里穷一点，吃得差一点，住得差一点，只要一家人平平安安、健健康康在一起就好。

可惜人生从来都没有假如，一切都无法更改。尽管张雪华想尽了办法想把丈夫从疾病的悬崖边拉回来，可残酷的现实还是毫不留情地带走了她的丈夫，把她推向了命运的谷底。

1996年5月，张雪华的丈夫因病去世，给她留下16岁的儿子和14岁的女儿，还有一家摇摇欲坠的工厂。

办好丈夫的丧事，张雪华把自己关在屋里整整一天。接下去的路，她究竟该怎么走？身边已经出现很多声音，认为这厂只有关门这一条路，一个女人拖儿带女的，哪有本事把厂撑起来？有的朋友出于关心，觉得办厂太累，劝她不如趁机转手，多少也能卖点钱，只要能把日子过下去就行。

就这样放弃了吗？张雪华问自己。

她站在二楼房间的窗前，看着空旷的厂区，仿佛看到丈夫忙碌的身影，脑海里反复浮现四个字：不要放弃。

是的，不要放弃。她是个好强的女人，从小到大，她从来都不认为自己比别人笨，为什么就不能一个人把厂办好？再说，没经过努力，就这样放弃了，她也不甘心。她知道，一旦决定挑这副重担，再苦再累都不能半途而废。她不能只考虑自己，还要为孩子们的将来考虑。

这其实是一种自信的表现。等张雪华走出房间，她已擦干眼泪，这个厂里留有丈夫太多的痕迹，这是他的心血。她只有一个选择，那就是把江南办好。

那一条荆棘之路

张雪华是清醒的，她没那么多时间去唉声叹气，去抱怨命运的不公。她用最快的速度收拾好自己的心情，抛开巨大的悲痛，踏上那一条充满了荆棘的路。

为了让自己能集中精力办好厂，张雪华狠狠心，把儿子送到部队去当兵。她认为，男孩子要多锻炼，而部队则是锻炼人最好的地方。而女儿则去了温州少体校读书。她实在没有办法，顾不了那么多，只能让孩子们早日学会独立。

丈夫在的时候，张雪华已经参与进来，但只是了解了一部分。现在她必须在最短的时间里，对厂里的所有事务，包括产供销，做一次详细的梳理。在厂里的老职工和自家兄弟的帮助下，张雪华很快就把相关情况烂熟于心。从生产调度、资金调拨到账款回收、工艺创新、市场开拓等等，事无巨细，都需要她去面对、去解决。不懂的地方，她就虚心向内行人请教。

张雪华依然过着以厂为家的生活，跟过去一样，吃住都在厂里。有时候睡到半夜，忽有工人敲门，说车间机器哪里出了问题，她就赶紧起来。虽然她不会修机器，但不去看一眼，她总是不放心。夏天还好，大冬天的，真不想从温暖的被窝里钻出来，可想到内心的目标，她就忘记了寒意。

就这样到了1997年底，江南创年产值3200万元，创利税150万元。面对张雪华交出的这份成绩单，社会上质疑的目光似乎有些消散了。到了1998年金融危机，市场竞争越发激烈，产品价格下浮，成本却在不断上涨。那一年对张雪华来说，确实非常艰难，可她还是坚持住了。她想方设法开源节流，寻找新的市场。到了年底，虽说产值有所下降，但利润基本与上一年持平。

为了进一步提高产品质量，张雪华还高薪聘请了天津老师傅到厂里来把关技术。也许，那时的张雪华并没有听过"专业的事交给专业的人去做"这句话，不过她的行动恰好演绎了这个真理。

天津老师傅请来了，张雪华岂能放过这么好的学习机会？她本身就十分重视职工的技术培训，现在有了老师，自然更不能错过学习的机会。就这样，在天津老师傅的悉心指导下，厂里许多职工成了生产和技术能手。他们在老师傅的带领下，渐渐成了厂里的技术骨干。即使后来老师傅因年龄关系，回了天津，厂里的生产也没有受到影响。

做生意免不了要有应酬，人家都在请客吃饭，饭吃好还要去唱歌，可张雪华的生意不是这样做的。这么多年来，江南一直做复合材料，主要生产不干胶系列商标纸、防粘隔离纸、玻璃卡面纸及包装袋纸等产品。她的客户基本上都是本地的，外地的很少。多年的合作，大家都像朋友一样，很了解她的为人，知道她不擅长交际，谁也不会跟她计较。张雪华也很感激那些客户的信任，她能做的，就是不惜血本搞技改，让产品质量跟上时代的发展和市场的需求，为客户持续提供优质的产品，做好各项服务工作。

随着管理经验的积累，张雪华明白一个人的力量是有限的，她大力引进各种人才，结合公司实际，摸索出科学高效的管理机制，构建先进的管理体系，形成了一支会聚生产、销售、服务等多方面优秀人才的精英团队，创造了具有开放性和包容性的特色企业文化氛围。

在职工心目中，张雪华是个很有人情味的女老板。谁家生活有困难，她知道了，总是尽力帮上一把，常有雪中送炭之举。每逢节假日，她亲自掌勺儿，炒几个菜，让大家坐在一起，热热闹闹过节。后来不下厨了，就请员工们去大酒店吃，可大家心心念念的还是女老板炒的菜，觉得特别香。

人心换人心，真情换真情，张雪华对职工们好，大家都看在眼里，记在心里。当她独自撑起江南时，她的背后站着全厂职工，他们与她同舟共济，渡过一个又一个难关。

感恩，回报社会

时间过得很快，转眼，20多年过去了。岁月的风霜，让占地15亩的江南厂区外表看起来有些陈旧，不过具有年产15000吨生产能力的现代化四大车间里依然机器声隆隆。如果走进去，可以参观到涂塑、上硅、制胶、涂布、复合、分切、加工等全套生产工艺。

张雪华没有专门的办公室，她是和其他管理人员一起坐在大办公室里的，一点也没有董事长的派头。办公室很简单，没怎么装修，可见她并不是个讲究享受的人。

在小小的会客厅墙上，挂满了一块块铜牌，江南连续多年被苍南县人民政府授予"重点工业企业""纳税大户""'妇字号'龙头企业""成长型企业""百强企业"等荣誉称号，还被评为AAA资信企业、县国税局AAA纳税信用企业。2002年，公司就通过了ISO9002国际质量体系认证。江南还拥有自营出口经营权。有一个时间段，公司产品远销东南亚及欧洲各国。

我很仔细地看了一下铜牌上的日期，都是 1996 年以后的。也就是说，这些荣誉都是在张雪华全面接手江南后才得来的，这也是对她能力的一个有力证明。

今天的张雪华不太愿意回忆走过的那条艰辛的路，对她来说，过去的已经过去，酸甜苦辣已化为云烟，随风飘散。人活着，应该向前看。不回忆，并不代表忘本，恰恰相反，这是对当下的珍惜。

张雪华说，这么多年来，她特别感谢金乡商企协会，每当她遇到困难时，就会第一时间想到协会这个"娘家"，而协会也总是及时向她伸出援助之手。无论是前任金秘书长，还是现任余秘书长，对她一直都很关心。所以当她有能力的时候，只要是协会的事，她都会毫不犹豫地给予支持。这些年，她积极参与各种慈善捐款活动，为兴建巴曹水利工程、魁星阁公园，魁星河整治，以及金乡的各项造桥铺路工程，等等，尽自己的一份爱心。

对此，她朴实地说，有钱就多出点，没钱就少出点，不跟大厂比，尽力而为。

张雪华觉得老天还是很厚爱她的，她的一双儿女已成家立业。儿子从部队回来后，重新走进课堂学习，考进了环保局工作。女儿从学校毕业后也去参加了招考，目前是一名老师。随着年岁增长，尤其是互联网的迅猛发展，张雪华感觉有些吃力，感觉跟不上。现在她已把厂里的事放手给女儿，自己在边上掌掌舵。张雪华的女儿很能干，一边做好本职工作，一边兼顾着厂里的管理，大有青出于蓝而胜于蓝之势。

对现在的生活状态，张雪华很满意。她一直记得这一路走来，所得到的各种帮助。她说，她运气好，遇到了很多贵人。

　　我想，这不能归结于运气，应该是她不肯向命运低头，吃苦耐劳、努力抗争的人格魅力，才让大家愿意帮她。所谓天助自助者，你想得到别人的帮助，自己必须得争气。

　　张雪华做到了！

信仰是一盏明灯

——记苍南县金穗烫金材料有限公司总经理包尚参

每个人来到这世上，就注定要走一条只属于自己的人生路。至于这条路是弯的还是直的，是平坦的还是坎坷的，必须等经历了才知道。

现实生活中，一个有信仰的人和一个没信仰的人，抗压能力还是相差很大的。有信仰的人，面对困难和挫折时，内心会自动生发出一种勇气，而且是越挫越勇。这样的人，无论做什么事，

苍南县金穗烫金材料有限公司总经理
包尚参

最终一定会成功。而没有信仰的人，在遇到重大打击时，很容易被击垮。

走进苍南县金穗烫金材料有限公司大门，第一感觉是很有规模。整体环境非常整洁，地上看不到一点垃圾。第二印象是这家企业的当家人是个有信仰的人，而且很虔诚，因为我看到了某些具有特殊意义的符号。

　　抬起头，大楼外墙上的几行文字吸引了我的目光，"重质量、创品牌、抓安全、提效益、讲信用、促和谐、谋思路、求发展"。我想，这8条24个字，应该就是金穗企业文化的核心内容。看起来简单，实际上要真正做到并不容易，因为每一条都是一环紧扣一环。只有重视产品质量，才有可能创出品牌；抓好安全生产，平平安安，是提高经济效益的一条重要途径；做人做事只有讲信用，才能进一步营造和谐的工作与生活环境；一家企业要发展，思路很重要，因为思路决定了出路。

　　金穗公司把这8条以最醒目的形式高高悬挂在那里，我把它理解为这是一种对企业和客户的态度。多年来，金穗公司能一直在中国电化铝生产行业居领先地位，以"金穗"系列产品闻名海内外，跟这种认真、负责的态度是分不开的。我猜测这家公司的当家人也是这个秉性，实在人做实在事，从细节上可以看出一个人为人处世的风格。这个猜想，在我见到金穗公司的总经理包尚参后，得以印证。

金三角的凝聚力

　　在自然界，只有极少部分的树，可以独木成林。这种奇观，在热带雨林能欣赏到。绝大多数的树，一棵就是一棵，最多就是在机缘巧合下，在树的身上寄生另一棵树。一家企业要发展，离不开优秀的管理团队，每个人都是一棵树，连成一片，就是风景。这一棵棵树也可以有多种组合，比如三角形。

　　我们在读书的时候都学过三角形，知道三角形按角分，有锐角三角形、直角三角形、钝角三角形；按边分有不等边三角形、等腰三角形与等边三角形。三个角都不能歪，若歪了，就成不了三角形了。创建于2003年4月的苍南县金穗烫金材料有限公司，是家股份制的家族企业，3位合伙人是亲戚关系。其中包尚参是总经理，主内，管生产。他的小舅子是董事长，负责对外。而后勤这一块，则由其妹夫打理。这设置是根据他们各自的性格特点、能力和优势来安排的，扬长避短，搭建成一个牢固的金三角团队组合。

人与人之间合作，最怕的是心不齐，各有各的打算，那就无法长久。这3位合伙人虽是亲戚，但能合作多年，至少说明一件事，就是他们彼此之间是信任的。事实也证明，这个金三角的凝聚力非同一般。对包尚参来说，金三角缺一不可。少了一角，就没有今日的金穗。

在世人热衷追名逐利的当下，能在利益面前保持一颗初心，非常难得。或许，这是金穗成功的另一个秘诀。所谓亲兄弟明算账，十根手指有长短，更何况只是亲戚关系。那么他们又是如何做到的呢？

搞过实体经济的人都知道，家族企业最大的弊端是人际关系的复杂。在公司里，如果亲戚朋友一大堆，规章制度搞不好就成了摆设。当你连自己人都管不好，又如何去服众？

在金穗，就不存在这个问题。

3位合伙人的家属都没有参与进来，避免了"后院"不稳。毕竟，女人的思维方式和男人还是有所区别的，万一因为某些观点意见不同，而心生嫌隙，对企业就是一种伤害。

一起共事，三观必须是相近的，比如对金钱的看法。办厂之初，3个人就约定，不领工资，赚的钱都积累着，用来扩大再生产，而不是分掉。只有基础打结实了，家底丰厚了，金穗才有做大、做强的资本。

我问："如果家里要花钱了怎么办？"包尚参笑着回答："实在有需要，那就去财务处领一笔，没有人会去斤斤计较。"

在金穗，信任，何止值千金？

所谓"物以类聚，人以群分"，3位志同道合的男人就这样抱团，从白手起家，一路风雨同行，走出了一条只属于他们的创业路。

回首往昔，包尚参总结成功的经验，只有两个字，那就是踏实。踏实做人，踏实做事。这位来自农村的"70后"，为人纯朴，内心又有坚定的信仰，他从小受到的教育就是踏实，不能玩虚的。

在做电化铝之前，他们开过印刷厂，专做笔记本。由于笔记本封面上要使用电化铝技术，在这过程中，包尚参敏锐地发现了商机。

转型，这个念头犹如一道闪电划过包尚参的脑海，让他看到了前行的路。就这样，3个人经过慎重的讨论后，决定进入电化铝行业。

包尚参清楚地记得，那是2003年9月20日，金穗正式投产。3个人每人筹了100多万元，买了3台机器，满怀希望，一脚踏了进去。听着隆隆的机器声，大家的心情都很激动。电化铝是只大蛋糕，能切一块下来，就足够企业生存了。

梦想是美好的，现实是骨感的。

包尚参太自信，工厂没有请专家，他除了老总身份，还兼了车间主任和技术员。他以为凭自己掌握的那些技术可以应付日常生产，结果产品一出来，质量不过关，报废。

不甘心，继续生产，接着出次品。包尚参这才醒悟过来，电化铝技术没有他想的那么简单。生产过程中，一个又一个问题出现，大量次废品堆在仓库，市场打不开，到了年底，账上已亏损了50多万元。

怎么办？大家的心情都极其低落。

那一年的春节，谁家都没有心思过。包尚参一闭上眼睛，就会想到这亏损的 50 多万元，它像一只巨大的黑洞，张着嘴想吞噬他们。

就这样放弃了吗？

遇到一点困难就放弃，这不是他们的风格。经过反复思考，包尚参认为投资电化铝的决策没有错。这点，他从没有怀疑过自己。对市场，他一向有极准确的判断力。

产品要打开市场，质量确实是第一关。现在面对这只拦路虎，逃避肯定不是办法，把所有问题列出来，去面对、去解决。包尚参全身心紧盯着产品质量，无论订单大小，都高度重视，确保产品合格出厂，坚决不做一锤子买卖。

在请不请专家这个问题上，包尚参的考虑比较长远，他认为请了专家，核心技术仍然在别人身上，就意味着被动。所以，唯一的办法就是自己懂，只有这样，才既不会受制于人，也不用瞻前顾后。

就这样，包尚参去外面"磨刀"，向一些化工类专家咨询、学习，虚心请教，他相信花这些时间值得，不会耽搁他"砍柴"的工夫。

跌倒了再爬起来

如果说，公司刚开始进入电化铝行业，短短几个月就出现巨额亏损，对包尚参他们来说是摔了一大跤，那么 2006 年的"桑美"台风，又是一次重大的打击。

从 2003 年到 2006 年，包尚参的日子并不好过。工厂地处农村，牵涉的部门又多，时不时会有人找上门来，说这里违规，那里不符合要求，须整改，这让他感到压力巨大。再加上要使产品质量从不稳定到稳定，已耗费了他大量的心神。

谁也没有想到，有一天天灾突然降临。

温州靠海，台风年年都会来，大家司空见惯。人就是这样，见多了，神经就容易松懈。更何况，很多次台风看起来来势汹汹，关键时刻常常莫名转弯，戏弄一番所有严阵以待的领导和群众后，扬长而去。

2006 年 8 月，"桑美"台风袭击温州；刚开始包尚参以为跟往年一样，这台风只是虚张声势，有惊无险，哪里想到它这次居然玩真的，就像"狼来了"一样，喊了几次，当人们放松警惕时，"狼"真的来了。

8 月 10 日 17 时 25 分，超强台风"桑美"登陆浙江省苍南县马站镇，登陆时中心附近最大风力强度达到 17 级。一时，天昏地暗，房屋倒塌，树枝断裂，大雨倾盆，风呼啸而过，到处一片狼藉。

后来在台风登陆前，包尚参他们已经意识到这次台风可能与以往不同，厂里也做了各项抗台的准备工作。但到底有多强，他们心里还是没有数。直到确认了其在苍南登陆，大家都紧张万分。厂区地势较低，连续的大雨很快就让河水暴涨，水漫过了沙袋，进了厂区。所有员工都被发动起来，大家都清楚，倘若水漫进车间，机器浸水，那损失就惨重了。

正是越担心什么，就越来什么，狂风暴雨中，忽然传来"哗啦"一声巨响，空中仿佛伸出一双巨手，毫不留情地把屋顶给揭开，然后朝远处一扔，这屋顶就像纸片一样飞走了。天似乎破了一个大洞，大雨倾倒进车间，很快就淹没了产品和设备。

那一刻，包尚参感到了从未有过的恐慌。抹一把脸上的汗水与雨水，他强迫自己镇静下来。

风雨中，一个个匆促的身影在忙碌，有的找油布来盖，有的搬运东西，大家心里只有一个念头，能抢出来多少就多少吧！

当风雨终于停止时，超强台风"桑美"已给浙江省，特别是温州、丽水两地造成了严重灾害。死亡193人，失踪11人。全省有18个县（市、区）325个乡镇的254.9万人受灾。灾害造成的直接经济损失达到127.37亿元。

其中，就包括金穗损失的100多万元。

这是金穗遭受的第二次重大打击，看着被风雨肆虐过的厂区，3位合伙人好几个晚上都没睡着，急火攻心，嗓子都哑了。

由于没有保险，所有损失只能自己承担，这杯苦水实在太苦了，可再苦也只能咽下去。

台风过后，包尚参吸取经验教训，赶紧去找保险公司投保，没想到遭到了拒绝。保险公司说他们的厂房地势太低，又建得不规范，找种种理由推辞，就是不同意他们参保。这让包尚参非常郁闷，他暗下决心，有一天一定要换一个地方，建标准化的厂房。

也许是因为信仰的力量，包尚参觉得他们三人的心态都很好，面对这样的挫折，大家没有消沉，而是振作精神，重新筹资，购买新的设备，整修厂房，一切都重新来过。

就这样，包尚参以厂为家，一步一个脚印走着。他想的是每一天都有事情做，而不是每年一定要赚多少钱。稳，是金穗的策略。

到了2008年，金穗有了占地面积约为6666.7平方米、，建筑面积达4000平方米的厂区，总资产达1500多万元，员工达100余名，其中技术员达 10 余名；拥有国内外领先水平的 10 台涂布机、3 台镀铝机、10 余台各类后道工序设备等电化铝生产设备和技术，专业生产"金穗"新一代电化铝烫金膜。

短短几年，金穗的发展令同行刮目相看。

未来愿景可期

时间过得很快，转眼到了 2015 年，金穗搬进了占地面积为 9787.75 平方米、建筑面积为 17820.04 平方米的规范化标准新厂区，开始新的征程。

车间里，从最初的 3 台机器，发展到现在拥有国际领先水平的涂布机 19 台、全息模压机 10 台、真空镀铝机 2 台、蓄热式高温氧化炉 1 台，以及齐全的配套设备。产品主要是用于包装印刷业的各种烫印箔，如适烫于纸张、PP、PVC、PE、ABS、ACRYLICS 等热塑性塑料基材的各种普通烫印箔、镭射烫印箔、珠光烫印箔、亚金烫印箔、亚银烫印箔、水松纸烫印箔、透明烫印箔等。另外，还包括镀铝箔、织物箔和皮革箔以及专烫证件皮革类的 M4 型。其中织物箔和皮革箔结合工业用胶水，可广泛用于布料、鞋类和家居织物的装饰与装潢。

从名不见经传到居中国电化铝生产行业的领先地位；从质量不稳定到通过 ISO9001 质量管理体系认证，以及环境管理体系认证、职业健康与安全管理体系认证等，其中的甘苦，非当事者不能体会。

16 年来，包尚参为了提高产品质量，不断学习。他深知，现在客户的要求不像过去那么简单，而是注重多元化、个性化，客户的要求在不断提高，金穗的技术就要跟着提升。为此，他不但自己刻苦努力学习，还培养了一批技术人才，企业的技术创新实力得到了很大的增强。

金穗虽为家族股份制企业，但包尚参一直很重视企业文化建设。"求实、诚信、和谐、创新"是企业的宗旨，也是企业文化的内核。公司上下团结友爱，有困难相互帮助，员工们每天高高兴兴上班，平平安安回家，工作氛围非常好。

随着企业体量的增大，包尚参更加忙碌了。除了生产管理，他还时刻关注着国际和国内电化铝市场的变化。目前，金穗主要面对的是国内市场，国际市场只占了公司 30% 的业务量。虽然现在业务比较稳定，但他明白，随着社会的不断发展，电化铝的应用范围也在不断扩大，需要紧跟住，不能掉队。

时代在快速发展，观念和模式都在发生深刻变化，过去得出去跑业务，现在通过互联网就有客户找上门来。如果仍按老思路，就要面临被淘汰的危险。

包尚参是个做事很有计划的人，搬到新厂区后，他就拟订了一个从 2016 年到 2019 年的三年发展计划。他在厂区对面又买了约 5333 平方米土地，用于扩大再生产，上新项目。现在一切已准备就绪，等明年正式投产。

作为一个有信仰的人，帮助他人是沉淀在包尚参骨子里的善，也是金穗所倡导的思想。这些年来，无论是造桥、铺路、整治河道，还是回报村里，抑或是其他各类公益慈善活动，都包含着包尚参和金穗奉献的爱心。

包尚参说，金穗能成长这么快，还要感谢金乡镇企业家协会的关心和帮助。做人要有一颗感恩的心，只要是企业家协会的事，他就责无旁贷。慈善工作，更要大力支持，这也是企业应尽的社会责任和义务。

金穗，我把这个名字理解为金色的稻穗，寓意收获。不管这个理解准不准确，我似乎已看到了大地之上，秋阳和煦，金灿灿的稻谷在风中谦逊地低着沉甸甸的头颅。

又一个成熟的季节到来了。

看，走向这片田野的汉子们脸上绽放着自信的笑容，他们脚步是如此的铿锵，目光深邃。当他们弯腰捧起那饱满的稻穗，丰收的喜悦充盈了他们的内心。想起那些风雨交加的日子，走过的那一条泥泞的路，他们坚信，金穗的未来，愿景可期！

鹰的家在云深处

——记温州蓝鹰镭射材料有限公司董事长陈如锋

　　人生在世，梦想很重要，但如果只有梦想，没有行动，那就是空想。唯有行动，才有可能把梦想变成现实。一个人的成功，除受机遇、头脑、能力等方面因素影响之外，还跟他的行动力是分不开的。只要你出发，任何时候都不晚。

　　社会上有一句很励志的话："只要你愿意努力，人生最坏的结果，不过是大器晚成。"不过这话用在温州

温州蓝鹰镭射材料有限公司董事长
陈如锋

蓝鹰镭射材料有限公司董事长陈如锋身上，似乎并非那么贴切，虽然他 2013 年才与妹妹分开，独立出来单干，但事实上，他从 16 岁开始，就一直为今天的成功做着铺垫。那么，正确的形容是不是应用"厚积薄发"？从 2013 年到现在，短短几年，蓝鹰发展迅猛，年销售额达到7000 万元。

这位出身农家，只有初中文化程度，从最底层走出来的企业家，有着怎样的心路历程？面对成功，他又有什么样的人生感悟？

从一包香烟起步

出生于 1965 年的陈如锋，初中毕业就下海了。虽然，这个"海"最初只是手掌心那么大——他只是一个摆摊卖香烟的小贩，整日风吹日晒，走街串巷，赚一点辛苦钱，但看时代背景，那是 20 世纪 80 年代初，做小生意的人还很少，绝大多数的人还在沉睡中，根本没有醒过来，对商品经济时代的来临一无所知。从这一点讲，他是不折不扣的前辈了。

中华、大前门、红梅、荷花、石林、白金龙、五朵金花、哈德门、红双喜等品牌的香烟，在当时可是紧俏货。不像现在，商品多得让人眼花缭乱，只要你有钱，想吃啥、穿啥、买啥，除了特殊需求，其他还是能满足的。而在 80 年代，就算你有钱，也不一定买得到自己想买的东西，更何况绝大多数的人没钱。能抽得起烟的，说明家里经济条件还不算太差。

也许，陈如锋天生是个生意人，年纪虽轻，可头脑非常活络，自从他发现这小小一包香烟里蕴藏的商机，就再也没有放过。从 16 岁到 38 岁，他用 22 年时间，只做一件事，就是卖香烟。从零售到批发，从浅表性到深层次，从小商贩到实力雄厚的老板，他在不声不响中完成了自己的原始资本积累。

没有人知道这一路陈如锋是怎么走过来的，金乡人只知道他的香烟生意越做越大，喜欢抽烟的人找他，逢年过节需要买烟的人找他，单位招待客人备用客烟时找他，小门店、个体烟贩找他。在那个圈子，他是名副其实的名人。因为香烟，他认识了太多的人。无形中，这些客户又成了他手中的社会资源，这其实就是一种积累。

在这22年时间里，陈如锋完成了结婚生子的人生大事，又有房有车有钱，走到哪里都能碰到朋友，应酬也特别多，日子过得风生水起。

谁也没有想到，有一天，陈如锋突然改行了，他不再卖香烟，而去办厂了。

2003年的一天，陈如锋的妹妹来找他商量一件事，她办的厂出现了亏损，没有资金，想到哥哥有钱，又有能力，希望他能参与进来。陈如锋之所以会改行是因为两个原因：一是烟草市场在悄然发生变化。过去物资紧缺，想买一条好的香烟，还要费点神，托个关系。随着人们生活水平的提高、物质产品的日益丰富以及购物渠道的畅通，香烟不再被贴上"特殊"的标签。谁也不会为了买条烟去找人，即便送礼，烟也不是必需品。陈如锋显然看到了这个发展的趋势。再说，他已做了这么多年的香烟生意，有点疲惫，确实想换一个行业试试，挖掘一下自己的其他能力。二是他认为妹妹的厂生产的不干胶产品还是很有前途的，金乡有好几个厂家都在做这种产品，生意兴隆。于是，他就一口答应下来。

就这样，陈如锋华丽转身，迈出了人生第二个大跨步。

第三次选择

光阴似水，对一个男人来说，从38岁到48岁，绝对是干事业的黄金时期。无论是精力、脑力，还是其他，都逐渐走向成熟。

2013 年，陈如锋又做出一个新的选择，他买了 5 亩土地，独资成立了温州蓝鹰镭射材料有限公司。公司引进了国外先进生产设备和工艺配方及原材料，拥有全电脑控制涂布机及软压、硬压、无缝全息模压机和分切机，聘用了一批具有丰富经验的生产技术人员和产品质量检验人员，专业生产电化铝烫印箔，纸张、皮革、织物、装饰材料、水洗转移膜，镭射包装复合膜等产品。

这是一个新的起点，陈如锋自信满满，在他眼里，蓝鹰就像蓝天下翱翔的雄鹰，展翅飞向云的深处。

怀着美好的梦想，陈如锋又出发了。

回忆起刚办厂时的艰辛，陈如锋笑着说自己是劳碌命。买土地、办各种手续、建厂房、买设备机器、引进人才、跑市场，事无巨细，都是陈如锋一个人紧盯着，不敢有半点松懈。

做实业的最大特点，就是任何事都得落地，遇到任何问题，都得一样样去解决。虚和空，根本行不通。那段时间，陈如锋忙得像陀螺一样，一刻也停不下来。由于厂房位置是在居住区，这边工地才开始打桩，那边就有农民找上门来。有的说我们的工程车开来开去，把他的田压坏了，影响他走路了，要青苗补偿；有的说，我们的噪音太大了，影响他休息，让我们看着办；等等。总之一句话，就是要我们从口袋里掏点钱出来。

这些事如果换个人，可能早就不干了，自己所做的都合法合规，凭什么给他们钱？但陈如锋不是这样认为的，他觉得能用钱解决的，都不是问题。其实也好理解，陈如锋从一包香烟起家，长期在一线，面对的是各式各样的顾客，这么多年下来，深谙和气生财之道，在人情世故方面自然比一般人要通达得多。

对这类找上门来的农民，陈如锋总是好脾气地请他们坐下来，笑眯眯地请对方喝一杯茶，倾听对方的诉求，只要不过分，他总是很爽快地掏钱。走的时候，搂个肩膀，拍拍背，大家脸上都充满了笑意。在旁人眼里这哪是上门来要钱的，分明就是兄弟。也有朋友问过陈如锋，说他对他们这么客气，那些人会不会得寸进尺？陈如锋摇摇头说，不会，他们最多也就要点小钱，想敲大笔竹杠不太可能。就算有人真的想这么做，那他也不是吃素的。他给钱，并非软弱和怕事，完全是出于同情心。几百元钱对他来说，算不了什么，可对一个农民来说就不一样了。更何况，人家也不是完全的无理取闹，影响多多少少还是有点的。朋友听了他的话，对他更加敬佩。

陈如锋说这些话，并不是故意摆出的高姿态，他确实是这么想的，这可能跟他自己来自最底层有关。在他眼里，那些农民就像自家兄弟姐妹一样，有贪小便宜的人，不过总体是很朴实的。虽说现在的他在世人眼里是一位成功的企业家，是有钱人，可他骨子里本质的东西并没有随着财富的增加而改变，他还是那个他。这从陈如锋的穿着可以看出来，他很朴素，并不是个享乐型的人。

蓝鹰的厂区周围住了很多村民，平时难免会发生各种交集，这些年来，陈如锋坚持做到耐心、豁达与大气这三条。他明白，处理问题，说到底是一个态度问题，伸手不打笑脸人，有什么事好好跟人家商量，胡搅蛮缠的人毕竟是少数。真碰到刺头，他也根本不怕，谁想打架，他奉陪。打过架后，再坐下来一起喝杯酒，有事说事，有问题解决问题，不记仇，不报复，翻过去就是新的一页，最后大家还成为好朋友，皆大欢喜。

这就是陈如锋的风格，有情有义有理还有力，让人不得不佩服。时间久了，陈如锋成了金乡的义务调解员，大家遇到什么事，都喜欢来找他。他又天生一副热心肠，见不得人家来求，常常是既贴了钱，又费了精力。可每次看到事情能圆满解决，看到求助人脸上如释重负的表情，他就很欣慰，觉得这样的付出是值得的。

在当地，陈如锋的仗义早已名声在外，平时来找他的人不少，有的还是同行。他们见蓝鹰生意这么好，就想问他要点业务做做。在这方面，陈如锋的表现尤为大气。常常是他分业务给对方，结果对方因为质量不过关而无法胜任。一般人遇到这种情况，也就了结了，反正我给过你机会，是你自己不争气。可陈如锋却是帮人帮到底，你质量不过关，好，我帮你找原因，提高产品质量。有这样一颗无私的心，难怪陈如锋走到哪里都有朋友。

在稳步中前行

蓝鹰的厂区看起来很普通，办公大楼外墙没什么修饰，有些陈旧，外行人是看不出来这家企业的实力的，而陈如锋给人的印象也不是个野心勃勃之人。所谓人不可貌相，用在他身上还是很贴切的。这些年，蓝鹰以鹰的速度在发展，除了金乡，他还在江苏宿迁征地 100 亩。这是陈如锋对蓝鹰下一步发展的布局，他已提前下注。

作为一名企业家，陈如锋是有远见的。现在的蓝鹰处于居民区，想再扩大生产，没有这个条件。只能走出去，这样才会有更广阔的天地。

这些年，蓝鹰能发展这么快，跟陈如锋狠抓产品质量，踏实、稳步前行有关。他给企业定下的经营理念是"专业技术、创新价值、行业旗帜"这十二个字，他向员工灌输"专业技术即企业生命"的思想。因此，在蓝鹰，产品质量不是某一个人的事，而是全员参与，与每个人的经济效益挂钩。他要求技术人员加大研发力度，不断攻破烫印过程中的难点问题。

蓝鹰主营的无版缝镭射烫金膜、软管硬塑烫金膜、珠光膜、哑光膜、粉箔烫印膜等各类产品，广泛应用于烟盒、酒盒、药盒、贺卡、纺织等装饰、防伪上。想到他以前是卖香烟的，现在生产的产品有一部分又是用于烟盒上的，这算不算一种奇妙的连接？

多年的生意经，让陈如锋深知客户的重要性，他要求技术人员不能只盯着熟悉的那一块，要有创新精神。针对客户提出的不同要求，要大胆接受挑战，不要怕失败。失败并不可怕，可怕的是连尝试的勇气都没有。

作为一家私营企业的负责人，陈如锋并没有忽略企业文化的建设，相反，他非常重视。根据公司的实际情况，他倡导"民主和关怀"的企业文化。公司的员工很多来自外地，身在异乡，难免会在生活中遇到各种各样的困难，倘若调解不好，就会影响心情。心情不好，工作起来就没精神。所以陈如锋特别注重员工的情绪管理，注重培养他们健康、积极的生活情趣。公司开设了职业培训中心，请相关老师来给大家上课，还经常搞些文体活动，让每位员工感受到企业的关怀，产生一种归属感。平时，陈如锋在生活上也很关心员工，谁遇到难处了，他都是能帮则帮，实在帮不上忙，也会给予精神上的安慰和鼓励。

在跳槽成家常便饭的今天，蓝鹰的技术人员和工人队伍都很稳定，这进一步保证了产品质量的稳定性，这跟陈如锋注重企业文化建设是分不开的。

从 16 岁到今天，陈如锋在将近 40 年时间里，完成了事业的三级跳，登上了一个又一个高峰，实现了人生的价值。

人生最大的财富不是金钱

当下社会，衡量一个人是否成功，常常以财富为标准。陈如锋却不这样认为，他觉得人生最大的成功是孩子有出息，那才是无价之宝。对自己前面大半生的评价，他觉得最成功的不是赚了多少钱，而是培养了一个优秀的儿子。

说起儿子，陈如锋一脸骄傲，他说他儿子是个"90 后"，海归，现在就在公司工作。不抽烟、不喝酒、不打牌，为人规矩，从不大手大脚花钱，很节约。平时就喜欢锻炼身体，没有任何不良恶习。

一个可以被称为"富二代"的年轻人，有如此纯良的秉性，确实难得。作为父亲，陈如锋说他能做的，就是尽自己的努力，给儿子创造一个好的学习环境，当年送他到宁波读书，后来又送出国，等他学成归来，尊重儿子的选择。儿子很有事业心，不想坐办公室，想创业，他就计划把江苏宿迁那 100 亩土地的新厂交给儿子去打理。他相信，凭着儿子的知识和能力，一定会做得比他更好。

陈如锋还是个热心公益的企业家。他说，赚了钱就是要做慈善，回报社会，这是应尽的义务。他也是个很懂感恩的人。在创业过程中，遇到什么困难，他就去找企业家协会，总能得到这样那样的帮助。他还享受了政策的红利、领导的关心，点点滴滴都记在心里。而慈善，则是他回报社会的一个途径。

这些年在慈善上花了多少钱,陈如锋没有统计过。仅2018年,他就拿出了25万元。除此之外,他还经常帮助社会上有困难的人,包括朋友,常做雪中送炭之事,前前后后,至少花了200多万元。

"钱只是数字,健康最重要。"陈如锋说。

多年来,为了做生意,周旋于各种应酬中,陈如锋的胃喝坏了。人到中年,深感没有一个好身体,一切都归于零,所以现在的他特别注重养生。在他办公室的茶几上,摆满了各种小零食,他戒了酒,改喝好茶,慢慢把他的胃养好。

作为金乡人,陈如锋很舍不得离开家乡,但企业要想真正做大做强,金乡的土地制约是个无法突破的瓶颈。经过慎重考虑,陈如锋计划两年后把蓝鹰搬到江苏去,但无论去了哪里,他都不会忘记自己的身份。

鹰的家,终究在天空!

双木成林创辉煌

——记苍南县辉煌烫金材料有限公司总经理林正安

夏日的午后，我去苍南县辉煌烫金材料有限公司，边走边琢磨辉煌这两个字。人生在世，不同的人有不同的活法。不甘平庸的人，无论男女，都想闯一番事业出来。但真正能成功地站在顶峰，一览众山小的永远是少数。当然，对成功的定义，每个人的理解也千差万别。你是参天大树，有树的风姿；我是普通野草，有草的绿意。大人物有大人物的成就，小人物有小人物的知足。有的人以财富来衡量成败；有的人特别看重名利；有的人却认为有个健康的身体、和睦的家庭比什么都重要。归根结底，你有什么样的人生价值观，决定了你会选择走一条什么样的路。那么，辉煌公司的当家人林正安，又有着怎样的心路历程？

苍南县辉煌烫金材料有限公司总经理
林正安

怀着好奇的心，我走进了辉煌公司的大门。

小木匠的心事

1967 年的中国，"文革"已开始，整个社会处于一种躁动不安的动荡之中。贫穷是生存的常态，特别是在偏远的农村和山区，一家人辛辛苦苦忙一年，连温饱都解决不了。那时候的孩子叫"碗边大"，似乎吃点空气就能长。你家有 3 个孩子，我家有 5 个，她家"九仙女"。不信你看，土墙上还贴着"光荣妈妈"的奖状。

林家已经有 4 个孩子了，这一年，老五林正安降生。后来林母又生了一个，组成了三男三女的三对"好"。

在林正安的记忆里，童年和少年时期是灰色的，印象最深的是常常在半夜被饿醒，听着肚子在那咕咕直叫，翻来覆去睡不着。实在熬不住，就起来摸到灶间，喝一碗水充充饥。有时候做梦都会梦到自己在吃一碗白米饭，醒来，满脑子都是饭菜香。

小学毕业，走进初中校门，读到初二，林正安辍学了。虽然他喜欢读书，梦想通过读书来改变命运，可家里实在太穷了，哥哥、姐姐们也早早就参加劳动，挣工分，补贴家用。父母希望林正安能学一门手艺，这样以后就有饭吃。

那时候的农村，木工、水泥工、电工，还有各种手工业从业者比较多。像木工，哪家要娶新媳妇，稍微条件好一点的，就会请木匠师傅到家里来做工，打几件新家具。嫁女儿的，再穷，也得做一只樟木箱吧。那樟树，就种在屋后，跟女儿一样的岁数，锯了剖开，做箱子正好。

16 岁那年，林正安跟着大姐夫去了福建学木工。这是他第一次出远门，内心有一种小小的期待。

在福建的日子比想象中要艰苦得多。在一户人家做木工，时间长短不一，如果活多的话，一做就是几个月。若没有接到业务，就意味着没收入。像林正安和他大姐夫这种外地来的木匠师傅，必须靠一手过硬的技术，才会有活干。如果做的东西让人眼睛一亮，那么这单还没有完成，就会有人家提前预约下一单。所以对工匠师傅来说，不管主人在不在，都不可能做出偷工减料的事。由于是包工，做一天算一天工钱，主人家巴不得他们 24 小时都在干活，而他们也很自觉，每天晚上做到半夜才收工。木工是体力活，从早干到晚，人累不说，肚子也饿得慌。可主人家又不提供夜宵，林正安正处于长身体的时候，特别容易饿。没办法，只好在吃正餐时，不看主人家的脸色，厚着脸皮多吃点。

这一家做好了，结了账，就挑着工具担子去另一家。福建多山，交通又很不发达，林正安和大姐夫一起，一走就是十几千米甚至二十多千米。他个子不高，人又瘦弱，而木工所需要的那些诸如斧头、锯子、刨、锉刀、锤子之类的工具，放在一起很有分量。山路难行，这沉甸甸的担子压在林正安的肩膀上，从左肩换到右肩，又从右肩换到左肩。遇上天热，没走几步，就汗流浃背，气喘吁吁，恨不得把那担子给扔了，心里实在后悔学了这手艺，发誓以后一定要换别的事干干。

到了冬季，如果主人家的房子比较小，搞不好还要在屋外干活。没一会，手指就冻得提不起刨了，只好呵口气，先搓搓热，再继续。

日子就这样在汗水和疲惫中一天天过去，转眼，到了腊月二十九。那天，林正安和大姐夫跟平常一样，也是忙到晚上很晚才收工。第二天，他们一早出发，回几十公里外的县城居住点，准备休息两天过年。

不知何时，天空飘起了鹅毛大雪，山道越发地崎岖难行。为了缩短路程，他们决定抄另一条近路，只是途中有一条很宽的溪流阻碍，必须涉水而过。想想能少走好多路，就顾不得天寒地冻了。两个人来到溪边，很快就脱了鞋子，挽起裤脚。当挑着工具担的林正安把脚伸进溪水里时，彻骨的严寒从脚底直接冲到脑门，他浑身战栗，牙齿都打起架来。腿好像很快就麻木了，挪不开步。大姐夫在边上叫他快走，不然冻出病就不好了。林正安咬着牙，用最快的速度过了溪，又重新穿上鞋子，缓了好一阵儿才回过神来。

那一刻，这位小伙子的眼中有隐约的泪水。他在问自己，难道这一辈子就这个样子过了？他不怕苦，只是很不甘心，因为这样的生活不是他想要的。

林正安在福建做了两年木工，回到家里，他向父母提出改行，另找出路。对于儿子的想法，父母并不理解，他们觉得有手艺多好，有饭吃，人家想学还学不来。可林正安真的不想继续做个小木匠，看到那些"吃饭家伙"，心情就郁闷。父母见儿子这么抵触，只好退一步说，等你哪天成家立业了，自己再去打算，现在你不当木匠，还能做什么？林正安没办法，只好暂时按下那些想破土而出的念头，继续当他的小木匠，只是不再出门，就在金乡。

林正安把心事包裹起来，打量着自己一手打造出来的漂亮家具，他并没有多少成就感。他坚信，凭着这双手，凭着这个聪明的脑袋，一定能找到一条不一样的人生路。

从零开始绘蓝图

1990 年，林正安结婚了。

想起当初与父母的约定，林正安那颗沉睡的心复苏了，一个声音反复在他耳边响着，我要创业，我要创业。让他庆幸的是，他娶了一个好妻子。为了支持他的梦想，妻子拿出存折交给丈夫，那是她父母给的陪嫁钱。

1991 年，林正安和大哥林振生一起办起了一家小小的印刷厂，生产红包、奖状和请柬等产品。

那时正是中国私营经济蓬勃发展的时期，商海无比喧嚣，江湖鱼龙混杂。凡是能淘到金的人，都有一个共同点，就是头脑活络、胆大、勇于尝试。放眼金乡，家庭小作坊、小工厂比比皆是，基本上做的都是一些不起眼的小产品，同类的特别多。不过，市场这块大蛋糕在那里，大家都各自凭本事找饭吃，多多少少还是能分到一杯羹的。

产品生产出来，得找销售渠道，林正安和哥哥把目光投向了义乌市场。为了能进入这个全国最大的小商品批发市场，年轻的林正安一次次坐着长途汽车奔波在路上，找商家谈，全身都充满了创业的激情。

义乌小商品批发市场创建于 1982 年，是我国最早创办的专业市场之一。刚开始时，环境条件非常差，也没什么生意，后来随着硬件与软件设施的一步步改善和提高，人气就慢慢旺了起来。林正安明白，厂里生产的这些产品，都是微利，主要还是靠量。只有量大，才有钱赚。义乌小商品批发市场这条重要通道打通后，林家兄弟的信心就更足了。

财富效应具有极强的吸引作用，金乡地方又小，你做这产品赚到了钱，我也去搞一台机器，跟着做。你这个价，那我比你便宜一点，说不定业务就被我抢来了。市场竞争越来越激烈，逼迫着林家兄弟开动脑筋，不断推出新品种。他们针对不同的消费群体，设计出低、中、高三个档次的产品，以满足广大消费者的需求。

比起做木工，办厂其实更辛苦，但林正安喜欢。在他眼里，这是完全不同的两个起点，创造的价值也是天壤之别。站在隆隆的机器旁，林正安觉得离梦想又近了一步。

就这样，林正安和哥哥一起，一边积累原始资金，一边观察市场的变化。

随着互联网的普及，林正安发现一些传统的消费习惯在不知不觉中得以改变。开始还没有那么真切地意识到这些改变会对这一行业有多大影响。随着订单越来越少，他猛然惊觉过去的思维方式已跟不上时代的潮流。

兄弟俩经过多次探讨和分析，看准了烫金材料（电化铝）的"钱"途，决定转型。说到电化铝，林家兄弟不算陌生，因为做红包和请柬时就有用到，觉得还是比较简单的，所以都很有信心。考虑到原来的业务还有一定的量，兄弟俩进行了分工，原业务由哥哥林振生负责打理。而林正安则全力以赴去开拓新的事业疆土。

就这样，2007年成了林家兄弟一个重要转折点。一边买土地，造厂房；一边买设备，招兵买马，对老厂区进行改建。两边同步进行，只为了抢占先机。

新公司取名辉煌，从中也可以看出林家兄弟内心共同的美好愿望。

当林正安真正跨进电化铝行业，才发现自己原来是个外行，什么也不懂。怎么办？钱已经砸下去了，不可能半途而废。自古华山一条道，他已经没有任何退路。于是，林正安一头扎进电化铝的技术海洋里，去探索，去攻克难关。

那是一段不分白天黑夜的日子。每天早上天不亮，林正安就起床了，吃过早餐，匆匆来到公司，学习、试验、总结经验，和技术员一起泡在车间里研究。另外，还要找业务，找销路，每天忙到凌晨一两点钟才拖着疲惫的身躯回家。可无论他怎么努力，一年后，公司账面上还是出现了几百万元的亏损。

林正安非常沮丧。他把自己关在办公室，想了整整一天。是退缩还是继续前行？林正安明白，如果技术不过关，质量问题不解决，走下去就是一条死胡同。若想起死回生，只有一个办法，就是必须生产出让客户满意的产品，满足客户的各种需求。

退缩不是林正安的风格，他是个认准了路，就会走到黑的人。很快，林正安调整思路，高薪聘请了技术专家，一个系列一个系列去攻克。又制定了严格的规章制度，把工人的切身利益与产品质量直接挂钩，增加工人们的工作责任心。

功夫不负有心人，辉煌公司的产品质量越来越好，一直停滞不前的销售额也跟着水涨船高，公司终于扭亏为盈。

车间里，机器发出欢快的隆隆声，150多名员工穿梭其中，销售人员飞向全国各地，带回来一张张订单。当一辆辆装满产品的集装箱车驶出厂区，林家兄弟相视一笑，击掌而庆。

为了掌握一线的市场动态，林正安没有坐在办公室指挥，而是亲自去跑业务、谈客户，练就了一身敏锐的触觉。他成了空中飞人，全国各地到处跑，忙得把家里当成了旅馆。

2016 年，辉煌公司从老厂区搬到了新厂区。而大哥林振生负责的那一块业务在 2012 年就彻底停止，不再生产。让林正安欣慰的是，这 10 多年来，辉煌公司发展很快，形成了一整套的产品体系。其中单色系列、亚光系列、玫瑰金（古铜）系列、镭射系列、珠光系列、七彩系列、亚膜系列、颜料箔系列、环保系列等 300 余种产品，销往全国各地及国外部分地区。拥有了占地面积达 13000 平方米的厂区，配有高速涂布机组 12 台、分切复卷机 10 台、辐射模压机 8 台，专业生产电化铝、烫金纸。

时间是一条隐藏的伏线，生发着无限的可能。而这个可能，正是林正安和他哥哥林振生各执一笔，在一张白纸上绘就的事业蓝图。

兄弟齐心，其利断金

在《周易·系辞上》中，有"二人同心，其利断金"之句，后就有了我们熟知的"兄弟同心，其利断金"的说法。用这来形容林正安和他哥哥林振生的关系，再合适不过了。

兄弟俩共同创业 20 多年，林正安对比他年长 15 岁的大哥非常尊敬。他说长兄如父，以前是大哥带着他走在创业路上，现在大哥年纪大了，就由他领路了。言语间，流露出他对大哥的骨肉亲情。

辉煌公司自创建开始，兄弟俩的股份就是一样的，各占一半，林正安很自觉地挑起了发展辉煌的重担。想起年轻时挑个木工的工具担子都觉得好重，林正安就笑自己那时真没出息。其实他明白，这是因为心境不同，追求的目标不一样，就好像那个是夕阳，而这个是朝阳，承受力自然就不同。

很多家族企业，常常是老公是老板，老婆是财务总监。而在辉煌，林正安的妻子和嫂子都没有参与公司管理，她们都属于成功男人背后的女人，用自己的方式默默支持着他们。现在就公司外贸这一块业务，林正安交给了侄儿打理。

我想，这是一种信任。面对利益，有多少亲情可以一夜间崩塌？可对林家兄弟来说，亲情无价。这是非常难得的一种高贵品质，值得人们敬重。

创业路上总有这样那样的风风雨雨，林正安没有细说，并不代表他没有遇到过。事实上，就在近几年，他就碰到了两次重大的打击。一次是出于朋友义气，他拿老厂替人家担保，借钱给房地产公司。结果由于对方的资金链发生断裂，作为担保方，他深受牵连，经济损失惨重。另一次是在2013年，老厂区发生火灾，烧毁了好几间厂房和机器设备，一下子又是几百万元的损失。

真是屋漏偏逢连夜雨，这两件事对林正安的打击非常大，那段日子对他来说实在太煎熬了。白天忙着处理厂里的事，晚上回家装作什么事都没有发生，怕妻子担心，他没有告诉她实情。晚上躺在床上，他翻来覆去睡不着，脑子里反反复复地想下一步该采取怎样的措施，怎么降低损失，怎么把这么大的窟窿给补回来。可毕竟这不是一笔小数目，可以说对企业是一次伤筋动骨的伤害。他越想越焦虑，越焦虑越睡不着，人也变得更加沉默寡言。

另外，他觉得自己特别对不起哥哥，他不能让哥哥去承担这份意外的压力。他很想独自扛下来，可又明白，就算他不说，这么大的事，哥哥又怎么可能不知道呢？让林正安感到温暖的是，面对这样的挫折，哥哥并没有责怪他，反而劝他不要急，慢慢来，反正他们兄弟俩刚开始也是一无所有，再怎么说，现在比过去条件要好得多。只要齐心协力，没有过不去的难关。

在哥哥的安慰下，林正安焦虑的心情逐渐平静下来。他在心里暗暗下决心，从哪里跌倒，就从哪里爬起。经过深刻的反思，他告诫自己，以后不可心思太活，不可想着赚快钱，一定要踏踏实实，一步一个脚印走，宁可慢，也要稳。

认识林正安的人都说他变了，没特殊情况，他不再出去应酬，把时间更多地留给家人和企业。他开始修身养性，收起各种欲望，一心一意做好自己的分内事。有空的时候，和家人一起出去旅游，既欣赏了美景，又增进了彼此的感情，一举两得。

经过几年的努力，企业又慢慢恢复了元气，管理团队也成熟了，林正安不再陷入具体事务当中，他思考的是企业发展的大方向，是定策略和奋斗方向。

在林正安办公室，挂着一块写着"诚信赢天下"的匾。我想，这应该就是辉煌的立足之本吧！在诚信缺失的当下，这两字显得尤为珍贵。林正安一直密切关注电化铝市场，不放过任何的风吹草动。他说，金乡跟辉煌产品同类的厂家有大小 30 来家，竞争非常激烈。质量、规模、价格都是竞争的筹码。他认为产品首先得优质，只要质量好，价格比同类产品稍微高一点，人家也是可以接受的。目前公司的业务，通过网络主动找上门的客户只是一部分，更多的还需要他们去积极开拓市场，寻找新的客户资源。当下实体经济遭遇很大的考验，辉煌公司也有需要突破的瓶颈，但林正安还是很有信心。只是现有的厂房跟不上公司的发展，他想再去征一块土地，扩大再生产，这是他下一步的目标。

我走进车间，发现里面好大，一台台机器一字排开，每台机器上生产着不同颜色的膜。我没有看到工人，只有机器运作的声音。想起刚才在办公室看到的样品纸张，第一次近距离了解到何为烫金材料（电化铝），那斑斓的色彩、漂亮的花纹，让人很是好奇。其中有一款叫"银星星"的，我还多看了一眼，那一颗颗大大小小的星星在那里闪烁着，很是迷人。我想，辉煌在金乡、在苍南、在温州、在浙江、在全国，也像这星星一样，虽小，也自有其独特的光芒。

当我站在厂区门口，抬头仰望"辉煌公司"四个大字，看蓝天下五星红旗与厂旗在风中猎猎飘扬，我相信辉煌的未来，一定会更加辉煌！

第四篇

时代机遇与梦想

　　温州自古以来就有着强劲的、个体化的民营经济活力，这使它无论时代发生怎样的变革，都能够生生不息。心怀梦想，抓住机遇，务实重行，是来自这片土地上的人民的商业基因，是来自金乡人的精神力量。

不忘初心守主业

——记温州市佳丰印业有限公司总经理朱余胜

温州市佳丰印业有限公司是专业生产热转印产品的定点厂家，也是国内较早引进、开发、应用热转印材料的公司之一。当家人朱余胜是个为人做事都很低调的中年男人，40多岁，正处于创业的黄金时期。在与他交流的过程中，给我印象最深的两句话是，"不忘初心，坚守主业"和"做人要有功德心"。这两句话，恰好代表了朱余胜的事业观和做人的准则。

温州市佳丰印业有限公司总经理
朱余胜

现在全国上下都在开展"不忘初心"的主题教育，而朱余胜在很多年前，就有了这个纯朴的念头。虽说，此初心与彼初心看起来是两条通道，但殊途同归，其实表达的是同一个意思。至于"功德心"，其实比社会公共道德准则的"公德心"更进了一个层次。"公德心"是做好自己,而"功德心"里有通过自己的力量,去帮助需要帮助的人的那种善念,格局更大。

这样的人,事业怎么可能会不成功呢?

佳丰印业创办于2000年,这么多年来,朱余胜一直沉浸于热转印行业,从1条生产线发展到20条生产线,不急不躁,不胆怯也不冒进,一年一个台阶;从1个厂区发展到3个厂区;从本土发展到外省。佳丰,像一艘船,从小河悄悄出发。随着旅程的不断增加,船体越换越大,区域越来越广,从河到江到海,乘风破浪前进。

佳丰的旅程,还远远没有结束。那一望无际的大海,就是它展现华彩的舞台。而站在船头的朱余胜,他的目光已投向下一个20年……

能吃苦是一种美德

朱余胜出生于1975年,他是山里的孩子,满山遍野的竹子、花草树木,还有小动物,都是他童年的玩伴。崎岖的山道,让他从小就体验到再难走的路,只要坚持,一定能走到峰顶。

父母都是朴实的农民,不会讲什么大道理,只是用自己的言行教育他,做人良心要好,不要怕吃苦,只要勤勤恳恳,不会没饭吃。润物细无声的教育,大自然的滋养,走出山村的决心,这一切都成了朱余胜人生的底色,在他身上烙下了纯朴、认真、坚持的印记。

1993年,朱余胜从学校出来后,选择去金乡一家印刷厂当一名学徒工。跟普通打工者不同的是,他是抱着学本领的心态去的。在自己还没有任何能力之前，他一点也不在意"学徒"的身份。就像农民种田，想收获稻谷，首先得播种。等秧苗长出来了，得去插秧，平时还要灌溉、除虫等等，一个环节紧扣一个环节，这样才可能有金灿灿的收获。

朱余胜为什么想到去学印刷？

他的答案是因为喜欢，因为对这一行业很感兴趣。

也许是家庭环境的缘故，朱余胜比一般人要早熟。当别的小青年忙着去追逐潮流，今朝有酒今朝醉，他已有自己的人生规划。那时候的金乡，空气里都弥漫着创业的激情，私营企业像雨后春笋般冒出来，其中有不少是搞印刷的，以"四小商品"为主。

哪一天自己也开个印刷厂，这是朱余胜心里的梦想。但他深知现在这只是一个梦，自己一无资金，二无实力，三又什么都不懂，办厂又不是过家家，哪有这么容易？幸好他还不到 20 岁，还有很多时间可以去学习。等掌握了一身技能，再去圆创业梦也不迟。

就这样，年轻的朱余胜在厂里认认真真拜了一位老师，以勤奋好学，再加上虚心、不怕吃苦的工作态度，赢得了领导和同事的好感与认可。他对老师发自内心的尊重，加上聪明又不张扬的个性，让那位老师心甘情愿把平生所掌握的技术一一传授给他。

朱余胜是幸运的，他遇到了一位好老师。老师不但教他技术，教他创业的经验，还教他如何为人处世。老师告诫他，一个人若想成功，要有"钉子"精神，不能这山望着那山高，心思不可太活，每一步都要踏踏实实去走，做到这些想不成功都难。

朱余胜把老师的话牢记在心，一门心思学技术，不懂的地方多问，多琢磨。他记性很好，人又聪明，常常是一点就通，举一反三。但他对自己的要求还远远不止这些，他也从不沾沾自喜。他会回过头来找原因，找规律，总结经验，这个"通"，不是浅表的，而是深层次的，是真正搞懂。只有装在脑子里的东西，才真正属于自己，这是朱余胜一直信奉的观点。

1999 年，当了整整 6 年学徒的朱余胜，正式出山。相比 6 年前的青涩，此时的他，脸上已多了几份深沉。

当他走出工厂大门，抬头仰望蓝天，有一个声音在他耳边响起：从现在开始，朝着你的梦想去努力奋斗吧！

双手握拳，朱余胜暗暗给自己做了一个鼓劲的姿势。

这一条创业的路

2000 年，26 岁的朱余胜以初生牛犊不怕虎的精神，向当地政府打报告申请土地，最后批了 3 亩。他又投入 100 多万元，建厂房，买设备。这 100 多万元的投资里，有不少钱是他向亲朋好友借来的。

当温州佳丰热转印材料有限公司的牌子挂起来时，望着崭新的厂房、整洁有序的厂区，朱余胜的内心是抑制不住的激动。虽然他现在资金有限，只引进了一条生产线，但无论是厂房的设计，还是整体规划，他都是按标准化企业模式去做的。这样看起来成本是高了，但从长远看，绝对是值得的。因为他有自信，佳丰的未来可期。

跟"创二代"企业家不同的是，朱余胜是真正的白手起家，起步又这么高，创业初期遇到的困难比想象中要多得多。他没有选择传统的印刷业，而是选了特种印刷业，专业研究热转印技术，并生产热转印花膜。

所谓特种印刷，指的是"采用不同于一般制版、印刷、印后加工方法和材料生产供特殊用途的印刷方式"。而热转印则是一项新兴的印刷工艺，该工艺印刷方式分为转印膜印和转印加工两大部分。转印膜印采用网点印刷（分辨率达 300dpi），将图案预先印在薄膜表面，印刷的图案层次丰富、色彩鲜艳、千变万化、色差小、再现性好，能达到图案设计者的效果要求，并且适合大批量生产。转印加工通过热转印机一次加工（加热加压）将转印膜上精美的图案转印到产品表面，成型后油墨层与产品表面融为一体，图案逼真漂亮，大大提高产品的档次。但由于该工艺技术含量较高，许多材料均需进口，成本高。热转印技术与丝网技术的不同之处在于，丝网印刷是可以撕下来的，而热转印是直接印上去的，具有环保、耐用等特点。

2000 年，热转印从国外传入中国的时间并不长，技术都是从日本、韩国引进的，金乡的印刷业做的基本都是传统的丝网印刷。即使是现在，金乡做热转印的也不多。由于一直关注着国内印刷业的走向，朱余胜练就了敏锐的触角，当他发现热转印市场未来有着广阔的前景时，就义无反顾地一头扎了进去，成为国内较早引进、开发、应用热转印材料的公司之一。

弃成熟的手工印刷市场，升级转型到高科技印刷市场，事实证明，朱余胜的这一步棋走对了。

佳丰刚办起来的时候，朱余胜的压力非常大，一方面是因为身上负了这么多债，另一方面是因为市场还没有打开。成本高，产品价格自然也水涨船高，而民众天生有一种"便宜"心理，买任何东西，总希望便宜点。只有让市场真正认识到热转印的质量与效果，认为物有所值，那道门才会打开。为此，朱余胜绞尽脑汁，想了很多办法去推市场。

在新产品印制过程中，遇到一个又一个技术难关，没有可以借鉴的经验，佳丰也没有请技术专家，怎么办？朱余胜就充分发挥那 6 年学徒打下的技术基础，反复研究、试验，通宵达旦，直到找到解决的办法。

即使到了今天，佳丰已有 20 条生产线，核心技术依然牢牢掌控在朱余胜的手里。这倒不是他不信任别人，实在是现在的热转印市场跟过去大不一样，核心技术一旦泄密，就立马会有大量的仿品出现，这等于自己挖个深坑把自己给埋起来。这样的事，朱余胜当然不会去干。所以，他认为，最安全的办法就是把核心技术装在自己的脑子里。这也是一种自我保护。

当然，朱余胜也明白，虽说掌控了核心技术就能掌控市场，但技术必须不断更新，不然很快会被市场无情淘汰。办厂 20 年，朱余胜每天都非常忙碌，要关注国内外热转印技术的动态。由于这个转热印技术应用型客户非常广，他的脑子整天就想着如何研发新产品，提高产品质量，降低产品成本。

2006 年 10 月，佳丰的产品通过了 ISO9001：2000 国际质量管理体系认证，有了一个新的起点。

从 2009 年到 2013 年，朱余胜做出了一个令人惊讶又敬佩的举动，请深圳中旭公司对公司的整个管理层进行了系统的规范化管理与制度管理培训。他不但请进来，还送出去，先后共花费了 80 多万元。目的是想让公司管理层有现代化的管理理念，为公司的长远发展打下坚实的基础。

作为一家民营企业，能有这样的举措和投入，还是不多见的。从这方面也可以看出朱余胜的"功德心"，毕竟学到的知识是自己的，别人抢不走。有了这样的资质，即使跳槽，选择的余地也要大得多。

这些年来，佳丰先后推出了应用于 ABS、AS、PS、PC、PP、玻璃、不锈钢、陶瓷等制品的热转印花膜、镭射热转印花膜。它们同时适用于已处理的木材、竹子等制品的表面热转印，还可用于家具、办公文具、电器制品、建筑装潢材料、化妆品包装、医疗器械、生活用品、首饰、打火机等等。公司产品由于具有转印过程简易、快速、无污染，而转印后的图文色彩艳丽、附着力强等特点，因此深受客户欢迎。

随着生产规模的不断扩大，温州佳丰热转印材料有限公司也改名为温州市佳丰印业有限公司，朱余胜的事业版图越画越大。

20 年时间说长不长，说短不短，朱余胜在低调务实中，征服了一座又一座山峰。现在的佳丰除了金乡总部，还有 2 家在外地的分公司。他的下一个 20 年计划，就是希望企业能全面走向标准化，把某些目前还不太规范的方面都规范起来，稳步增加生产线，创造新的辉煌。

一颗慈善的心

西汉著名史学家、文学家司马迁在《史记》里写过这样一句话："天下熙熙，皆为利来；天下攘攘，皆为利往。"意思是普天之下，芸芸众生皆是为了各自的利益而奔波。

改革开放 40 多年，彻底改变了中国贫穷、落后的面貌，有不少人在时代的洪流中脱颖而出，站上了成功的巅峰，拥有了丰厚的财富和名望，享受人生的种种荣耀。就像大地上既有参天大树，也有小花小草一样，办企业，规模有大有小；企业家，实力有强有弱。这些都是世人喜欢比较的东西，唯有一样不可比，那就是慈善心。

也许是因为从小在艰苦环境中长大，朱余胜对今天所拥有的一切充满了感恩。他从来都不跟别人去比钱多钱少，他常常想起过去的日子，分外珍惜现在的幸福生活。当他看到社会上还有很多人需要帮助时，他就默默做起了慈善，有多少能力，就办多少能力的事。

他对"慈善"这两个字的理解很朴实，那就是代表一个人的良心。只要有一颗慈善的心，不是为了名利去做，而是发自内心，这样的慈善就很有意义。他认为，慈善不能以出多少钱作为衡量标准。积极、自觉、正能量，这是他对自己的要求。

朱余胜一直很清醒，不管是过去没钱时，还是现在有钱时，他从不乱花钱，钱都是用在刀刃上。做事有计划，创业路上坚持专业、专心、专注，这是他的成功秘诀。

这20年来，很多人奇怪朱余胜怎么一直在热转印行业，他完全有能力涉足别的产业。2010年的时候，也有一个机会摆在他面前，能快速赚钱，但他保持了清醒的头脑，坚决拒绝了。

人生就是这样，祸福相依，最终决定胜负的是人内心的定力。

熟悉朱余胜的人都说他心地善良，不会算计别人，也从不在背后说人是非，更不会主动去攻击别人。他很谦虚、亲和，问他为慈善付出了多少？他摇摇头，只说道，财富是从社会上获取来的，那么回报社会是应该的，自己也就是尽点力而已。

在金乡镇企业家协会跨越20周年时所制作的一本纪念册里，细心人可以在里面找到朱余胜的名字。那就是，2016年由9位会员企业家投资 4000 万元兴建的金乡镇企业家协会大楼，无偿捐赠给协会办公使用的 850 平方米房产里，有他贡献的一份子。

对今日的朱余胜来说，拥有了 20 条生产线并不是事业的终点，对未来，他早已胸有成竹，定下了高远的目标，并准备以脚踏实地的方式，去一步步实现。

在生活中，朱余胜常说，做人心态要好，要有一颗功德心，事业上要有闯劲，生活上要知足常乐，这样就不会有很多烦恼。

他是这么说，也一直这样做的。从他身上，看不出骄傲和张扬，只有一位成功企业家的谦逊和含蓄。

我相信，一个有功德心的企业家，他的人生格局不会太小，所以他脚下的那条路绝不会越走越狭窄。

山背后依然是山，山背后是一个广阔的天地。朱余胜用 20 年时间，走出了一条属于自己的阳光大道。

他的成功，看似偶然，实则必然。

无声的开拓者

——记温州富兴包装材料有限公司总经理殷小亮

温州富兴包装材料有限公司总经理
殷小亮

2019 年 8 月，去苍南金乡古镇，从企业家协会余秘书长口中，我第一次听到殷小亮的名字。他说："在我们这里，有很多像殷小亮这样的企业家，看起来不起眼，公司规模也不算很大，但他们实际上是我们金乡企业界的中坚力量，不可忽视。"

滴水穿石，滴水也可以成河，任何的宏大都由无数的微小组成。怀着好奇心，我走进了温州富兴包装材料有限公司那整洁的厂区，在低调中带着奢华的办公大楼里喝了一杯好茶。墙上，那一幅奔腾的马群图，是不是在暗示富兴从过去到未来的前进速度？

此刻，我仿佛听到了铿锵的马蹄声，踏过山川和草原。纵横千里，只因内心有火，有奋斗的目标。

也许对殷小亮这样的企业家来说，追逐，不仅仅是为了财富，更多的是人生价值的一种体现。

梦想的起航

温州富兴包装材料有限公司总经理殷小亮给我的第一印象是年轻，一点也不像 1967 年出生的人。长相斯文、帅气、刚毅，浑身透着活力，现代气息较浓，但又保持着劳动者的朴实。在人生的舞台上，他是一个实打实极富开拓精神、年轻有为的企业家。

"小户人家，贫农出身，像芝麻糖条打滚，越滚越大"，这是他对本企业历史现状的形象描绘。

殷小亮告诉我说，他很早就走上了社会，17 岁在父母的支持下，和朋友合伙开了一家徽章厂。那是 20 世纪 80 年代，改革的春风在中国大地吹拂，但真正下海成为一名弄潮儿的并不多。毕竟从禁锢走向开放，很多人的心理还没有转变过来，大家都在观察、在试探，怕哪一天政策突然又变了，只有少数的勇士敢去吃第一只螃蟹。

我一直在琢磨 17 岁的殷小亮，哪来这样的胆识？那个年纪，除了萌动的青春、飞扬的激情，还有盲目的冲动。虽说自古英雄出少年，但办企业不是过家家，它需要成熟的思维、理性的分性、对市场敏锐的观察力。这些对一位刚走出校门，只有初中文化程度的少年来说，似乎不太可能具备。不过我想有一点可以肯定，那就是殷小亮应属于少年老成那类，不然谁会选择跟一个天真、幼稚的男孩合作？

殷小亮说他父亲是做衣服的手艺人，胆大，眼界很高，我好像找到了那个隐藏的"因"。我知道宁波人做服装有传统，名满天下的"红帮裁缝"就是最好的证明。而温州人似乎天生就会做生意，他们又特别能吃苦，脑子灵活，不墨守成规。他们从一个地方走向另一个地方，无论是单干独户，还是成群抱团，注定视野比一般人要来得宽。也许是因为从小耳濡目染个体工商业的"好处"，所以才不想走传统的路，而去勇敢尝试创新——这只是我的猜测。一个人的行为不会无缘无故发生，任何事都有源头。事实正是如此。殷小亮从小就听父亲讲外面的世界，讲另一种不一样的人生。父亲鼓励他以后要自己做生意，办厂当老板，做一个事业成功的男人。所以当17岁的殷小亮向父亲提出要和朋友一起合伙办厂时，父亲不但没有反对，而且拿出家里的积蓄积极支持。

殷小亮和他朋友一起买了一亩半土地，盖起了简易的厂房，买了机器，满怀信心地开始创业之路。他们的隔壁就是陈加枢的金乡徽章厂，不过那时候金乡徽章厂还没什么知名度。俗话说同行是冤家，但对年轻的殷小亮来说，根本没有这种想法。他们只做好自己。两个人一个负责跑业务，一个负责生产管理，一点点做起。

我没有做过生意，不知这里面的弯道与套路，但也清楚商场如战场，真要做好没那么容易。殷小亮用3年时间赚到了在商海扑腾的经验和并不丰厚的第一桶金。这时，由于和合伙的股东理念和意见不同，经过认真友好的协商，决定各自分开单干。对方把自己手上的另一半股权转让给殷小亮家族，殷小亮把工厂重新取名为长征工艺厂，继续做他的徽章生意。

随着实战经验的不断积累，殷小亮在徽章行业如鱼得水。他一边狠抓产品质量,一边奔赴全国各地开拓市场。校徽的订单来了,银行的金、银纪念币业务来了,还有医院的出生纪念币、各种体育赛事的奖牌、奖杯等等。一批批精美的徽章源源不断地从金乡出发,到达全国各地的客户手中。质优价廉的徽章,不但给他赢得了众多的回头客,还带来许多新的商机。

在改革开放初期,苍南素称"鱼米之乡",在小商品如塑制品、铝制品、复合包装袋等方面,久负盛名,领导着时代新潮流。同时,也代表着温州地区乃至整个中国工艺品的先进水平,影响之大为全国各地瞩目。

当时的大环境是,乡镇企业正处于发展阶段,金乡的个体、私营经济基本上以家庭小作坊为主,稍微像样的工厂并不多。殷小亮年纪虽轻,但出道够早。

殷小亮在徽章行业沉浮了10多年,又一次完成了财富的积累。到了2002年,他把徽章厂交给哥哥打理,自己则去了温州富立包装有限公司。富立是家老企业,成立于20世纪80年代中期,经营范围和规模要比殷小亮的徽章厂大得多。有句俗语,"宁做鸡头,不做凤尾"。我想,殷小亮好好的老板不当,跑到别家公司去当副总,或许是因为他看到了徽章以外的新市场。

我猜错了。真正的原因是,殷小亮和富立公司的老板是同学、好兄弟,受富立的邀请,以合股的方式,在富立公司成立电化铝车间,由殷小亮负责,主营电化铝烫印箔产品。电化铝箔是一种在薄膜片基上经涂料和真空蒸镀复加一层金属箔而制成的烫印材料,用途广泛。殷小亮在富立公司的身份是副总、党支部书记兼工会主席,他之所以接受邀请,是因为看好电化铝市场，感觉这是个值得好好挖掘的富矿。

殷小亮在富立 7 年，当时富立进入高速发展的阶段，生意越做越大，老板没有精力和时间来管这一摊。作为好朋友，富立老总张文明跟殷小亮商量，把电化铝这块完整地交给他，相信他会做得更好。就这样，殷小亮成立了富兴公司。2016 年，富兴搬到了现在的新厂区。

从富兴独立出来那一天开始，殷小亮的脚下就是一条崭新的路。

有人说，生意场上只有永远的利益，没有永远的朋友。但在殷小亮的生命里，恰恰相反，朋友比利益重要得多。得道者多助，失道者寡助，正因为他真诚对待每一个人，所以也获得了很多真心。

新的起点，新的征程

对殷小亮来说，独立的富兴，一切刚刚开始，一切又正在进行中。面对不断上涨的原材料价格、实体经济的滑坡、越来越激烈的竞争，如何来确保企业长久的生存？在微利时代，怎样获取相应的利润？无数个问号在殷小亮的脑海里闪现，让他陷入深深的思索。同行是冤家，但同行也是激励你不断奋进的动力之一。强手如林，若想站稳脚跟，产品必须有自己的特色。

千丝万缕找症结，千头万绪抓根本，唯有创新才能不断进取。在那些日子里，殷小亮站在商海第一线，掌握市场最新的资讯与动态，收集市场横向与纵向的各种信息。他明白，市场竞争说到底，是新技术、新产品替代老技术、老产品的进程。不论厂大厂小，产品的开发和更新都离不开对瞬息万变的市场的把握和在超前意识指导下的正确决策。在这一点上，大厂能办到，小厂也能办到。

殷小亮以自己的敏锐机智，充分利用小厂在新产品开发上"船小调头快"的优势。坚信每个企业都应有自己的特色产品。在充分调查研究的基础上，开发电化铝新品种，通过协作配套生产，竭力降低生产成本。先后开发了"1"字开头普通烫纸型、"6"字开头过塑烫膜型、"M"亚膜电化铝（纯亚光）、镭射及无版缝型、双面金/双面银、珠光型、粉箔型、烫皮革型、烫瓶盖型、烫蜡烛型、烫胶片型、烫后印型及低卤素型等系列产品类型。

"创新是企业的灵魂，质量是企业的生命"，这是富兴的宗旨。追求一流的产品品质，为客户提供人性化的服务，以满足客户的需求为首要目标。有些客户对产品有些特殊要求，他们从不怕麻烦。若工艺达不到要求，则想方设法予以改正。产品出现质量问题，包退包换，赔偿损失，还要上门赔礼道歉，殷小亮说："宁可公司损失100元，不愿客户损失1分钱。"

在企业内部，把产品质量和生产任务等各项指标全面分解到人，每个员工既要提出增产的有效措施，又要提出节约的具体办法，使企业和经营与每个员工的切身利益更加紧密衔接，从而增加了员工的责任感和事业心，使产品质量、产量直线上升。他还派人去国内外参展，掌握市场最新动态。采取薄利多销的销售手段，运用多形式、多渠道、全方位的经营策略，占领市场，变被动为主动。

就这样，富兴从金乡起航，一路披荆斩浪，销售网络遍布全国各地。它还拥有自营出口权，产品走出国门，走向海外几十个国家和地区。

一次次成功决策，伴随着一次次风险，渡过了一个个难关。殷小亮驾驭着自己企业的小舟，或逆水前行，或顺风而动。他凭着一股犟劲、一身胆略、一股拼命精神，在激烈的竞争中找到生存之道，使富兴包装材料公司跨进了全省同行业先进之列。

殷小亮成功了，但是他永远不会满足，追求的脚步一刻也没有停下来过。面对时代的要求，殷小亮很沉着。他健全企业管理体制，完善多项规章制度，用科学数据来管理企业的发展和生产。

经过多年发展，富兴公司作为浙江省科技型企业、温州市企业技术研发中心、中外技术合作专业生产电化铝烫印箔产品的高新技术企业，现有18000多平方米的标准厂房，有自己的专业技术团队。拥有15台国际领先水平的涂布机、10台全息模压机、2台真空镀膜机，以及30多台各类后道工序配套设备，总资产达5000万元以上，年生产电化铝产品达到200多万卷。

平时，他花大量的精力深入调查研究，广泛听取多方的意见，从机构上保证了生产、销售等工作渠道的畅通。比如，根据生产的发展，把生产、销售、供应分开，以销定产。要求职责明确，工作展开有条不紊，并制定了一整套质量指标和管理方法。

理顺生产管理秩序，明确各个部门的职责，定期召开各方面的工作例会，整个企业就像一台调试正常的机器和谐地运转。

另外，殷小亮十分重视员工的思想工作。关心员工生活，深入车间，开展谈心活动，了解员工生活情况与意见，力所能及地帮助员工解决实际困难。为了提高员工素质，经常开展"技术操作""法律知识""安全知识"等项目比赛，组织员工参加各项文体活动，受到员工欢迎。

家和万事兴

富兴公司最让我感兴趣的，并不是企业的规模，而是殷小亮的一句话，他说他们兄弟姐妹这么多年都没有分过家，这让我很好奇。俗语说，"树大分枝，人大分家"，那是客观规律。殷小亮兄弟姐妹四人，早已各自成家立业，有的已经有了第三代，居然能几十年在一起不分开，这在当今社会，确实太少见了。

殷小亮说，他们这个大家庭一直由他父亲管着，父亲的意思，要富大家一起富。在金乡，很多家族型的股份制企业，做到一定规模时，就会分家，这样反而做不大。

这让我突然想起筷子理论，一根筷子容易折断，一把筷子却很难折断。我想，殷小亮的父亲一定是个智慧型的长者，他对每个子女都不偏不倚，他对财富与家庭的理解和看法直接影响着他的儿女们的人生价值观。在殷小亮心里，父亲像一座山，占据着特殊的地位。德高望重、很有眼光、权威，这是他对父亲的评价。

这就可以理解为什么殷小亮身为富兴公司的总经理、灵魂人物，公司经营具体由他负责操刀，但他手上的股份却和他的兄弟姐妹一样多。他身上的淡然气质，也跟他从小成长的家庭环境有关。一个在充满了友爱、和睦家庭里长大的人，身上是不太会有戾气的，对钱财的态度也会比较淡泊。就像殷小亮说的，他们兄弟姐妹几家人从不吵架，每天都在一起吃饭，开开心心、热热闹闹，聚在一起很温馨。直到 2012 年，因殷小亮的父亲年纪大了，身体不太好，兄弟姐妹们商量好，才各回各的家，分灶开伙。像这样的大家庭，能如此和睦相处几十年，在金乡是极少见的。

这是一个有着传统好家风的家庭，父严母慈子女孝，令人羡慕，也是当下社会积极倡导的正能量，"家和万事兴"。我突然明白殷小亮为何看起来这么年轻了，因为他有一个好心态。在他脸上，我看不到焦虑，他整个人散发出来的信息是温和的，而不是凌厉。即便像我这样的陌生人，第一次面对他，都觉得这个人应该比较好相处。

事实上，殷小亮身边的人都说他是个老好人，人缘特别好，心善，为人处世真诚、大气。他这个好不仅仅是对身边的亲朋好友，对厂里员工也一样。富兴公司现在的员工90%来自外地，现在的年轻人跟过去不一样，他们不太愿意委屈自己，也不想在一个地方待很久，流动性大是他们的特点之一。针对这种现象，富兴公司构建了"以理服人、以制度管人、人性化"的企业文化。厂里考勤用的是指纹打卡，以前有些员工嫌麻烦，人来上班了，可卡没去打，结果发工资时，发现钱少了就闹起来。公司发现这个情况后，就提出错漏一次打卡谅解。倘若由于指纹确实不能打卡，提出说明，由门卫负责记录。不执行，后果自负。从那以后，再也没有出现过扯皮的现象。

富兴公司对外地员工全部实行伙食减免，每餐只交3.5元钱。夫妻员工住夫妻房，单身员工住集体宿舍，每个房间都装有空调。只要你安心工作、勤快、能吃苦，每个月挣个五六千元没什么问题，还不包括加班费。不论哪位员工生活上遇到实际困难，公司都会及时伸出援手进行帮扶，让员工有一种家的归属感。这些年，富兴公司的员工队伍很稳定，这跟完善的制度、持之以恒的常态化管理是分不开的。

在富兴公司，无论是厂区、车间还是办公室，都会让你感觉这家公司最大的特点就是干净，而且非常干净。目光所及之处，一切整洁有序。难怪有人开玩笑说，这是一家事业单位，而非企业。从环境的整洁有序这一细节可以看出，企业的规章制度不是挂在墙上，而是深入人心的。只有成为一种自觉的行为，才会有这种自然的舒适感。

在富兴公司的一楼大堂墙上，挂满了"浙江省科技型中小企业""成长型企业""先进企业""先进单位"等荣誉牌，其中有一块"慈善之星"的牌子吸引了我的视线。

热心慈善，是金乡企业家们的共同点，富兴公司和殷小亮这么多年来也一直默默为金乡慈善事业做着贡献。问他这方面的信息，殷小亮微笑着说："没什么，这是我们应该做的。"请他具体举些事例，他摇摇头，不肯多讲。因为在他看来，做慈善实在是太平常不过的事，不仅仅是他在做，大家都在做，这是应尽的责任和义务，不值得一提。

在金乡，我总是一次次被感动，感动于这种来自民间的纯朴情感，感动于这块土地沉淀的优秀传统，感动于人与人之间的真诚与良善。殷小亮如此，其他企业家也一样。

尾 声

人生之路有平坦，也有险峰；有欢乐，也有烦恼与苦闷。刚年过半百的殷小亮对生活有自己的领悟，无论遇到什么，他都心平气和地去坦然面对，很少有疾言厉色的时候。他很好地平衡了事业与家庭的关系，有空的时候，泡一壶好茶，慢慢细品。在他的办公室，挂了一幅山水风景图。也许，这是他内心世界的写照。崇山峻岭，葱郁的树木，蜿蜒的河流，暗藏其中的攀登者的路。而他，就是一个攀登者，从山脚下出发，登上一个个峰巅。

对今天的殷小亮来说，他正处于精力和思想的黄金期。他深知，未来的路还很长，现在的市场环境与过去又有很大的区别，他不敢掉以轻心。富兴，不是他一个人的，也不是他们这个家族的，而是社会的一种责任与使命。

"追求卓越无止境，与时俱进创未来。"我的视线停留在墙上的这句标语，我想，这是富兴和殷小亮心中前进的方向吧！只有具有与时俱进的开拓创新思维，才能引领企业走向新的辉煌。我相信，在殷小亮和他的兄弟姐妹们团结一心、共同努力下，富兴未来的路一定会走得更远、更宽。

风，从东边的护城河吹来，带着盛夏炽热的温度。前方，连绵的狮子山被橘红色的夕阳涂上诗意的柔光，暮色降临。

天空，有鸟快速飞过，我忽又想起那幅奔马图。也许，在殷小亮文质彬彬的外表下面，藏着一颗狂野的心，那颗心属于他热爱的事业，属于他脚下的这块土地，属于富兴的明天……

人生的加减法

——记浙江鑫鑫包装材料有限公司总经理黄增加

人生是一道数学题，年轻的时候，我们要做加法，多学习、多努力、多拼搏。到了一定年纪以后，要学会做减法。这减法并非从此不再学习、不再努力、不再拼搏，而是减去内心过多的欲望，减去对生活太多的索取，减去心灵沉重的负荷。学会放下，把目光投向精神世界的构建与充实。能做好这道加减法的人，定然是有智慧

浙江鑫鑫包装材料有限公司总经理
黄增加

的人。浙江鑫鑫包装材料有限公司总经理黄增加，出生于1978年，人到中年的他，目前还处于做加法阶段，处于爬坡期，也最辛苦。一旦到了巅峰，那就是人生最得意的时候。

民间有"投胎是门技术活"的说法，意思是一个人的出身和成长环境，

对他一生的影响很大。就像一个贫困地区的孩子和一个大城市家境优渥的孩子，他们的起点完全不一样，获得成功的途径也完全不同。黄增加并非大富大贵人家的子弟，只不过以世俗的眼光来看，他比普通人家的同龄人还是要幸运些。当他长大成人，父辈的勤劳和胆魄已为他们这个家族积累了一定的财富，这就意味着在人生的加油站，他有了比别人更多的选择资本。当黄增加可以独当一面时，父亲就把凝聚了自己一生心血的企业交到了他的手上，希望他能进一步开拓创新，把企业越办越好，一代代传承下去。

这是期望，也是责任。

坚守还是放弃

黄增加这个名字很有特色，带着一种天生的喜感，很容易让人记住。我想，会不会是因为改革开放的春风让黄增加的父母看到了未来的好日子，所以才给新生儿取了一个暗含美好希冀的名字？增福增寿增富贵，一个增一个加，双重的寄托。这虽是我的猜测，但我想对黄增加的父亲来说，30多岁才有了这个儿子，一定是十分宝贝的。黄增加说，父亲对他并不溺爱，正因为寄予了厚望，所以要求很严格。从小到大，父亲在黄增加心里很有权威，是他崇拜的偶像。

黄增加在读初中的时候，父亲开始办家庭工厂，那是1992年，私营企业像雨后春笋般在中国大地散发着独特的生机。在黄增加的记忆里，自从办了家庭工厂，父亲就变得极其忙碌，整天在外面跑，出差成了家常便饭。工厂虽小，但五脏俱全，事情很多。特别是刚起步的阶段，各种问题，都需要父亲亲历亲为去解决。直到今天，他的脑海里还会经常闪现父亲提着一只人造皮革包，风尘仆仆从外面踏进家门的形象。

那个时候，谁也没有想到有一天这个毫不起眼的小工厂会发展成为一个有 15000 平方米的标准厂房、300 个员工，拥有国内领先水平的涂布机 18 台、镀铝机 4 台、全息模压机 9 台、各类后道工序设备 30 余台，总投资高达 1.5 亿元，专业生产水松纸烫印箔的规模企业。而所谓"接班"，对黄增加来说实在是太遥远的事，他根本不会往那方面想。父子俩，一个操心厂里的事，一年一个样在发展；一个安心读自己的书，想着以后走出金乡，去外面的世界看看。要说跟过去有什么不一样，最显著的变化就是家里的经济条件好了，无论是居住环境，还是其他方面，都有了很大的改善。

黄增加的理想是成为一名律师，每次在影视作品里看到律师的形象，他都特别感兴趣。这份热爱，让他选择去自考法律专业，梦想着有一天自己能站在法庭上展现"舌战群儒"的风采，为底层民众伸张正义。从这一点来讲，黄增加还是个很有理想情怀的人。平时他很关注新闻，报纸上有时候会出现一些经济或刑事案例，他就会研究琢磨半天，想着如果他去当辩护律师，该怎么说。

2000 年，黄增加拿到了自考法律文凭，按他原先设计的人生规划，接下去就是考律师证，最好能考进司法单位工作。那时候，他已经在一家律师事务所实习。这时，父亲找他谈话，希望他能放弃自己的律师梦，到厂里来。父亲的意思很明确，这厂早晚要交到他手上，晚来不如早来。

那一天，父子俩面对面坐着，谈了很久。

对父亲的建议，说实话，黄增加兴趣不是很大。年轻人，有自己的想法，也不想依靠父辈，想自己去闯荡江湖，实现人生的目标。黄增加对父亲说："你才 50 多岁，身体又很好，厂里根本不需要我，我还是先去外面锻炼锻炼，等哪天你正式退休了，我再来好了。"

父亲说："就是趁现在我还有精力，你来，我可以教你。我会安排你从最基层做起，每个岗位都要去做下，这样干个五年十年的，你就能全盘掌控了，到时候正式交给你，我也好放心。现在不是小打小闹了，我们得对那么多员工负责。"

黄增加心里还是不太愿意，他那么用功去读枯燥的法律，就是想着有一天能施展自己的抱负。对企业管理，他又是个外行，到时候能不能搞好还是个未知数。是听从父亲的话，还是坚守自己的梦想？黄增加陷入了矛盾中。

父亲见儿子不吭声，知道他不是很乐意，叹了一口气说："你自己好好考虑。"

黄增加抬起头，目光落在父亲那张带着疲惫神情的脸上，发现父亲的两鬓已开始斑白，突然什么话都说不出来了。原来，父亲在一天天老去，而他居然浑然不知。一股酸涩涌上心头，黄增加想起这些年父亲的辛劳，为了这个厂，父亲付出了太多的心血，一年到头几乎没有休息天，从早到晚都在厂里忙。黄增加深知父亲虽然实践经验很足，但毕竟只有小学文化，眼看着互联网兴起，以后网络是时代发展的大趋势，父亲不懂那些，而这不正好可以发挥自己年轻、有知识的特长，为企业开拓新的利润增长点吗？

黄增加冷静下来，认真思考父亲的话。既然他注定要接这个班，那么现在进入与以后进入有什么不一样？若以后进入，到时候父亲年纪大了，没精力扶自己一程，而他也少了学习和锻炼的机会，又如何保证接手后让企业健康、稳步地发展？再说，父亲这么辛苦挣下这份家业，又是为了什么？作为接班人的他，不是更应该好好珍惜，把它做好、做强，对得起父辈付出的辛劳吗？

想到这里，黄增加豁然开朗，他不再纠结，眼神一片清明。黄增加向父亲表态，愿意放弃自己喜欢的法律工作，到厂里来上班。

听到儿子的答复，父亲很高兴，那是一种后继有人的欣慰，是终于有人可以分担这肩上重任的轻松。父亲的笑脸，让黄增加的心莫名地温暖起来，他庆幸自己这次做出的决定，虽然在内心深处，他对不能当律师感觉有些遗憾，但这一切跟父亲眼中的喜悦比起来，实在不值一提。

人生从来都是有得有失，既然选了这条路，那就让一切都重新开始吧。黄增加在心里立下了一个誓言：他一定要青出于蓝而胜于蓝，要让鑫鑫在自己的手中有个质的飞跃。

十年磨一剑

黄增加进公司后，第一个工作岗位是仓库管理员。之前，虽说知道鑫鑫是自家的产业，但具体怎么在运营，黄增加并不清楚，对父亲的辛苦的理解也只是停留在表层，到底怎么个辛苦法，心里是没有数的。当他真正把两只脚跨进来，深入一线，才发现要办好一家企业太不容易。真的是千头万绪，无论是产品质量、销售渠道、最新信息的获取、客户资源的深发与维护，还是安全、环保，包括员工队伍的稳定等等，太多的事务需要操心。无论哪个环节出了问题，后果可能都会很严重。了解得越多，黄增加对父亲的理解也越深。他也清楚，厂里上上下下有很多双眼睛盯着他，特殊的身份，让他的言行越发谨慎，他只想以最快的速度进入状态，替父亲排忧解难。

隔行如隔山，法律专业和管理专业完全是两套系统，黄增加当自己是小学生，重新学，他买了很多跟企业管理有关的书籍，边学习边实践。他到仓库后，利用盘库的机会，对库存的原材料和成品做了一次清点，不同产品做了归类。还根据实际情况完善了原有的规章制度，堵塞漏洞，使仓库的每一项进出的台账，都记录得清清楚楚。又把原来的手工记录，更新成电脑记录，大大提高了工作效率和准确率。

对一家企业来说，除产品质量是命脉外，还有就是销售。如果销售渠道不畅通，就像一个人血管出现阻塞一样，对身体健康影响太大了。黄增加明白这个道理，所以当他"轮岗"到销售岗位时，他把自己当成一名普通的业务员，跟大家一起找客户，谈业务。充分发挥自身的知识积累，利用互联网的优势，开疆辟土。

事实证明，知识就是力量。黄增加到公司不久，就发现电化铝产品在国外有很大的需求量，当机立断，向父亲提出做外贸业务，由他亲自操刀。父亲一口答应，给他最大的信任与支持。

那是另一个崭新的天地，互联网缩短了国家与国家的距离，整个地球变成了一个村庄。互联网也打开了黄增加看世界的视野，让他的心胸变得更加宽广。他快速招兵买马，全身心投入外贸这块新业务上，忙得不亦乐乎。

外贸产品的质量标准与国内产品不一样，黄增加一边与技术员一起研究，突破质量瓶颈，一边更新材料，把原来的国产材料，全部替换成进口材料，如专烫塑膜烫印箔、反面烫印箔、特大面积烫印箔、镭射激光烫印箔、皮革烫印箔、烫布箔、转移纸、包装膜等材料，大大提高了产品质量。

当第一批外贸产品漂洋过海而去，黄增加的内心感到了从未有过的成就感。

初战告捷，黄增加乘胜追击，一个点一个点攻破，从亚洲到欧洲、美洲等，鑫鑫的产品深受客户欢迎。

2010年，鑫鑫被评为苍南县重点出口企业，黄增加功不可没。这些年，他几乎把公司所有重点岗位都轮了一遍。鑫鑫已在不知不觉中，烙上了新一代掌门人的印记。

2014年，黄增加正式全面接手鑫鑫，他向父亲保证，一定会把鑫鑫做得更好、更强。

稳中求发展

黄增加接班后，对父亲曾经的付出有了深切的感受，企业办到一定程度，就不是个人的，而是社会的。公司那么多员工，每个员工背后站着一个家庭，牵一发而动全身。特别是在当下实体经济遭遇寒潮之际，肩上的这份责任就更重了。

为此，黄增加不敢有丝毫的松懈，这5年，虽外部环境复杂多变，可鑫鑫却走出了一条属于自己的独特之路。

"百强企业""科技型企业"等等荣誉，侧面说明了鑫鑫的实力。公司产量不断提高，包括出口销售额逐年增加，扩大了厂区，更新了设备，不断开发冷烫膜、卷烟膜等新产品。

黄增加在不断地做着鑫鑫的加法。他深知，若不求新，必遭淘汰。但在上新项目这方面，黄增加却表现出一反常态的谨慎。他从来都不会盲目冲动地去投资，哪怕有再多的人在他耳边忽悠，都没有用，这可能跟他所具有的超强理性思维也有关系。他不是个激进的人，手上有 1000 万元资金，绝不会去做一个亿的生意。更不会去沾那些来钱快、风险大的生意。他对鑫鑫未来的规划，就是量力而行，稳中求发展。他是个有多少钱就做多少事的人。鑫鑫到今天为止，没有一分银行贷款，没有一分私人借款，资金全部来自公司自有。没有包袱，轻装上阵，鑫鑫的步履才如此轻快。

当然，有合适的新项目，黄增加一样会上，只不过有前提，比如新项目投资不是很大，投资前做好各项风险评估工作。即使失败，也不会影响主体。对新行业，鑫鑫下一步也会去尝试，迈着小步子，边走边摸索。

稳抓稳打，不能冒进。这是黄增加对自己的告诫，也是他对父亲的一个承诺。这是一种负责任的态度，也是让企业这艘船能在商海的惊涛骇浪中平安驶向远方的法宝。

市场形势瞬息万变。比如员工方面，过去是你挑工人，现在是工人挑你。为了留住员工，黄增加想了很多办法，如提高员工待遇，外地员工实行包吃住，关心员工的生活和情绪，让员工对企业有一种归属感。

在鑫鑫的产品销量当中，出口占 40%，国内占 60%。中美贸易战，对产品出口已经产生了影响。这是新的问题，也是黄增加目前最关注的事情，这决定了他对企业下一步的发展规划。

　　人生如梦，在夜深人静之际，黄增加有时候也会想，假如父亲没有创办鑫鑫，那么现在的他会不会已成为一名优秀的律师？书柜里，曾经读过的那些法律书籍还在。抽出一本，翻看，恍然若梦。

　　时光不能倒流，我们也不可能有机会重新选择，所有的假设，只能是假设而已。是成为一名优秀的律师，还是成为一名成功的企业家，对黄增加来说，其实是一样的，都属于命运的"加分"。对于今天的成绩，黄增加自认为还有很大的努力空间。不过他那74岁的老父亲看到儿子的能力比自己强多了，对此表示很满意。

　　在生活上，黄增加是个知足常乐的人。他洁身自好，从来都不沾那些不良的恶习。家有贤妻，又有一儿一女，家庭幸福美满。这些都是他奋斗的动力源。业余时间，黄增加喜欢品茶，或一个人或与三五好友一起，煮一壶好茶，闻香品茗，心很自然就安静下来。他是个既能静又能动的人。工作累了，就把自己扔到游泳池里，来来回回游几圈，舒展紧张的神经。每周去一次健身房，出一身大汗，冲个热水澡，整个人就轻松了许多。他还喜欢看书，学习的习惯这么多年一直保持着。

　　孔子说"四十不惑"，事实上，黄增加也确实很清醒。他一方面继续做着人生的加法，该拼搏的地方拼搏；另一方面悄悄开始做减法，该舍弃的东西舍弃。原来，不知不觉中，这位身上毫无中年油腻气息的男人，在人生修行的路上，已越走越远。他对人生的看法，也越来越通达。

建筑梦想的人

——记温州市金舟建筑工程有限公司总经理陈似松

温州市金舟建筑工程有限公司总经理
陈似松

中国建筑历史悠久，在 1973 年夏天发现的河姆渡遗址里，就有木构建筑遗迹，"沿小山坡呈扇形分形，很有规律。是幢干栏式的建筑——底层架空、带有前廊过道的长屋。约有数间，其中大的长 23 米左右，深约 7 米，前廊宽约 1.3 米。该建筑是以一排排打入土中的桩木为屋基，在木桩间架设地梁，上面铺设地板，距地约 1 米高；并由基座中间一根约 3 米的中柱、2.6 米左右高的后檐和稍矮的前檐柱挑起屋架，屋架中的梁、枋、柱、檩等许多木构件均是用榫卯结点，屋顶则是采用席箔等物盖在椽上而成"。

遥想 7000 年前，我们的古人身穿兽皮、树叶，用最原始的石质工具，砍伐木材，找一块地，开始造房子。可以肯定，那时候没有图纸，这实用型的干栏式建筑，完全是源于实际生活的智慧。针对时不时的洪水泛滥、南方潮湿的特点，以及丛林里随时都会出没的野兽，为了安全和干燥，才有了这样的构建。这等聪明才智，令后人惊叹不已。

翻开中国建筑史，里面主要分为中国古代建筑史和中国近现代建筑史。在漫长的时光里，我们脚下的这块土地，涌现出了许许多多建筑大师和建筑杰作，特别是在古代，像故宫等传世的宫殿，就是灿烂的古代建筑文化中的瑰宝。而那些消失在历史尘埃中的著名古建筑，如被称为"天下第一宫"的阿房宫，后人只能通过遗址和史书上的文字记载，去想象它的模样。

从清末开始，西式建筑逐渐成为中国主流建筑形式，中式建筑从外观形式上日渐衰退。

建筑是有生命的，特别是古代建筑，很讲究布局、风水、人文、色彩，有一种诗意的美。工匠们虽没有资格证书，但实际上要求是非常严格的，并不是谁想当泥工就能当泥工。在过去，技术是通过师徒的形式传承的，徒弟要学很多年才能出师。

当然，古代建筑的艺术也有个从简单到复杂的过程。而现代建筑则偏重于形式的高大上，建筑过程中借用很多现代化设备，对从事此行业的人员，不同身份有不同的要求，比如需要考取各种证件。任何一个朝代，都少不了建筑从业者。

新中国成立后，百废待兴，各地纷纷成立了建筑工程队，集体或国营性质。在经济大潮中，又顺势而为，进行改制。但也有个别的企业，出于种种原因，没有及时改制或改制不成功，仍保持着原来的体制。像这类企业，当家人并不好做，因为要面对很多历史遗留问题，如果处理不好，很容易造成负面的社会影响。温州市金舟建筑工程有限公司总经理陈似松，肩负的就是这样一家有着 60 多年历史、1200 多位员工的老集体企业的振兴重任。

由于我的父亲以前从事的也是建筑业，在 20 世纪 90 年代之前，他们总是在不同的地方造房子。一开工就是几个月，甚至更长时间。一个月才回家一次。我记得很清楚，他的单位就是家大集体企业，在 2000 年之前，单位改制，他就成了下岗工人。我还以为现在已没这种集体性质的建筑公司，没想到还有，内心很好奇。

走进金舟公司总经理陈似松的办公室，感觉特别简朴。办公桌上除了一台电脑、一些待处理的文件，唯一的装饰品就是桌子角落放着的一尊木制的"马到成功"。

陈似松是个 40 多岁的中年人，看到我们，很客气地招呼。他很忙，时不时有人找或有电话进来，我们的交流就在断断续续中进行着。

金舟的创业史可以追溯到 1955 年，那是合作化达到高潮的年代，是由一群本地的木工、泥工匠组成的小团队。前任总经理周体枢是与金舟公司一起成长的建筑行业的领头者，从 19 岁开始担任建筑队队长，一直到陈似松接班才退休。

其实在 2005 年以前，金舟对陈似松来说是陌生的。他所了解的，也只是从那些真实的文件资料、图片、各种荣誉证书、退休老员工的回忆、老经理的人生经历里收集到的线索，它们铺成了一条时光倒流的路。

那条路上，有老金舟人艰苦奋斗、努力拼搏的足迹。他们参加过长江三峡葛洲坝工程建设，也参加过 1994 年温州市安居工程大会战。

有新金舟人开拓创新洒下的汗水,他们以认真、负责的工作态度,雄厚的技术力量,先后创出了"瓯江杯""玉苍杯"等20多项优质工程。从金乡建筑队到金乡建筑社,到苍南县第四建筑工程公司,再到温州市金舟建筑工程有限公司这个"新生儿",一代人有一代人的价值观,一代人有一代人的使命,大家各司其职,完成了新老交替,让金舟这艘巨轮平稳地继续前进。

这是一条曲折的路,背负着太多沉重的东西,步履容易踉跄,故每一步都要慎重。这一点,陈似松从2005年走进金舟,到2012年4月挑起总经理的重担,就深切感受到了其中的艰辛。

夜深人静之际,陈似松一次次追寻金舟人曾经创下的辉煌。

45天,七幢两层,一共57间房,创下了保质保量的奇迹。那是2002年"森拉克"台风后,金舟人承担的灾民新村建设速度。

苍南中学仁英校区、金乡镇邮政分局大厦、灵溪副食品市场、中国礼品城、龙港外滩市政工程、龙港三中、金乡二中、赤溪中学、马站中学等等工程,组成了昔日金舟的创业版图。

与此同时,是金舟的另一面,就像阳光下的阴影一样,这让陈似松的内心有隐约的焦虑。

虽说现在的金舟是2001年原苍南县第四建筑工程公司因人员没安置、财产没清算等一系列问题,改制无法进行而重新注册的一家新公司,注册资本为2618万元,但换汤不换药,新公司依然是集体性质,多个挂名股东,各种关系错综复杂,固定资产又少,退休职工又多,牵一发而动全身。2012年,他才虚龄40岁,在很多老职工眼里,他还"嫩"着呢。可既然在这个位子上,他考虑的是全局,是每一位金舟人的明天,

"牵一发而动全身"的后一句是"落一子而满盘活",他需要找的就是这"一子"。

一个个无眠的夜晚,面对沉重的负担和压力,陈似松从前任老经理周体枢留下的宝贵经验中,找到了金舟的"一子",那就是诚信和服务。

在市场经济的大背景下,金舟现有的体制是一把双刃剑,一方面有诸多的制约,另一方面又容易受到一些大项目的青睐。在差不多的技术水平与价格下,集体企业优质的服务和诚信是一项重要的加分。

陈似松是清醒的,他的目光扫过一张张资质证书,房屋建筑工程施工总承包二级、市政公用工程施工三级、装饰装修专业承包三级和起重设备安装专业承包三级,还有 2004 年通过的 ISO9001 质量管理体系认证、ISO14001 环境管理体系认证、OHSAS8001 职业健康安全管理体系认证,这一张张证书,都是助力企业发展的重要武器,要好好发挥作用。

人才,是企业制胜的法宝,陈似松的心里有一本人才账。金舟现有各类专业技术职称人员 228 人,其中高、中级以上职称人员 115 多人,一、二级注册建造师 38 人。再加上配套齐全的建筑机械设备,金舟已具有承建高、精、尖、难、大等各类建筑综合施工能力。

这也是陈似松敢于"抓大放小",集中精力接 5000 万元以上项目的底气。没有金刚钻,哪敢揽瓷器活?当金舟的牌子越来越响时,很多项目就会自己找上门来。他们就以最热忱、最诚信的服务态度,去面对客户,赢得了一次又一次好评。

这些年,金舟主要做的是工业地产,33 层以下的项目,这是二级资质的范畴。事实上,凭金舟的实力,早可以升为一级资质,只是个中原因复杂,牵涉到方方面面,太费神,就暂时按兵不动了。

　　杯中的茶水续了又续，陈似松的回忆是跳跃式的，零碎的。他说，当下的建筑业，属于高危行业，利润低，风险大，技术工人难招，竞争激烈。为了减轻企业负担，现在除了执证上岗的管理人员，普通的工人都是外招的。为了防患于未然，他给员工都投了商业保险，一次次进行安全生产风险教育，提高员工们的安全意识。每年，公司要投入大笔资金用在培训上，招进来的都需要有上岗证。没有证的，不能上岗。不同工种，分级培训，责任到人。见微知著，防微杜渐，以传承金舟质量百分百、安全无事故的优良传统。

　　前不久，发生了两起高架桥坍塌事件，还有楼房倒塌或倾斜新闻，让我们把关注的视线投向了建筑的质量问题。按规定，房子的合理使用年限一般是50年，桥梁有设计100年的。可在过去很长一段时间里，不少工程都存在着层层转包现象，特别是那些以低价中标的企业，大家心知肚明，一元钱的成本，倘若卖价只有七毛，这质量是不可能得以保证的。金舟拒绝去赚这种钱，所以也基本上不参与投标。

　　"现在好了，工程质量实行终身制。项目经理、法人、监理、业主负责人都是终身制，一旦出事，就可以追责。虽看起来严格了，但对我们而言反而是好事，谁也不敢掉以轻心。"陈似松喝了一口水说。

　　这是一名建筑人的良知，人命关天。他说，绝不能为了挣钱，放松质量这根弦。

　　闭上眼，想象。

　　一幢幢大楼拔地而起，一座座桥梁横跨两岸，一条条高架路纵横交错，一个个新区从无到有。车站、商场、小区、学校、机场，热火朝天的工地上，是建筑工人在烈日下挥汗如雨的剪影。他们吃住在简陋的工棚，酷暑寒冬，冰冷的钢筋水泥在他们手中有了温度，每块砖头带着他们的感情，每块镶嵌的玻璃映照着他们黝黑的脸庞。

于是，建筑复活了，有了强劲的心跳。

当一个项目封顶，完成任务的他们又奔向另一个项目点，这是他们的战场。

睁开眼，回到现实。

当苍南 100 多家建筑公司，几乎有一半无业务可做时，金舟却越做越大。

当一家又一家建筑公司离开金乡，金舟却牢牢扎根故土，不愿离开。

陈似松说，他们金舟人很爱自己的家乡。他指了指办公室说："这幢办公楼是我们新买的。企业做得再大，也没有想过要搬离金乡。20世纪 50 年代，我们的前辈成立建筑队，是为了温饱，是为了争口气，现在是为了给金乡做些应有的贡献。"

作为金乡的一家纳税大户，金舟一年上缴国家的税款就是好几千万元。2019 年上半年就已经上缴税款 1500 万元，在苍南县纳税百强企业中，居第 22 位。

听说金舟一年要纳这么多税，我又看了一眼这位总经理的办公室，如此简朴，真的一点也看不出来。

作为一家老企业，金舟一直很推行人文关怀，从过去的老经理周体枢到现任总经理陈似松，每年重阳节，都会把老职工组织起来到酒店吃饭，给大家发个红包，每个人脸上都开开心心的。

陈似松说，老职工对企业有着特殊的感情，他们以金舟为傲，看到企业从一家小小的建筑队发展到现在这个规模，心里是真的高兴。这种朴素的感情，就是企业文化的核心，以人为本。

"厚德载物，自强不息"，这是贴在金舟墙上的八个字，我忽然明白金舟为什么不去做低价竞标、干扰市场的事。

什么是德？

这就是德。公民遵纪守法，自我约束，做个有道德的人。企业遵纪守法，不违规操作，做家有良知的企业。就像造房子，基础打扎实了，这楼才能造得高，建得牢固，才不会成为"楼歪歪"或"楼倒倒"，给人民群众造成无法挽回的生命威胁和经济损失。

"在风雨中自强不息"，这是 60 多年来，金舟人一直牢记的宗旨。从计划经济到市场经济，金舟人转变观念，顺应潮流，不等不靠，凭着自身强大的实力，走出了一条康庄大道。

只是人无远虑，必有近忧，陈似松的脸色凝重起来。他说，金舟目前到了瓶颈阶段，想壮大，又因为这体量风险太大。可如果不能突破，不能再上一个台阶，前景就无法乐观。

金舟，金舟，这艘从金乡起航的船，从小舟渐渐变成巨轮，航道也随着船体的扩大而不断开阔。现在，这巨轮正漂在大海与大江的交汇处，等一阵强劲的风，升起高高的白帆，驶向浩渺的远洋。

这是陈似松的梦想，也是全体金舟人的梦想！

与岁月同成长

——记温州韩隆轻工有限公司董事长彭瑞坤

温州韩隆轻工有限公司董事长
彭瑞坤

这是 8 月的一个午后，天气闷热，空气里不时传来蝉的鸣叫声，很容易让人变得心浮气躁起来。当车子拐进金乡古镇的一条小巷，在一家企业门口停下来时，我对温州韩隆轻工有限公司的第一个印象，可用两个字来形容，就是诧异。

诧异，不是因为眼前气派的厂区，恰恰相反，眼前有一幢大楼正在重新装修，现场显得很杂乱。那一扇扇还没有装上玻璃的门窗，就这样无所遮蔽地迎接着四面八方的风。而从另一幢大楼陈旧的外墙可以看出岁月留下的痕迹，有些年份了。

走进韩隆的当家人彭瑞坤董事长的办公室，我又犯了一名写作者常有的"职业病"，观察环境。办公室很宽敞，但装修简朴。视线落在办公桌上，微型的奇石盆景绿植葱郁，旁边的貔貅摆件套着两串佛珠，莫非主人是个有宗教信仰的人？办公用品随意摆放在那里，并没有因为有客人来特意做些收拾。转椅背后的墙面上挂着一幅"鸿运当头"的画，寓意美好。于是在心里暗暗给主人写下评语，个性低调，不喜张扬，属于比较朴实这类。一见本人，果然给人实在的印象。

坐下来，喝一杯好茶，想着如何开口。我深知，在现实生活中，我们面对陌生人时，都会有一种天生的自我防范意识。再加上有的人善于表达；有的人肚里有货，嘴上却说不出来。要想真正了解一个人或一家企业，绝不是无关痛痒地聊几句就能找到那把进入的钥匙。特别是写人物，最好与人物成为朋友，这需要时间，直到彼此都能打开心门，坦诚相待，这样笔下的人物才会有感情，有血有肉。只是眼下条件不允许，我只能浮光掠影，试图用自己的方式去理解眼前的这位同龄人。

母亲的影响力

任何家庭，父母的言传身教对孩子的影响都是非常大的。在彭瑞坤已过去的 50 年里，母亲是他的第一位老师。他今天的成功和为人处世的方式，跟母亲的教育是分不开的。

由于父亲去世得早，在彭瑞坤的记忆里，这世上再没有比母亲更勤快的女人，她似乎永远有做不完的事，总是在不知疲倦地劳作着。每天天还没有亮，母亲就起床了，在煤油灯下缝缝补补。她有一双巧手，哪怕是衣服和裤子上打满了补丁，那补丁也都被母亲用另外的布，剪成一片树叶或一朵花的形状缝上，反而成了一种装饰。

无数个夜晚，当彭瑞坤从梦中醒来，发现母亲还没有休息。多少个黎明，当他睁开眼睛，发现母亲已开始一天的忙碌。小时候，他不懂，还以为母亲不用睡觉。长大了才知道，母亲为这个家付出了怎样的艰劳。

女子本弱，为母则刚。直到今天，彭瑞坤仍无法想象在那个吃不饱、穿不暖、物资匮乏的年代，年轻的母亲是如何把他们兄弟姐妹六个人给拉扯大的。她白天下田劳动，挣微薄的工分。晚上做手工活，以换取那么一点点的报酬。面对一张张小嘴，母亲总是想办法让孩子们多吃一口，自己实在饿得慌，就去喝水，把肚子喝得胀胀的。就这样，既当爹，又当娘，和孩子们相依为命，一天天熬着这苦日子。等政策稍微宽松点，母亲又开始做小生意，每天早早推着小车去街上摆早点摊，一分一分地把钱积攒下来。她从不乱花钱，把每分钱都用在刀刃上。

人穷志不穷，自己动手，丰衣足食，这是母亲对彭瑞坤人生观的又一个影响。从小到大，母亲在他们兄弟姐妹面前说得最多的一句话就是，"省吃俭用，免得求人"。所以再苦再累，母亲都一个人咬牙硬撑着，用自己柔弱的身子扛起这个家。她从不在孩子们面前抱怨，也从不在人前示弱，只要自己能做到的事，绝不开口麻烦别人。母亲对自己严格要求，但对别人的事却很热心。邻里间遇到什么难处，总是尽力帮助别人，从来都不求回报。相反，如果自己得到一点别人的帮助，会一直牢记在心。

母亲坚强、乐观、积极面对生活的态度，乐善好施的性格，犹如和煦的阳光，温暖着彭瑞坤和他的兄弟姐妹们幼小的心灵，造就了他们肯吃苦、不畏艰辛、心怀感恩的优秀品质和团结友爱的家族传承精神。

彭瑞坤对母亲的感情很深，因为是母亲教他如何在这个世上做一个顶天立地的男子汉，是母亲让他明白家才是最重要的。有再多的钱，倘若家宅不宁，那人生也是失败的。所以这么多年来，他和他的兄弟姐妹们不管是过去经济条件差时，还是现在生活好了时，都非常顾家。后来，他去创业，在创业路上遇到挫折和困境时，他也跟母亲一样，从不在家人面前唉声叹气、消极颓废，而是自己想办法去面对和解决。当他快要坚持不下去的时候，想想母亲操劳的身影，想想她满头的青丝被生活一点点熬白的模样，他又重新振作精神，有了挑战困难的勇气。

记忆中的那次远行

　　彭瑞坤今年刚好是知天命的年纪。网上有对男人年纪的戏言，说"20岁男人是次品，30岁男人是正品，40岁男人是精品，50岁男人是极品……"虽是玩笑，但从心理学角度来讲，50岁确实是人生的黄金时段。这个年纪的人，无论是思想、情感，还是对世界的理解、对人生的看法，以及对财富与欲望关系的理解等等，都趋向理性和成熟。为人处世方面，也进退有度，不会像年轻时那么盲目冲动了。

　　也许，对彭瑞坤而言，站在半百的门槛，回首前面走过的人生路，记忆中的那些苦和累，已在不知不觉中变得模糊起来，甚至怀疑自己到底有没有过那些经历。唯一可以确定的是，成立于1986年的韩隆，已从最初的家庭小作坊，成长为今天的一家集研发、生产、贸易销售为一体的综合性规模企业，不仅仅扎根本土金乡，还在上海开拓了新的发展空间。

　　天上是不会掉馅饼的，今日韩隆的背后，是一个人带着一群人的付出。我想，在彭瑞坤心里，韩隆应该是他的另一个孩子。虽说在遍地都是企业的金乡，韩隆的规模不算大，但在网印运用工艺、汽摩标牌及塑料电镀件的开发及制造领域，它却是浙南地区本业界的先驱者。当然，从家庭作坊的小打小闹到真正成气候，还是在 20 世纪 90 年代以后，这跟时代的进程有关。

喝一口茶，彭瑞坤陷入了沉思，想起了记忆中的那次远行。

那是 1993 年的冬天，彭瑞坤带着 1000 元去福建厦门。市场感觉敏锐的他，认为随着经济的快速增长，汽车的需求量一定会一年比一年大，那么相关的汽车配件行业也会跟着水涨船高。他想让工厂转行，决定出去考察一下。

这是彭瑞坤第一次去厦门。那时候没有高速公路，交通很不便捷，从温州到厦门要坐 20 多个小时的长途汽车。过去像这样的长途客车班次很少，可去的人多，车票自然就很紧张。买票又不像现在可以在网上买，必须到车站售票处排队购票。彭瑞坤到车站一问，没有座位票了。考虑到时间成本，他还是挤上了这趟车。瞧着车头一个位置还可以坐人，赶紧坐下来。其实那位置坐着很危险，四周没个依靠，倘若路上来个紧急刹车，人就很容易摔倒。寒冬腊月，可以想象这旅途的艰辛。不过彭瑞坤仗着自己年轻，身体好，倒也不觉得有多累。

汽车开到半路，不知什么原因，有一块挡风玻璃碎了，北风呼啦啦地吹了进来，正对着他的脸。车厢里温度迅速下降。很快，他发现自己的手脚都冻麻了，嘴巴也说不出话来。又冷又饿挨到了厦门，下车，拍打半天，好不容易让手脚恢复知觉，却感觉自己的脸不对劲，不停地抽搐，停不下来，嘴巴似乎也歪了。彭瑞坤吓坏了，没办法，只好临时改变计划，先去了医院。医生一看，说挺严重的，叫他住院。

　　彭瑞坤在医院住了一晚，等情况稍微有点好转，想到这次来厦门的目的还没有达到，身上的钱也不多了，彭瑞坤再也待不住了。他请医生开了点药，就赶紧办了出院手续，然后直奔自己计划考察的一家大企业。

　　谁知到了那家大企业，老总太忙，一时还见不到，人家劝他别等了，第二天再来。彭瑞坤不想再耽搁时间，硬是在寒风中整整等了2个多小时，冻得脸再次僵硬，终于等来了老总的召见。

　　当彭瑞坤面无血色地走进老总办公室，那张还未痊愈的脸看起来更加令人心疼，老总被他的坚持精神深深感动了。与彭瑞坤交流后，当即就同意拿一份订单给他做。也正是这一份订单，为韩隆后来的发展打下了坚实的基础。

　　这件事也让彭瑞坤明白一个道理，创业路上，坚持、不放弃、不服输的精神特别重要。

与岁月一起成长

　　成功，从来都不是一帆风顺的。彭瑞坤刚进入汽摩标牌行业时，想得很简单，以为这里面没什么技术含量。可真正进去后，才发现没那么容易。再加上当时做这一行的人很少，没什么经验可以供他借鉴，只能边做边摸索。花了近2年时间，韩隆终于生产出优质的产品，受到了客户的好评。"以精立业，满足客户需要；以质取胜，制造可靠产品；以诚相待，提供优质服务"，韩隆人就是以这种认真、负责的态度赢得了诸多国内知名企业的认可，并由此建立了长期友好的合作关系。

　　转眼，20多年过去了，韩隆的设备早已鸟枪换炮。现在公司拥有大型高精度丝网印刷机数十台，100 克到 5000 克按需选择的注塑机，全自动的流水线电镀、涂装设备等，为客户提供一条龙服务。还设有现代化实验室和成套检测设备，微机控制、微机管理。创造性地运用印刷、注塑、压铸、滴塑、烂版、镭光、磨光、喷漆、喷砂、氧化来制造各类标牌（铭牌）、贴花、吊牌、车体彩条等多种产品。公司的研制、设计及开发实力也很强，像系列的 ABS 镀铬车体标牌，皆由三维立体研发到电镀（喷涂）流水线的生产线制造。产品品质精湛，持久耐腐，标牌的金属质感有一种自带的优雅气质。

在彭董事长的办公室，我看到了韩隆生产的一些样品，各种汽车标志标牌、文字型号标牌、LOGO、摩托车标牌、三维立体软塑标牌、摩托车贴花、金属铭牌等，琳琅满目，做工精致。据介绍，标牌上一次性喷涂成型的技术还是韩隆首创的。

2008 年，彭瑞坤见金乡 8000 平方米的厂区已远远满足不了公司进一步发展的需要，做出了向外扩张的决定，准备两条腿走路。经过深思熟虑，他把目光投向了国际大都市上海，那里有小地方无法比拟的市场优势。

很快，上海韩隆实业有限公司的牌子挂起来了。与母公司不同的是，上海韩隆主要专业生产 PET、PP、PS 等塑料印胶片材，同时也是 UV 印刷、片材、化妆品、日用品等各种包装材料的制造商。

上海韩隆自创办以来，发展很迅速。2013 年，公司投入大量资金，扩大果蔬包装盒的生产。目前拥有多条先进的全自动吸塑成型生产线，是从生产 PET、PP、PS 材料到吸塑成型，再到果蔬包装盒的一条龙生产厂家。

　　这些年，彭瑞坤上海和金乡两边跑。虽然辛苦，但看着企业一步一个脚印，稳稳地走着，他觉得所有的付出都是值得的。平时，金乡这边的业务由他的外甥和外甥女负责，上海那边的业务由他与自己的二哥负责。这次之所以下决心改造原厂区，由外而内，全面提升公司形象，一方面是因为政府要求越来越高，另一方面是因为要为企业下一步的发展做好准备。这样一旦机遇来临，他就能及时抓住。

　　彭瑞坤是清醒的。虽然在金乡，上规模、做类似产品的企业不多，但大数据时代，价格都是透明的，产品利润很薄，企业想赢利，靠的是量。不过他英明的地方是，两地的厂房都是买下的，少了一大笔租金，无形中也是一个助力。

不以善小而不为

　　作为土生土长的金乡人，彭瑞坤非常热爱自己的家乡，眼下虽然把家安在了上海，但他说老了还是要回来。镇里每次有什么慈善募捐活动，他从没有因为人不在而错过献爱心的机会。他说，回报社会，尽一点绵薄之力，这是他应该做的事。

　　除了企业家的身份，彭瑞坤还是金乡镇湖里慈善工作站、湖里村公益事业联谊会会长。这会长可不是挂名的，而是实打实做了很多事。他带领联谊会积极参加社会各项慈善活动，每次他都带头出钱。募集善款，成立义工队，为村里的困难户送温暖，给贫苦学子提供捐助，开展重病患者慰问、年终孤寡老人慰问等活动，为湖里的美丽乡村建设出谋划策，为镇里的各项公共设施建设资金添砖加瓦，等等，诸如此类善举，太多太多了。

当我对金乡企业家的慷慨大方表示惊讶时，彭瑞坤却说，在金乡，这个太平常了，大家都有一颗爱心。

不知不觉，时间在一杯又一杯的茶水里流逝过去。可我想要的东西还是没有挖掘到。彭瑞坤，这位皮肤黝黑、长相憨厚的中年男人就是不肯多说。他觉得自己的企业太小了，一年才几千万元产值。他现在要做的就是宁可保守，也不冒进，每一步一定要走得稳健，这样企业才有可能长久地生存下去。

打开微信朋友圈，我看到另一个彭瑞坤。他热爱生活，带着妻儿去三亚度假，欣赏大西北的塞外风光，登华山一览众山小，品尝各种美食；参加慈善联谊会，去普陀山祈福。他也发心灵鸡汤，说做人的道理。他的微信名下写着一句话："感恩身边每一个人"。

这是一个懂得惜福的人，我对自己说。

突然想起那天下楼时，我曾看到公司楼道里挂着一幅山水画，两边写着"青山不墨千秋画，碧水无弦万古琴"。当时我还愣了一下，那对联中的"碧水"应该为"绿水"，不知是不是故意写成了碧水？我在想，或许，在彭瑞坤的心里，另有一个不为人知的精神高地吧，这也是一位企业家的格局。

红尘一梦芳华笑

——记原苍南县笑华印刷厂董事长夏笑华

夏笑华，原苍南县笑华印刷厂董事长，我喜欢称她为"夏姐姐"。第一次见到她，给我留下深刻印象的是她精致的妆容和气质。我很少见到一个年龄超 60 岁，还敢用粉红色口红的女人，这不是一般人可以驾驭的色彩。但用在夏姐姐身上，却很协调，让人眼前一亮。她的穿着打扮，时尚、讲究，身材又保持得非常好，纤细、苗条，

原苍南县笑华印刷厂董事长
夏笑华

这让她看起来要比实际年龄小得多。

这是一个很懂生活的女人。

与夏姐姐交流后，我发现她是一个外表柔弱，可内心极其强大的女人，她的人生经历就是一本书。一个大写的女人，生来就不普通。

先行者的勇气

出生于 1954 年的夏笑华是金乡人，从小生活在古镇的北门大街。这里的好风好水滋养着她的心灵和容颜，少女时代的她身材高挑儿、天生丽质，走到哪里，都是一道靓丽的风景。骨子里，夏笑华不是个传统的女孩，她很有想法和主见，人又聪明，学什么都快。在 20 世纪 70 年代，夏笑华就跟着父亲学裁缝制衣，想着有了这门手艺，将来饭还是有的吃。

夏笑华是个特别能吃苦的人，胆子大，勇于尝试。为了生活，她又去做餐饮。在三百六十行里，餐饮是很辛苦的一行，每天起早摸黑不得闲。那是 80 年代初期，做小本生意的人并不多，夏笑华总是先人一步。再后来，她又去学了美发技术，开美发店。到 90 年代初，当北门大街成为温州市著名的小商品市场时，每天有很多来自全国各地的客户集聚，夏笑华找到了下一个风口的位置。

说干就干，夏笑华不喜欢拖泥带水，她身上很有"大女主"的气魄。夏笑华关了生意兴隆的美发店，把之前赚的钱集中起来，又借了一部分，购买了一台单色"立飞"印刷机，办起了家庭印刷厂，踏上了一条艰难创业的路。

这个决定，很多人不理解，不做自己熟悉的行业，去涉足一个完全陌生的领域，这女人的心思是不是太活了？夏笑华对自己认定的事，一向坚持，不理会旁人怎么说。她承认自己对印刷行业一窍不通，可又有什么关系呢？她肯学，从零开始，从头学起，她相信自己一定可以。

办厂比开店要难得多，遇到的事情也多得多，工厂办起来了，可没有业务怎么办？夏笑华拿出当年做餐饮摆摊的精神，每天去街上摆个小摊，把样品放在摊位上，等客户上门。这样摆了半个月，接了一些印制《小学生手册》、奖状之类的简单产品业务，迈出了家庭工厂创业的第一步。

这个过程是曲折的，遇到的困难和付出的辛劳，绝不是三言两语就能说得清楚。对夏笑华来说，既然选择了这一行，那就只有一条路，好好干，不但要站稳脚跟，还要做出成绩。

人生从来都是有得有失，老天爷若想成就一个人，必先磨炼他的心智。正当夏笑华的事业慢慢有了起色之时，她的婚姻却出现了问题。曾经相爱的人形如陌路，彼此放手，无疑是正确的选择。但这个社会对婚姻失败的女人多有偏见，一个女人若离了婚，还带着孩子，再嫁的难度比男人要大得多。有些朋友就是这样劝夏笑华的，让她忍忍就算了，可她心意已决，不想再凑合下去。

一家背负着190万元债务的工厂，4个还没有成年的孩子，走向中年的年纪，命运看起来很不公平，可夏笑华却微笑着饮下了这杯生活的苦酒，然后拍拍手，迎着风雨，勇敢向前。她发誓，再苦再累，也一定要把孩子们培养好，要把工厂办好，办成功。

离婚后，夏笑华更忙碌了，她没有工夫去哀叹，时间不够，精力不够，恨不得把一天24小时掰成48小时来用。她是个理性的人，伤春悲秋的事跟她无关，她很务实，喜欢用行动来证明。

迎着风雨前行

1995年，温州迎来了第二次创业热潮，夏笑华紧紧抓住这难得的机遇，把家庭工厂晋升为规模化工厂，从手工到机械，那是一个质的飞跃。

新工厂，以她的名字命名。

新的事业旅程开始了。

夏笑华似乎变成了一个超人，从等客上门，到主动寻找机会，她深知天上不会掉馅饼，不付出哪来的收获？名义上，她是笑华印刷厂的老板，是厂长，实际上除了厂长所需要担起的责任，她还是财务、技术员、销售员等。同时，她又是4个孩子的单身母亲。这两个角色，无论哪一个，要演好都非易事，更不用说两个一肩挑了。当一个人无路可退的时候，一定能爆发出隐藏的潜力。夏笑华就是如此，她瘦弱的身躯硬是扛下了命运赐予的重压，无论再苦再累，她都不吭一声，咬咬牙挺着。

人非草木，夏笑华再坚强，也是个小女子，心情郁闷的时候，她就偷偷去喝酒，然后借着醉意大哭一场。第二天早上起来，她又精神抖擞地去做那些永远也做不完的事。

1999年，夏笑华依靠党和政府的优惠政策，获批金乡第二工业园区3亩土地。夏笑华不惜血本，建成了4000平方米的现代化厂房，员工搬进新厂房，干活的劲头更足了。大家替自己高兴，也替夏笑华高兴。这工厂凝结着夏笑华的心血，是夏笑华的精神、事业所依。

工厂上规模了，夏笑华明白，能否加强企业的凝聚力，提高员工的觉悟，发挥他们的积极性、创造性及主人翁精神，始终是决定企业成败的重要因素。她的目光触及企业员工文化素质的深层，在人员管理等方面迈出了实质性的一步。

首先，找员工谈心，晓之以理，动之以情。同时，开展以抓产品质量为核心的生产自救，大刀阔斧改革用人制度，宣布用人原则是"用人所长，避人之短；记人之功，忘人之过；要换思想，不要换人"。在实践中，让员工放下思想包袱，振作精神，轻装上阵。其次，抓分配制度的改革。在科学核定各种生产定额的基础上，以产品质量为核心，工资全额浮动，工时定额计件，实行重奖重罚。出合格品的，拿本份单价工资；出优质品的，拿双倍工资；出次品废品的，不但没有工资，还要处罚。这些奖罚措施的出台，极大调动了工人们的工作积极性，次废品率大大降低，产品质量得到进一步提高。

厂里还增添了海德堡、四色机等系列印刷设备。当时，她的厂以请柬、红包等小产品作为主打产品，这些小产品品种繁多，价格低廉，很受市场欢迎，但因没什么技术含量，所以竞争十分激烈。夏笑华看着新厂房和新设备，心里很清楚，这么大的投入，倘若业务量没有跟上，不要说发展，就是生存都会成大问题。上哪里去找一片未曾开发过的销售处女地？如何打开外部市场的销路？夏笑华陷入了深思。

经过多方调查，夏笑华将目光锁定在义乌市场，那是个蕴藏着无限商机和活力的地方，只要产品能进入这个全国知名的小商品集散地，何愁没有销路？

主意打定，夏笑华踏上了前往义乌开拓市场的路。过去公路路况都不是很好，夏笑华坐在长途汽车上，被颠得头晕眼花，她晕车了，一路吐过去，直到什么都吐不出来。好不容易熬到站，下车，跌跌撞撞去厕所。结果眼前一黑，差点掉了进去。

那一刻，夏笑华的眼泪突然流了下来。

这个社会，喜欢以成败论英雄。很多人只看到别人成功的辉煌，却不知成功背后别人付出的辛勤汗水。单身女人闯江湖，本身就很容易给人想象的空间，而一个优秀的单身女人在创业路上更令人嫉妒，流言蜚语时不时传过来，夏笑华根本没空去搭理那些无聊的人和事。她凭着自己那股敢闯敢拼的韧劲，一次不行，两次，两次不行，三次，坚持着，坚持着，直到走出一条属于自己的路。

就这样，业务一点一点多了起来，义乌的红包市场也被她打开了。凭着过硬的产品质量和良好的信誉，她的产品通过义乌市场这个总枢纽，源源不断地发往广州、武汉、重庆等地，走向全国。

胜利的曙光就在眼前，可没有人知道，每天早上醒来，夏笑华满脑子都是还欠了多少钱，这个月要还多少利息。为了企业发展，她借的可是 1.9 分和 2.1 分的高利贷。这债务就像一座沉重的大山，压得她喘不过气来，她省吃俭用，对自己苛刻到极点，只盼着早日把身上这沉重的包袱给卸掉。在笑华印刷厂，工人工作 8 小时，她就工作 12 小时。如果工人加班，工作了 12 小时，她就干 16 小时。工人们说起夏笑华，都摇头说，从没有见过这么拼命的老板。即便后来条件好了，她也一样能吃苦。去上海谈业务，凌晨三点出发，半夜回家。大冬天的晚上，冻得她直发抖。

就这样，迎着风雨前行，夏笑华终于成功了，成功的秘诀里有一个叫"少一厘"的结账法。每次结账，她都会根据合同上的价，主动减去一厘让利给客户。她的理由是，自己是单身女人，不太方便请客户喝酒抽烟吃饭，这让利的钱是她的一点小心意，请客户自己去买包烟抽。不要小看这一厘，请柬、红包之类的小商品本来就利薄，全靠量，一年到头，数量巨大，让利也不是一个很小的数目。而对客户来说，此举不是少给一厘的问题，而是夏笑华真诚的态度，让人暖心。

爱笑的人运气不会太差

夏笑华的名字里有个"笑"字，而她也特别喜欢笑。她年轻时候从事的都是服务行业，母亲曾跟她说过，做生意，一定要面带微笑，态度要好，和气生财。这么多年，夏笑华一直牢牢记着母亲说过的话。她听人说过，爱笑的人运气不会太差，所以无论在生活中，还是在创业路上，遇到的困难和挫折，夏笑华总是微笑面对。她的眼泪只在午夜，没有人看到的时候悄悄流着。

说起过去，夏笑华特别地感恩。感恩金乡镇企业家协会多年来对她提供各种帮助；感恩在她事业的低谷期，她的朋友们向她伸出援助之手。有的朋友交给她存折，有的朋友甚至把家里的房产证交给她，让她去银行贷款。这不是谁都能做到的。夏笑华向朋友们郑重承诺，"我这一辈子都不会离开金乡，欠的钱一分一厘都会还清，请大家放心"。她说："虽然我是个女人，但男人们能做到的事，我一样可以做到。"

时间，证明了夏笑华的人生价值。

当夏笑华收获了成功的喜悦后，心怀感恩的她，开始了回报社会的义举。

她的富有，表现在慷慨与吝啬的统一上。

她是慷慨的，这些年陆陆续续捐赠了几十万元给社会，积极参与扶贫救灾活动；她又是吝啬的，不愿意在自己身上多花一分钱。

她是慷慨的，把宝贵的时间毫不保留地奉献给孤寡老人，资助贫困学生，捐赠慈善机构；她又是吝啬的，不愿为个人多耗费一点时光。

她关心厂里的每一位职工，谁在生活上遇到了实际困难，她都想办法帮助解决。曾有员工因意外事故受伤，夏笑华当即亲自送员工去温州市区就医，全程陪护，令员工家属非常感动。以心换心，办厂多年，她和员工之间的关系，像家人一样。

作为一名女企业家，夏笑华特别关注家境困难的农村妇女。她们由于需要照顾家庭而无法全职务工，夏笑华就将一部分业务外包，让她们带回家去做，这样她们既能两头兼顾，又能增加经济收入，一举两得。

夏笑华笑称自己有两个娘家，其中一个娘家就是金乡镇企业家协会。只要协会有事，她都义不容辞，积极响应与参与。

2016年，由9位会员企业家投资4000万元新建的金乡镇企业家协会大楼圆满落成，夏笑华就是其中的一位。大楼建成后，她和其他8位企业家一起，决定把大楼的副楼二至三层，约850平方米的产权无偿捐赠给金乡商企协会办公使用。这是夏笑华对企业家协会这个"娘家"表达的一点心意。

现在的夏笑华苦尽甘来，正在享受人生。她的4个孩子早已成家立业，考虑到没有人接班，4年前，她把企业租掉了，她想换一种活法。60岁对她而言，只是新的开始。她要留更多的时间给自己，去做自己喜欢做的事。平时，她最爱到企业家协会来坐坐，在秘书长办公室喝一杯茶，交流各种信息，参加企业家协会组织的各类活动。她是很多年轻企业家心里的"大姐"，他们对她都非常尊重。

在一个夕阳西下的黄昏，夏姐姐带我去狮山公园。她穿着一件无袖的紧身黑色线衫，黑色包裙，中跟的黑色皮鞋，腰身笔直地走在我前面。从背影看，谁也不会相信她的年纪，她是那样的风姿绰约，浑身散发出成熟女性的魅力。她的整个状态非常年轻，我想，那一定得益于她有一颗热爱生活的心。

在山上欣赏了晚霞满天的绚烂，穿过了金乡著名的樱花林，她又带我到街上品尝了著名的沈氏猪蹄。

那天晚上，我们沿着漂亮的绿道，绕着古镇而行。一路上，夏姐姐骄傲地向我介绍金乡企业家们的善举。为了福泽乡人，他们出钱出力，从不吝啬。走进一个亭子，看到很多人坐在那里纳凉、聊天，我真心羡慕金乡人的幸福生活。夏姐姐指着亭子外的一块石碑告诉我，这亭子是金乡妇女身心健康俱乐部的会员捐赠的。不用说，这里面肯定有她的一份爱心。

从言语中，我一次次感受到夏姐姐对脚下这块土地的爱。这爱，如此朴实，又像那大朵的红樱，是那样的迷人……

从微小到宏大

——记苍南县宏大工艺品有限公司总经理张登安

苍南县宏大工艺品有限公司总经理
张登安

门，打开了。

这是一间徽章样品室，目测有好几百平方米，除部分体积比较大的LOGO摆放在一个角落之外，其余的都在靠墙的橱窗里。看过去显得特别的空旷。

主人开了灯，光源照在橱窗里。一下子吸引了我的视线。

我从没见过品种如此多如此精致的徽章。慢慢数过去，嘴里轻声念叨，标牌、酒标、袖扣、领带夹、裤牌、帽徽、领花、肩徽、电铸标、奖牌、奖章、贵宾金（银）卡、不锈钢制品、挂饰、钥匙扣……数着数着，我不由得嘀咕了一句，怎么会这么多啊！

主人在旁边微微一笑说，这还只是部分，还有很多没有陈列出来。

我"哦"了一声，暗笑自己的孤陋寡闻。

目光再次落在这些小玩意儿上，色彩和形状各异，不同材质给人不同的质感。即便是只有指甲盖那么大的徽章，做工也极其精美，令人爱不释手。从这个细节可以看出，这家公司的技术实力是非常强大的。

我在一组中国风书签样品前停下脚步，我在书店里买过这种书签，很漂亮，薄薄的，泛着金属的光泽。图案有山水的，有花草的，具有中国画的意韵。很想请主人拿出来让我仔细欣赏，但又不好意思说，只能多看两眼。这组书签穿着红色的丝线，每根线上编了一个小小的中国结，看样子是出口用的，因为我看包装纸上写的是英文。我以前买的是铜质的，以为这也是，再看，上面印着"24K gold plated"，原来是24K镀金，属于高端文创产品了。市场上，这类产品还是很受人欢迎的。因为其不仅仅有书签的功能，本身也含有文化的信息符号。自用或送礼，皆合适。

我还看到很多别的国家的徽章。主人介绍说，这是他们为美国、沙特阿拉伯、西班牙、意大利、阿联酋、约旦等国家制作的各类徽章，还有奖牌、纪念牌、勋章及标志牌等物。前些年在温州注册了一家公司，有一个办公室专门负责找外贸代理。

这一屋子的样品，给我印象最深的是一只栩栩如生的凤凰，珐琅材质，色彩鲜艳，造型优美。特别是那双凤眼，像活了一样。凤尾弯曲有力，伏在黑色的绒布上，特别显眼。

太美了。我不由感叹道，这不是工艺品，而是艺术品了。

主人很谦虚，他说现在公司的高端产品只能拿到苏州去做，那些要求含金量或含银量必须达到多少的产品，目前他们还没这设备。至于中低档产品，在温州、平阳、金乡都可以做。

走出样品室，见外面的茶几上放着一盒党徽，小巧、完美。我不是党员，可看到这么精致的党徽居然也会忍不住问主人讨了两枚，带回去留作纪念。抬头看到墙上写着"金乡镇轻工小微园区党群服务中心"的字样，有些不明白。

主人看出了我的疑惑，解释道："这幢占地面积10000多平方米的大楼是公司造的，这一层免费给园区做党建用。"

我问："你是党员吧？"

主人摇摇头说："我还不是党员。"

我不禁向这位中年男士投去了敬佩的目光，想着金乡的企业家思想境界真的好高，不简单。

说了半天，忘了介绍主人了，他就是苍南县宏大工艺品有限公司总经理张登安。

如果说样品室已经让我大开眼界，当到了这幢楼的最高层，看到花草葱郁的屋顶花园、职工阅览室、运动室、休息室等配置，我更是惊讶得半天说不出话来。这位企业家分明是个既有生活情趣，又有情怀的人，关心职工落在实处。在这样一家企业工作，我想员工们的心情一定是愉悦的。

走进茶室，坐下。一边听着窗外的雨声，一边喝茶聊天，时间不知不觉就过去了。

在金乡，说到徽章，不得不提一个人物，那就是著名的徽章大王陈加枢，没想到张登安跟他有着很深的渊源。

端起茶杯喝一口茶，张登安陷入回忆之中。

他看到虚龄15岁的自己，初中未毕业，就离开学校，走向社会。

他走进陈加枢的徽章厂，成为一名车间的一线工人。厂里没有比他年纪更小的人了，在那些师傅们眼里，他分明还是个孩子。

那时候做徽章靠手工，冰冷的铁锤握在 15 岁的少年手中，他开始在一敲一打中，潜心学习技术。

这世上有一种人就像金子一样，即使埋在沙子里，也早晚会露出耀眼的光芒。在车间里，年少的张登安人小志大，人聪明又实在，记性好，学习能力又特别强，很快在员工中脱颖而出，引起了厂领导的关注，作为重点培养对象。

"我在车间里待了差不多 3 年，去了七八个车间，掌握了做徽章的所有工序技术。"张登安说。

也许是因为时间过去久了，也许是往事不想多提，张登安只简单介绍了他在陈加枢的徽章厂工作了 13 年，离开是因为结婚，有了孩子，生活太困难，所以提出辞职，出来自己干。他没说具体情况，我只记住了一点，他曾担任过那家厂的技术厂长。

"你是哪一年辞职的？"我问。

"1998 年就出来了，也做徽章，只是刚开始没有客户。"张登安说，他之前一直在厂里做技术工作，业务上并不熟。

"我一看这样不行，又给人家打工去。不过不是管技术，我需要业务经验，所以选择了跑供销，那几年重点跑天津与北京市场。几年下来，积累了不少这方面的经验。"

我在本子上写了一句：这是个头脑非常清醒，清楚自己要什么的男人。

张登安似乎看穿了我心里的想法，笑着指了指旁边架子上的一张全家福。五口之家，2个男孩，1个小姑娘，再加上英俊的男主人和他漂亮温柔的妻子。从照片上可以看出，3个孩子的年龄有一定差距。

我忍不住脱口而出："超生啊！"

张登安看着照片，目光变得柔软起来，他说："事业要做好，家庭也一定要照顾好。"

转过头，张登安说："我这个人做任何事都很有计划性，比如生孩子。我3个孩子最小的今年11岁，老二16岁，老大21岁，都相差5岁。做事业也一样。宏大正式成立时间是2007年，之前办了个小厂，从1998年出来到2007年，我一边学习一边自己做，什么不懂就去学什么。我是真正的白手起家，那几年真的很艰难。后来机遇来了，就紧紧抓住，才一步步发展到今天。"

想起社会上流行多年的一句话，即"男人有钱就变坏"，再看看照片上那一家人幸福的笑脸，和坐在对面的这个男人说起家庭时脸上的满足感，我才发现这句话有多片面。真正的成功者，应该就是事业和家庭两手一起抓，这样才是真正的幸福美满。

张登安对一枚枚或大或小的徽章有着很深的感情，在他眼里，每枚徽章都是有生命的，具有象征意义。他对徽章太熟悉了，从原始的铁锤敲打开始进入这行业，到后来的机械化操作，他经历了每一个发展阶段。

在宏大的车间里，现在就有模具雕刻机、自动上色机、注塑机、压铸机、激光机、300吨油压机、160吨摩擦压力机、100吨摩擦压力机、60吨摩擦压力机以及其他冲床数十台。从过去只能生产粗糙的产品发展到现在生产高精密度的各类金属塑料及高难度的产品。金、银、铜、铝、新合金等各种材质，都有不同的工艺要求。从图纸设计到成品，每一道工序都在他的脑海里。每次产品出来，他喜欢拿在手上细细把玩，内心充满了成就感。

说起来可能无法令人相信，宏大刚开始一直走国外路线，没有开发国内徽章市场。问原因，张登安居然说，主要是考虑到做国内市场，会碰到昔日的领导陈加枢，觉得难为情，所以放弃了。多年以后，他才发现自己这个想法是不对的，国内市场这么大，他不去与陈加枢竞争，自然会有别人去竞争。既然如此，宏大为何不去试一试？

观念转变，效果马上就出来了。一个有着八九十个供应商激烈竞争的标的，宏大凭着自己的实力中标了。想想刚办厂时，就因为回避了国内市场，所以才会走得那么累。毕竟，国际市场不是那么容易就能分到蛋糕的。难怪有人说张登安很傻，哪有他这样做生意的？对此，张登安也只是笑笑，没有反驳。对他来说，有很多东西比赚钱要重要得多。

"我现在特别后悔一件事，就是这么多年，宏大没有创建自己的品牌，一直在为他人做嫁衣。钱虽然是赚了一些，但没有品牌，做得再好，也是给别人贴金。"

水壶里的茶，泡了一次又一次，味渐渐淡了。

张登安在反思。他做了多年的国外业务，找的全是代理，机会全部给了别人，回过头来看，这实在是一个重大失策。等他明白过来，已白白浪费了这长长的岁月。

2019 年，张登安决定调整策略，创品牌，上规模，他要让别人知道宏大，让宏大走得更远。

思路决定出路。

当张登安下决心踏上从微小开始走向宏大的路，他的企业也受到了苍南县和金乡镇政府的高度关注。因为政府急需要高科技、规模化的企业，而宏大完全符合这标准，政府派驻了助企干部，不是形式上的，而是实实在在发挥作用，给公司各种关心和提醒。

"在这个行业，若想站住脚跟，老板就要亲自上阵，带着团队去做，这样才靠得住。"

对技术这一块，张登安还是很有信心的，他有多年的专业经验，在实际生产过程中，一旦发现问题，都能及时处理，提前布控，避免大的损失出现，

企业上了一个台阶后，张登安眼里的徽章市场无论是宽度还是广度，都不一样了。他的思想已从过去的小富即安中走了出来，从保守的"守业"转变为接受挑战的"开拓"，这是一个华丽的蜕变。

随着站的高度提升，视野越发开阔起来，他发现了一个问题，管理团队没有跟上来，于是就花大力气进行组织培训。特别是一些大学生业务员，不懂市场，在网上乱报价，这是重点培训对象，以杜绝类似现象再次发生。

创品牌非一日一夕能成，需要时间和空间的累积。张登安明白这个道理，所以他不冒进，而是稳打稳做，稳中求发展。让他开心的是，由于思路拓宽，2019年的业绩不算太差。比如广东省的消防徽章交给了他们制作，这一单就是700多万元的业务。产品交付后，客户非常满意。现在全国有几十个城市的名校来找他们做LOGO，还有龙港环城路的奖牌等本地区的业务。有的企业在等米下锅，宏大却处于饱和状态。

自然，国外的业务也一点没放松。

张登安很感慨地说，"国外有一种电影营销模式很不错，比如动漫

电影，他们是垄断的。就会针对观众推出福利购票，每一张电影票附赠一枚与电影相关的卡通或动漫小徽章，很受那些喜欢动漫的年轻人欢迎。我们经常接到这样的单子，希望以后国内也有类似的营销，这样我们的徽章市场就更大了。"

作为农民的孩子，有钱的张登安身上依然保持着土地般的纯朴，他并不是个只顾自己闷头赚钱的人，当他有条件可以帮助别人时，他早已暗暗伸出了援助之手。

"常怀利他之心，做个品德高尚的人，就会拥有健康、快乐和智慧，抗压能力和成功几率会成倍增加。作为一名企业家，做慈善，回报社会是应尽的义务。帮助别人，快乐自己。"

不是党员的张登安说出的这一番话，分明比一般党员还具有党性。这种自律和觉悟，值得我们学习。

我突然明白他为什么愿意拿出一层楼免费给园区做党建用了。现在社会，最难的就是有利他之心。因为利他之心，只有真正有智慧的人才会拥有。想起曾经看过的一篇文章，说到日本长寿企业的经营秘诀，共十二个字：尽精微，利他心；择一业，终一生。我不知道张登安有没有看过这经营秘诀，事实上，他正在做的，正好契合这十二个字。有着这种初心的人，他的事业之路必定会越走越顺畅。

窗外的雨终于停了，茶水已淡，我们的交流暂时告一个段落。

走出茶室，我看到屋顶花园的花花草草经过雨水的滋润，变得那么灵动和富有生命力。

张登安说："之所以建这个屋顶花园，是因为想让员工们在紧张的工作之余，有个放松的地方。大家可以走一走，看看花草，或坐下来喝杯茶,吹吹牛。只有好好生活,才能好好工作。"

我说:"你真是一位善解人意的好老板。"

雨后的空气特别清新,栅栏上有花朵在风中摇曳。我站在园区,仰起头看向那高高屋顶上的"宏大徽章"四个大字,坚信,用不了多久,宏大这个品牌一定会在徽章市场的天空中彻底地响亮起来。

经历是无价的财富

——记温州市博威标牌有限公司总经理彭瑞秀

我们去温州市博威标牌有限公司。

让我惊讶的是，这家公司并非地处闹市，而是坐落在一个被青山环绕的村落里。一幢非常考究的大楼在蓝天下矗立着，它与四周不同，却又显得特别和谐与宁静。

招待我们的正是这家公司的掌门人：彭瑞秀。他是一个长相憨厚老实的中年男人。

坐在茶桌前，看陈年的

温州市博威标牌有限公司总经理
彭瑞秀

普洱在壶里苏醒。洗杯、闻香，捧起这杯汤色浓郁的茶水，喝一口，静静聆听坐在我对面的这位男人讲他的人生经历。话虽简略，但也能看出一个人的成长轨迹。

彭瑞秀出生在农村，家境贫寒，兄弟姐妹多，因此发家致富这个愿望的种子便牢牢埋在少年的心里。他总希望，会有那么一个机遇让他有足够的能力，翻转命运那张牌。

他是幸运的。

改革开放给中国人打开了一道陌生的门，过去令人"谈虎色变"的私营企业，有了国家鼓励和提倡的政策，那些不甘平庸的能人纷纷摩拳擦掌，奔向经济大潮。

20世纪90年代初的金乡，到处是家庭作坊，年仅16岁的彭瑞秀在古镇开了一家业务门市部，承接制作饭菜票、标牌还有徽章等小业务。不久，他离开家乡，投身于茫茫商海，去全国各地开拓业务。有的业务自己做，有的外包给别人加工。

这不是一般的辛苦，彭瑞秀一年中有大半时间在外奔波，那时候没有便捷的交通，出个门要坐好几天的长途车，冬夏两季，条件尤为艰苦。住宿更不用说了，很多时候为了省钱，就住招待所的地下室。他没有任何靠山，唯一的资本是年轻。夜里翻查着中国黄页（企业名录通信资料），白天挨家挨户推销，看遍脸色，受尽冷漠。可即便一次次碰壁，他仍怀揣着希望前行，毫不犹豫地走向下一个目标。

"不是每次出去都能接到业务的，有时候出差，还没见到客户便被拒之门外。钱财花光，精力耗尽，只好狼狈回家。曾经有一次，口袋里连买包方便面的钱都没有，只好饿着肚子。"说起过往，彭瑞秀脸上露出缅怀之情，"我跑了多年的业务，也算是识人无数。现在回过头想想，我很感谢那些冷漠的人，就因为他们曾经那样轻视我，所以我才越发努力寻找成功之路。而热情对我的人，我一直铭记在心，在我遇到挫折的时候，那份温暖给我勇气，让我冲破重重阻碍，从困境中走出来。"

我很欣赏彭瑞秀对待人生的态度，所谓心态决定成败，一个好的心态确实可以扭转乾坤。问他创业路上有哪些难忘的记忆？彭瑞秀笑着说："我创业从来都不是一帆风顺的，总是过了一个坎儿又一个坎儿。而最难熬的是1998年的金融危机，很多合作企业倒闭或处于半停工状态。由于过去的经营模式是货到付款，我绝大部分货款追不回来，有些客户拿货抵债，有些客户已联系不上。资金链短缺，又欠供应商货款，陷入两难境地，当时万念俱灰。不得已，我又给人家做包装加工来维持生计。那个时候，我们还没有品牌商标意识，遇到打假，牵扯其中，又是关门又是罚款。一次接一次的打击，使我陷入绝望。"

虽然过去这么长时间了，可至今想起，彭瑞秀仍心有余悸。那是一种身陷黑暗，看不到光的绝望，是他人生中最难挨的一段历程。那些不分昼夜的迷惘与无助，那一次又一次的失败，如万丈深渊，足以摧毁一个人的精神支柱。值得庆幸的是，事业上的重创并没有击垮这个不甘命运摆布的男人，他迎着暴风雨前行，让生命在挫折的洗礼中变得更加厚重。

彩虹总在风雨后，当朝阳穿破云层，喷薄而出，天地一片光明。

"我的生命旅程中有几个好朋友，我一辈子也不会忘记他们对我的恩情。若没有他们，想必也没有现在的我。他们在我最困难的时候雪中送炭，把陷入困境的我从泥潭中拉出来。在我身无分文的时候，出差的车旅费、伙食费都靠我那几个朋友资助。我至今还记得有一个朋友说的一句话，他说，'阿秀啊，失败并不可怕，咱们重头再来就好。你还年轻，有精力，怕什么？你要多少资金，我支持你'。他的话点燃了我心中的那份悸动，给了我东山再起的勇气。我已经一无所有了，再拼搏一把未尝不可。"

彭瑞秀的声音里带着一丝哽咽，男儿有泪不轻弹，只是未到伤心处。我想，这不是伤心，这是知遇之恩。我感受到他内心涌动着的有激动，有感恩，还有其他难以言表的情绪。人世间，锦上添花的人多，雪中送炭的人少。在落难的时候，谁伸出了援手，是值得一生铭记的。对于今天的他来说，成功来之不易，那是踏着一次次失败的脚印走来的。他坚信，只有禁得住风霜雨雪侵袭的人，才能笑着站在命运的峰巅感受另一重天地。

几经浮沉，2007年，彭瑞秀注册了博威公司，并于当年通过了ISO9001国际质量管理体系认证。2008年，博威公司带头研发了金属标签，替换了传统纸类标签，填补了市场空白。

而酒标是博威公司主打的产品。"严格控制品质，创新设计标牌"是博威人正在做的事情。在彭瑞秀的办公室里，独特、精致的金属酒标贴在玻璃酒瓶上，配着晶莹剔透的液体，尽显"高大上"。

彭瑞秀说，他们的每一道工序上都有一个专业的技术人员，从研发到设计再到产品，都尽可能追求完美。

说起标牌，针对熟悉的专业，彭瑞秀的话瞬间就多了起来，不再是一问一答模式，他仿佛开了闸的洪水开始侃侃而谈。

彭瑞秀认为，酒标是一瓶美酒的开场白，如一件华丽的衣裳，展示着一瓶美酒独有的风格和气质。

"'借问酒家何处有？牧童遥指杏花村。''明月几时有，把酒问青天。''葡萄美酒夜光杯，欲饮琵琶马上催。'前有古人作诗留给我们关于酒的浪漫情怀，后有我们博威人做标给美酒锦上添花。"彭瑞秀一脸自豪地说。

或许，这也是彭瑞秀涉足金属标签生产的原因之一吧？我猜测，他是想让美酒更长久地留存于世；让这多情的开场白，不因尘世的风雨而失去芳华。

让彭瑞秀遗憾的是，当这款费了博威公司研发团队很多心血的新产品推向市场时，一开始并没有得到认可，更不用说受欢迎了。一是人们习惯了纸质标签，对金属标签一下子适应不过来；二是金属标签的成本要比纸质的高得多，厂家考虑到成本，自然就放弃了。面对困境，彭瑞秀并没有气馁，他坚信金属标签早晚有一天会占领标签市场的半壁江山。

事实证明，随着人们生活水平的提高，包装越来越追求完美。公司在经过多年全球化多平台的推广后，那些高档奢华的金属标签渐渐地吸引了人们的目光，受到了越来越多追求高品质厂家的欢迎，慢慢有了今天的市场。

在公司的样品间里，摆放着各种工艺的金属酒标，一眼望过去，琳琅满目，让人应接不暇。经仔细观察，我发现绝大多数是国内外知名品牌的葡萄酒标。彭瑞秀说，博威的酒标产品刚开始的主要市场在俄罗斯和法国，经过多年的努力，产品已畅销于亚洲、欧洲、大洋洲、北美洲等地区，而今年的贸易战对公司业务还是有些影响的。

这让我突然想起一句话，"覆巢之下，安有完卵"。唯有国泰，才能民安。在时代的洪流中，我们都是参与者与亲历者，谁也无法逃离。作为一家实体企业，更是与国家的经济政策息息相关，牵一发而动全身。

在样品间，除了摆放着各种工艺的金属酒标，还有化妆品金属包装，如口红外壳、粉饼盒外壳等，做工十分精美。彭瑞秀解释道，现在酒包装的市场竞争激烈，所以从2018年开始，他们又开拓了化妆品包装市场。

博威公司坚持打自己的品牌，公司拥有几支专业团队，根据客户要求进行构思，从研发设计到产品，公司一条龙服务。为了让设计人员时刻保持敏锐的嗅觉，每年彭瑞秀都会带着设计人员去外面考察学习、开阔视野。

彭瑞秀介绍道，现在公司有建筑面积为3000平方米的厂区，员工80余人。无论是研发团队，还是销售服务团队，实力都非常强大。这些年来，公司不断变革材料、工艺和设计，耗巨资引进了世界先进的卷筒式自动化设备和业界领先技术，日产量达到了近20万件。2018年，博威通过了ISO4001国际环境管理体系认证。

当我说他这幢办公楼很气派时，彭瑞秀欲言又止。我很好奇地问他有什么难言之隐？他犹豫了一下，还是跟我说起这幢楼的前尘往事。

彭瑞秀是这个村庄的人，这幢楼建在他家的宅基地上。办厂多年，之前的厂房一直是租的，没规模，因此流失许多客户，这让彭瑞秀痛下决心，一定要有属于自己的厂房。由于金乡土地资源匮乏，政府无法供应多余土地，他就想到了这块宅基地，他向当地政府提出了申请，费了很多周折，终于批了下来。

"2015年开始建，一直到2017年才结顶，造了整整3年。是不是很不可思议？为什么这么久？是因为在建造的过程中，遇到了种种的阻碍。你也看到了，我们这里是农村，农村人比较迷信，喜欢讲阴阳风水之类的，隔壁那些邻居认为这幢楼影响他们了，从动工开始，经常有人来吵吵闹闹，搞好东家西家来，更严重的甚至行凶作乱，导致工程无法施工，一拖再拖。而我们秉持着一个理念，以和为贵。能用钱解决的事情都不算大事情。为了这幢楼，我们耗了很多财力精力，每次都是用钱来大事化小小事化了，最后总算竣工。2018 年，公司搬进来，业务量增大，厂房不够用，我就在后面搭建了 700 平方米的临时车间，结果被人举报，政府过来拆除，又耗费了几十万元。办实业，真是不容易，特别是像我们这样的小企业，真的希望也能得到政府的扶持。"

面对当下，彭瑞秀是清醒的。他感叹社会在迅速发展，做生意的模式跟过去完全不一样了，所以为了跟上新时代的脚步，公司聘请精英团队打造市场。无疑，彭瑞秀是睿智的。

"博威现在合作的都是大企业、上市公司，比如张裕、茅台、五粮液等国内大型酒厂，以及国外一些大的品牌，如 Beluga 等。而他们对企业的要求越来越严。这个地方虽然是自己的，但还是有很多的局限性，我的下一步目标就是在今后几年里做大博威，使之上规模，并搬到工业园区去，这样我们就能享受到一些政策的便利。"彭瑞秀坦率地说。

在彭瑞秀的办公室墙上，挂了一幅"诚信赢天下"的书法。他说，博威人一直坚持的经营理念就是"创新、诚信、共赢"这 6 个字。做人有诚信，才能交到真心朋友。做生意有诚信，才会有回头客。博威目前市场份额稳定，离不开诚信的基础。

我站在窗前，看窗外葱郁的青山。我在想这位生于此、长于此的中年企业家，用 30 年的时间，一步一个脚印，终于实现了少年时期的梦想，获得了事业的成功。只是我们往往只关注一个成功者表面的荣耀，却很少知道，他们在走向成功这条路上所付出的艰辛，以及他们深陷困境时在漫漫长夜无法入眠的煎熬。

彭瑞秀是纯朴的。他说，在互联网时代，他的知识是有缺陷的。他很诚恳，并没有因为事业有成而粉饰自己。他说，现在在意大利读书的儿子，已有了人生奋斗的目标，虽然那个目标不是子承父业，但他还是非常开心，全力支持。

对生活的这个村庄，彭瑞秀有深厚的感情，虽然他在发展中碰到一些挫折，但他一直想为村里为社会做贡献。

话题又回到了标牌上。彭瑞秀早认识到标牌虽小，但可以做的文章却很大。他希望自己能像一位画家一样，在岁月这张纸上，画下博威未来发展的路径与方向。至于人生，本来就是经历。而任何经历，最终都是我们宝贵的精神财富。

我相信，有这样一位清醒的掌门人，博威的明天一定有无限的可能！

人格的魅力之光

——解读金乡镇企业家协会秘书长余乃煜

出生于 1956 年的余乃煜个子不高，为人谦和，虽已60 岁出头，但看起来非常年轻。自 2007 年 7 月 1 日起，当时还担任着金乡安监所所长的他被推到金乡镇企业家协会秘书长的工作岗位上，两头兼顾，到后来专职任秘书长，直到现在。转眼，12 年过去了。在这过去的岁月里，他勤勤恳恳、兢兢业业为广大企业家服务。他没有星期天的概念，视协会为家，手上握有众多资源，却从来都没有为自己谋过福利。相反，这些年他都不知道倒贴了多少钱进去。他一直有个朴素的理念，任何事，要么不做，做了一定要做好，要做实在、做到位。虽然在工作中有时候难免会得罪人，但他问心无愧，所以也从不在意别人的说法。

金乡镇企业家协会秘书长余乃煜

有空的时候，余乃煜喜欢坐下来泡一壶好茶，慢慢品着，人生的那些得失成败在或浓或淡的茶水里烟消云散……

余乃煜出身成分不好，在那个讲究"成分"的年代，注定他要走一条比别人更艰辛的路。不过，命运之神虽让他的生活道路充满了荆棘与坎坷，但是也养成了他不屈不挠、奋力拼搏、坚强的性格。

50多年前，有这样一个男孩，站在泛黄的隐约散发着淡淡樟脑味的木箱前，冬日阴冷的阳光从窗户里、瓦缝间射进来，给人一种奇特的宁静感。小男孩入定似的站着，看邻居一个潦倒的读书人将后堂打扫得干干净净，然后小心翼翼把箱子里的物什一件一件往外搬。那是一些凝着岁月颜色的画卷。年年春节，照例拿出来挂挂。看着这些深深浅浅、清淡高雅的画，那时的余乃煜对艺术萌发了最初的渴望。

从小学到初中，余乃煜一直是个品学兼优的学生。他出身于金乡一个小商业中产阶级家庭。他的父亲是个具有新思想的知识分子，土改时虽然受到宽大处理，但家庭成分不好依然是一条无法抹去的阴影尾巴，即使已交出所有，仍然无法避免这烙印的影响。

在余乃煜的记忆中，那时的家就是母亲与姐姐们窝在角落就着煤油灯一针一线地绣出来的。随着"文化大革命"的开始，学校停课，余乃煜不能继续读书了，只能在家里偷偷翻书看。

1977年，恢复高考的消息传来，余乃煜欢呼雀跃，把自己在初中时整理完好的课本、练习、试卷搬出来认真复习，参加了高考。他上了分数线，最后却因家庭成分不好，政审没通过。这个打击对余乃煜来说是很大的，日后也不知被他惋惜过多少次。如果不是这个家庭成分的问题，他也许就走上了一条完全不同的人生道路。

虽然，没有读过大学的余乃煜凭着自己的聪明才智，先后担任过湖里乡企业办主任、金乡工经办主任、金乡招商办主任、金乡投资公司总经理、金乡安监所所长、金乡镇企业家协会秘书长以及金乡镇慈善会会长等职，但每当他想起那段生活经历，总是感觉很遗憾。内心这种深深的遗憾又被他转化成一种可贵的动力，即一种崇尚学习并想方设法帮助周围的人上学进步的动力。

记得有一年，余乃煜带领企业家们，去山区结对贫困学生。看着那一个个孩子渴望读书的眼神，余乃煜不由自主地想到了自己，想到了那一个未圆的梦。从那以后，他每年年初都要带队到山区资助那些孩子读书。也许对这些孩子的关切寄托了他长久以来浓烈的感情。他没有圆大学梦，所以他希望天下所有的孩子都能圆上学梦。也许，只有这样，他心里的遗憾和痛楚，才能稍微减轻点。

余乃煜说："一个人的发展可以靠三种力量——才能力量、经济力量和道德力量。一位名人说过：一个企业家的成功，主要靠的还是道德力量，我认为这句话是很有道理的。"他说这话的时候格外认真，也格外郑重。

我们边喝茶边聊天，非常投机，余乃煜时不时发出爽朗的笑声。他笑起来的时候，眼睛会眯成一道缝，那笑声很容易感染身边的人。

他喜欢他的笑，我也喜欢。

我说："听说，作为一种特殊的文化——商业文化，温州人当中很早以前就有了的。"

他点点头，想了想说："我以为，文化是社会文明和发展的一种象征，是人类精神的支柱和依托，同时，也是社会经济发展的基础和国民素质的主要表现。"

"据介绍，温州人早在 1000 多年以前的两宋时期，就开始经商了。而金乡人是在 230 年以前的乾隆时期，才开始经商活动的。当时好像经营的是七星酱油、丝绸、蜡烛和漆器之类的商品。生意不但本地做得很好，而且做到了外地。"

他又笑了起来："有'其货纤靡，其人善贾'之说。"

"永嘉学派的代表叶适也曾言道：'道在器中。'这大约就是有名的'事功学说'吧？"

"是的。"

"有人夸张地说，对于金乡人来讲，经商就是人生的全部内容和意义。"

"不管有没有道理，反正金乡人脑筋灵活，喜欢想问题，勇于创造是真实的。"

我抬起头看看他，好像没有完全听懂他的话。

他接着说："当年温州经济模式就是创造出来的。而且，这个创造掀起了旷日持久的'姓资还是姓社'的争论，直到党的十五大的召开，承认了'个体、私营等非公有制经济是我国社会主义市场经济的重要组成部分'才告结束。应该说，这个创造是大胆的创造、震惊全国的创造。"

我们停了一下，谁都没有吭声。

我说："我们换个话题吧。"

"可以。"

"你大约不会不承认，一个人的一生是多变的，有时是无法选择自己的生活道路的。"

他点点头："完全有可能。我自己就遇到了这种情况，想改变也改变不了。"

"在那样的情形下，你会怎么办？"

他没有吭声。

"说得明确一点，你是屈服于命运的安排，还是奋力抗争命运的安排？"

他再一次大笑起来："当然是后者。"

"为什么？"我问。

他的态度变得郑重起来，一字一句地说："我是一个不服输的人，或者说，我是一个不肯满足于现状的人，一个不肯安于现状的人。而且，不管现状是什么样子的，我都要突破它前进。只要有可能——哪怕只有一点可能，我就要改变现状，求新、求先，我甚至不惜冒险，也一定要走别人没有走过的路。人虽然有很多种活法，但我就想选择一种有意义的活法，哪怕要付出很多。"

我只管低头记着笔记，没有打断他的话。

"2007 年我还是金乡安监所所长时，被企业家协会聘为秘书长，2011 年从安监所退下来，就全身心投入协会工作中来了。那时企业家协会办公室租用金乡邮电大楼的房子，办公设施简陋，基本上都在各企业现场办公。10 多年来，我尽力为企业家服务办事，处理企业各种各样的纠纷，为企业培训员工，为镇政府建立第二、第三工业园区，搭建政府与企业之间的桥梁。"

"为企业家协会成立 10 周年和 20 周年组织的两场大型庆典活动，使金乡镇企业家协会在全县范围影响深远。我们每年还举办新春团拜会，请在外的乡贤回来座谈，为地方经济发展献计献策……"

我突然想起另一个问题，我说："金乡的慈善工作搞得特别好，你是会长，一定有很多的心得体会。"

余乃煜拿起茶杯，喝了一口水，润了润嗓子，然后不急不慢地说了起来。

"当我担任金乡镇慈善会会长时，觉得压力非常大，怕做不好，辜负了大家对我的信任。"事实上，余乃煜这位慈善会会长做得非常尽职尽责。金乡的企业家们把他们的爱心，通过慈善会这个平台，给到需要帮助的困难群众手中，余乃煜扮演的就是一个引火种的人。他自从担任会长后，心里有一本随时更新的账：哪个村有几户困难家庭需要帮扶；哪个村哪一家因病致穷要送温暖；哪个村需要"精准扶贫"，授人以鱼，不如授人以渔；"情暖万家"的慈善慰问活动需要持续开展；"慈善一日捐"工作要做扎实；持续多年的"爱心早餐"和"爱心茯茶"系列慈善活动要继续；等等。这些他都记得清清楚楚。一年到头，工作安排得满满当当。白天时间不够用，就利用晚上，想着怎样把工作做得更好。而金乡的企业家们在余乃煜的人格魅力感召下，每次慈善活动，都积极响应，慷慨解囊，使慈善工作更上层楼。

我说："我还有最后一个问题，你能向我介绍一下你自己下一步的打算吗？"

　　他想了一下，潇洒地说："本人打算在下届商企协会换届时辞掉秘书长职务，然后就去游览名山大川。"

　　我有些意外，不过还是点点头，因为我觉得这个计划真的很好。一个人由自身的形象与内涵，独特的文化品格与精神气质，所形成的巨大而又鲜明的吸引力，是最让人难以忘怀的。

　　一位哲人说："生命是一种创造性的历程，每一个人要了解自己创造力的来源，利用自己的创造力来创造自己的人生。人的一生就是不断地创造再创造。"

　　我在解读余乃煜的名字。煜，有照耀和火焰之意。或许，他的父亲就是希望他长大后能成为一个给别人带去光和热的人吧。事实上，余乃煜在不知不觉中，活成了光的模样。不说过去，至少他在企业家协会这些年，就是这样做的。

　　和余乃煜接触过的人，都知道他是个待人极为真诚的人，为人宽厚、热心、大气。每天晚上，他在睡觉之前，都会提前把第二天需要完成的工作一件件给列出来。每天早上一到办公室，他就开始打电话约某个企业家过来交流，做思想工作，或自己开车到某家企业调查研究，帮助有困难的企业解决问题，或到镇政府汇报企业的工作情况，起到企业与企业和企业与政府之间的桥梁作用。整天起早摸黑地忙碌，从未有过怨言。

　　他深知心底无私天地宽，一个人的人格是他挺立于世的脊梁，没有了人格人就永远也站不起来，更不可能挺起腰来。所以在实际工作中，他特别注意方法和公正。

真诚对于我们所有人来说，都比金子还要珍贵，还要重要，还要难得。有了真诚，人与人之间才不会有距离；有了真诚，才能换来真诚；有了真诚，这个世界才会更加和谐与美好。可自古以来，真诚好像与商业相悖，甚至势不两立。俗话说，无商不奸，无奸不商。"奸"与"商"仿佛成了不可分割的一体。这似乎也是当今人们普遍认同的一种观念。但是，在我笔下的企业家们，活生生地改变了这种观念。

诚然，一般来说，商业是重利的，而道德是重义的。

谁都知道，商业是一种物质活动，而道德是一种精神活动。余乃煜却说，金乡的企业家们主要是靠道德力量来从事商业经营的。

谁都知道，商业的目的是占有物质，而道德的目的是净化灵魂。可余乃煜说，金乡的企业家们都要两者兼而有之。

谁都知道，商业的本质是利己的，而道德的本质是利他的。余乃煜自信地说，既要利己，也要利他，一个都不肯丢掉。

余乃煜在金乡镇企业家协会及金乡商会两家社会团体任职秘书长至今，一直以埋头苦干的"老黄牛"形象，朝着自己设定的目标走去。事实证明，他不但有常人没有的聪慧和敏锐，更有不一般的胆识和远见，以及务实精神。在没采访他之前，我已听了很多很多。我是个不容易被故事感动的人，我经历过商场风云，接触过许多优秀的人物，只有这样的人，才配我敬重，也只有这种人，才配我低下作为人的高贵头颅。那是一种气质，一种涵养，一种格局。有力量，有故事，有传统，有自己的历史……

他的动人，在于精神。我确信这点。

我把话题转了，问道："商会、企业家协会成立以来，创造了多少业绩？"

他告诉我说："企业家协会成立 20 多年来，已有 4 任会长，他们是杜成德、缪存良、殷作钊和陈加枢。商会有两届会长，即缪存良、张仁良；还有两位德高望重的秘书长，即黄银宝、金钦治。每任会长、秘书长对协会工作的支持和付出很多，并发挥了带头作用。协会能发展成今天这个规模，与每任会长和秘书长的贡献是分不开的。我们现有会员企业 130 家，理事及以上单位 45 家。"

"金乡商会是浙江省工商行政管理局和省商标协会认证的'浙江省不干胶材料专业商标品牌基地'，并获得温州市工商联、温州市总商会颁发的"四好商会"称号。《中华工商时报》还对金乡商企协会工作事迹在显著版面进行了全文刊登专题报道。金乡商企协会获苍南县 2014—2018 年度"先进商会"、2014—2018 年度"先进基层党组织"及"宣传工作先进单位"等荣誉，又被金乡镇政府评为"先进行业协会"，是苍南县工商联设立的"营商环境直通车"服务站。"

余乃煜继续侃侃而谈，他说协会每年举办企业体育联谊会，已举办 14 届。协助举办台挂历礼品展览、助力家乡开发建设、帮助企业转型发展、扶持企业效益和企业文化的提升、为企业化解矛盾纠纷，积极发挥多项职能。随同镇政府赴上海、杭州、广州等地召开在外企业家座谈会，为建设美丽家乡共商对策；用新思路、新思维，多牵线、广搭桥，全方位、多渠道地提高商企协会整体工作的思路，增强协会工作的凝聚力，提升整体形象，充分显现协会的桥梁纽带作用。

这些年来，余乃煜一直扮演的就是企业与政府之间那个重要的"中间人"。

在这个普遍热衷功利、竞争残酷的时代，很少有人真正具备内心的强大，具有坚定的信念，并保持着不流俗的激情。也就是说，在人的本性里，利己比利他占的份额多得多，所以才会有"人是自私的"一说。

唯其如此，余乃煜更显难得。我读过且听过他的自白："帮助企业搞好，从大道理来说，对国家对社会就会有贡献……"这是一个极具利他精神的人。

这时，我突然明白了为什么金乡的企业家对慈善工作如此支持，他们跟余乃煜一样，都是具有极强利他精神的人。

这就是我写报告文学的过程中所引发的一点思索，但愿读者也能有这样的思索，我们大家共同来思索，以求得一个比较正确的、完满的解答。

在中国特色社会主义新时代，不忘初心、牢记使命。随着改革开放政策的进一步完善，中国人的智慧、才能必将得到充分的发挥，中国有更多的第一必将走向世界，让我们一起奏响振兴中华的主旋律。

人生之路有坦道，也有险障；有欢乐，也有痛苦。余乃煜遇到烦恼与苦闷时，希望企业家们能对他多些理解和宽容，希望有关部门对企业家也有更多的关注。不过，更多时候，余乃煜是自信和骄傲的，他没有虚度这岁月。

离开金乡的那一天，天上下着蒙蒙细雨。在与余乃煜秘书长告别的时候，他紧紧握着我的手，轻声说："千万不要把我写大了，金乡的企业之所以能够发展，是因为改革开放政策发挥了效用；协会的工作全靠大家的支持，靠会员们的努力，绝不是我一个人的功劳。"

我笑着点点头，心里却很感动。

我再一次领略了那种不可抗拒的人格力量。

后　记

　　当《狮子山下的河流——来自金乡企业家们的样本》一书，画上最后一个句号时，我的脑海里不禁又闪过那座有着 600 多年历史的古城模样。当我把双手交给古城墙，闭上眼，指尖传来时光积存的气息，似乎这是一种认证。从此，我与金乡有了解不开的缘分。在采访期间，我每天会去老街上喝一杯免费的茯茶，感叹这里的民风是如此的纯朴。去狮子山欣赏夕阳，想象红樱满山的季节，金乡有着怎样妩媚的容颜。晚上沿着绿道慢慢走着，我似乎不是过客，而是回归的离人。

　　更让我一次次感动的是这里的人，一群朴实、低调、富有爱心的企业家，他们所走过的路与这个时代无法割裂。他们身上有这块土地特有的品质。他们既有开拓、创新、敢为人先的魄力，又有踏实、坚守初心的清醒。

　　纵观金乡的民营企业发展史，1978 年冬天，这块土地上的家庭小作坊就犹如一颗颗种子，提前萌芽，一批胆大的弄潮儿开始试水商品经济的海。榜样的力量是无穷的，到了 1979 年，家庭小作坊就更多了，就像雨后春笋般，散发出勃勃生机。

　　在这里，必须提到的是温州市各级政府和金乡镇政府的领导作用。金乡的民营经济能发展到今天这样的规模，金乡人如此热爱家乡，跟当地政府的担当、开明是分不开的。党的十一届三中全会后，改革的号角虽已吹响，可真正行动起来的毕竟是少数，大家都怕，都在观望，怕政策有变，到时候就吃不了兜着走了。在 20 世纪 70 年代末、80 年代初，面对这么多没有营业执照、明显不合法的家庭小作坊，当地政府采取了默许的态度。

星星之火可以燎原。现在回过头来看，假如当初不是默许，而是棒打，不知道会有多少企业胎死腹中？

多年来，金乡人以"自主改革、自担风险、自求发展、自强不息"的"四自精神"，敢试敢闯，创造了许多中国之最，并涌现出来一大批创业者、开拓者、奉献者，为社会做出较大贡献。将他们的事迹载入史册，业已成为历史的责任，这也是写作这本书的初衷。

《狮子山下的河流——来自金乡企业家们的样本》中入选的人物具有典型的地域代表性和行业性。24 位金乡企业家，是活跃在国内外市场和金乡本土、温州经济界的知名人物和各行各业的代表人物。书中既有浙江省明星企业家，也有重点企业的企业家和初露头角的年轻企业家。他们有的受命于危难之时，驰骋于改革之年；有的是历尽艰辛、百折不挠的强者；有的是迎难而上、重振家业的能手；有的是鞠躬尽瘁、为民造福的仁人；有的是治厂有方、开拓进取的智者。他们是各行各业涌现出来的优秀人才，他们在改革的道路上留下自己独有的脚印，为历史增添了光彩。

这部作品，既是给金乡的，也是给岁月的，更是每位企业家送给子孙后代最好的礼物。

从他们的人生和创业故事中，我们看到了一种执着追求的精神，看到了一种永不言败的坚定。

后 记

在此，我们要特别感谢给予这部书热情关怀与支持的同志：企业家协会原任与现任领导黄银宝、金钦治、杜承德、缪存良、殷作钊、张仁良、陈加枢，以及金乡第一代企业家邱新亮、林尔川、林正贤、陈逢友、林理俅、杜成孝、陈家路、黄光金、陈加怀、胡长润等。无论过去，还是现在，他们的经历，都是我国改革开放大潮中，金乡企业家奋斗史的一个缩影。

在这里，还要特别感谢金乡镇企业家协会余乃煜秘书长，他亲切睿智、热情真诚，采访多日，一直接送陪同，为我们提供了很多的帮助，令人感动。金乡企业家有幸，有如此负责、一心一意为企业服务的企业家协会。金乡镇企业家协会也有幸，有那么多感恩社会的企业家。感谢所有接受采访的企业家的信任。由于时间紧迫，书中有很多不尽如人意之处，敬请谅解。

从盛夏到初冬，一些花已经结果，一些种子已经收藏。唯有狮子山下的那条河流，日夜不息，越过岁月的山冈，奔向大海的怀抱……

作 者

2019 年 11 月 30 日